숙맥 12

모나지 않은 집

숙맥 12

모나지 않은 집

김학주 김재은 이상옥 정진홍 이상일
곽광수 이익섭 김경동 김명렬 정재서

푸른사상
PRUNSASANG

늙은 등걸에 피는 매화처럼

2002년 처음 '남풍회'라는 모임이 생겼을 때는 회원이 7–8명이었다. 그 대부분이 이미 대학에서 정년한 퇴임교수들이었고 그렇지 않은 사람들도 곧 정년을 앞둔, 현역으로는 노장들이었다. 그러니 사실 우리는 정년 후 소일할 것을 위해 모였던 것이다. 그렇게 몇 번을 모여 담소를 나누다가 '이렇게 만나 이야기만 하다 헤어지기보다 각자 글을 써 모아 책을 내자'는 의견이 나왔고 모두가 이에 동의하여 이듬해 동인지를 내게 된 것이다.

첫 권을 낼 때는 그 뒤로 매년 한 권씩 내자 하였다. 그러나 두 번째 책은 그 후 4년 만에 나왔다. 그 후로도 해를 거른 적이 있지만 그래도 우리는 지금까지 끊이지 않고 책을 내왔다. 다섯 권째를 내었을 때인가 누군가가 이렇게 한마디 하였다. '대개 이런 동인지는 두세 번 나오다 마는데 다섯 번이나 나온 것은 놀라운 일이네요'라고. 그런데 지금 우리는 열두 권째를 내고 있다.

무엇이 우리로 하여금 이처럼 끈질기게 이 일을 지속하게 하는가? 그 해답은 향천(向川)이 창간호 서문에서 우리 모두가 한때는 문예 창작을 꿈꿨던 청소년이었으며 이제 나이 들어 그때로 회귀하고 있다고 한 말에서 찾을 수 있다. 근 20년간, 남풍회 결성 당시 아직 현역이었던 회원조차 팔십 고개를 넘는 지금까지, 이 동인지를 이어오고 있는 힘은 바로 그 젊은 시절 품었던 창작의 염원, 글쓰기에 대한 집념이 그 한 동력임이 분명하다.

우리가 그간 해온 작업은 비록 소박한 것일망정, 한 편, 한 편 작품을 만들어 내는 것이었다. 지난번 호의 서문에서 모산(茅山)은 그런 글쓰기 즉, 하나의 완결된 작품을 만드는 일은 '글을 짓는' 것이라고 하였다. 집이나 옷이나 밥같이 중요한 것을 만드는 것은 '짓는다' 하듯이 글도 그 중요한 것의 반열에 들어서 '짓는다'는 것이다.

그런데 집, 옷, 밥 등은 모두 그 만드는 방법과 순서를 정해 놓은 법방(法方)이 있다. 그 법방을 충실히 따르면 잘 됐건 못 됐건 그 물건을 만들 수 있다. 그러나 글을 짓는 데에는 그런 법방이 없다. 하나의 완결된 글을 만드는 데에는 기껏해야 '처음과 중간과 끝이 있고 이것들이 어떤 효과를 내기 위해서 유기적으로 작용하게 한다' 정도가 법방이라면 법방일 것이다. 그러나 예컨대 그 '처음'이라는 것이 무엇이라고 정해진 것이 없다. 연대순으로 일어난 사건을 기술하는 서사시에서조차 처음이 제일 먼저 일어난 사건이 아닌 경우가 허다하다. 서양의 서사시의 모형은 아예 '중간으로 들어가서(in medias res)' 시작하는 것으로 되어 있다.

연대기적 시간과 별 상관이 없는 내용을 소재로 하여 어떤 느낌이나 생각을 표현하고자 하는 수필에서는 더구나 처음에 무엇으로 시작해야 하는지가 정해져 있을 리 없다. 따라서 나머지도 다 미정이다. 그러니 이런 글짓기는 처음부터가 낯선 시도이고 미지의 탐색이고 새로운 도전일 수밖에 없다.

이제 팔십을 넘게 살았으니 준칙을 따라 해야 하는 일도 대강 어느 정도에서 타협하고 끝내는 것이 상례이다. 그러나 글짓기만은 그럴 수가 없다. 첫째, 우리의 오래된 글에 대한 숭상이 그런 손쉬운 처리를 용납하지 않는다. 둘째, 이것이 더 실제적인 이유인데, 글짓기는 우리가 스스로에게 부과하는 정신적 기율이기 때문이다. 평소에는 무기력하게 이완되었던 정신이 글을 지을 때면 아연 긴장하여 제 기능을 발휘하는 것이다. 그래서 글의 내용과 형식에서 취하고 버리는 것을 엄격한 기준에 의해 처리한다. 그 기율은 우리가 아직도 살아 있다는 증좌인 것이다. 또한 그것을 통해 우리는 무언가 의미 있는 새로운 것을 만들어 내는 생명 활동을 하는 것이다.

여기에 우리로 하여금 이 동인지 활동을 지속케 하는 또 다른 동력이 있는 것이다. 부족하지만 그런대로 대강 넘어가는 것을 늙음을 인용하는 것이라면 글에서 그런 적당주의를 불허하는 것은 늙음을 거부하는 것이다. 그래서 우리는 문장의 배치로부터 부사의 위치, 단어의 선택에 이르기까지 적합한 표현을 찾아 고치고 또 고치는 고달픈 과정을 감내한다. 그렇게 정성을 들여 한 개의 작품을 만들어 내는 것이 곧 우리에게는 늙음의 거부요 살아 있음의 확인인 것이다.

거칠고 구부러진 늙은 가지에 핀 서너 송이의 매화가 젊은 가지에 흐드러지게 핀 매화보다 더 운치 있고 격조 높을 수 있다. 단, 가지는 늙었을지언정 꽃은 젊은 꽃에 못지않아야 그럴 수 있다.

봄이 되면 매화 옛 등걸에 성긴 꽃이 피듯이 우리는 내년에 또 몇 편의 수필을 써낼 것이다. 그리고 그런 작업은 창작에 대한 우리의 염원과 자기 기율의 정신이 살아 있는 한 앞으로도 계속 이어질 것이다.

2019년 여름
김명렬

모나지 않은 집

김학주

김재은

이상옥

◆◆◆ 차례

김
학
주

삼인행(三人行)이면 필유아사(必有我師)

식탁에 앉아 멀리 참나무를 바라보며

이백(李白)의 달과 술

백거이(白居易)의 시 「늙어서 경계할 일(老戒)」을 읽으며

삼인행(三人行)이면 필유아사(必有我師)

　"삼인행이면 필유아사"란 말은『논어』「술이(述而)」편에 보이는 유명한 구절로 "세 사람이 길을 가면 그중에는 반드시 나의 스승이 있다"는 뜻의 공자(B.C. 551-B.C. 479)의 가르침이다. 공자는 이 말에 이어서 "그들에게서 좋은 점은 가려서 따르고, 좋지 못한 점은 그것을 고치기 때문이다(擇其善者而從之, 其不善者而改之)"라고 그 이유를 밝히고 있다. 다시 같은 책 「이인(里仁)」편에서는 "현명한 이를 보면 그와 같아질 것을 생각하고, 현명치 못한 이를 보면 속으로 자신을 반성해야 한다(見賢思齊焉, 見不賢而內自省也)"라는 말이 보이는데, 이것도 같은 뜻의 가르침이라고 생각한다. "세 사람이 길을 가면" 그중에는 반드시 "현명한 사람"이나 "현명치 못한 사람"이 있을 것이고, "그와 같아질 것을 생각하는 것"이나 "그를 보고 속으로 자신을 반성하는 것"은 모두 상대방을 스승으로 삼는 행위가 되기 때문이다. 『논어』를 읽을 때마다 참 훌륭한 가르침이라고 늘 마음에 새겨온 대목이다.

다만 근래에 와서 곰곰이 생각해 보니 이 말은 좀 더 적극적인 표현으로 바꾸어도 좋겠다는 생각이 들었다. 곧 "세 사람이 길을 가지" 않고 이 세상의 어떤 사람을 대하게 되더라도 그는 나의 스승이 될 수 있다는 것이다. 공자도 그런 생각을 갖고 있었음이 분명하다. 그러니 공자의 본시 생각은 "세상의 어떤 사람이라도 나의 스승이 될 수 있다(人人皆爲我師)"는 것이었을 것으로 생각한다. 공자는 "좋은 점은 가려서 따르고 좋지 못한 점은 그것을 고친다" 또 "현명한 이를 보면 그와 같아질 것을 생각하고, 현명치 못한 이를 보면 자신을 반성한다" 하였는데, 세상의 어떤 사람이든 "좋은 점"이나 "좋지 못한 점"을 갖고 있고, 세상사람 모두가 "현명한 사람"이거나 "현명치 못한 사람" 중의 하나일 것이기 때문이다.

다시 말하면 우리가 이 세상에 살아가면서 대하게 되는 모든 사람이 우리의 스승이 된다는 것이다. 길거리에 나가 등교하는 학생들을 볼 적에 나도 저 학생들처럼 내가 모르는 여러 가지 일에 관하여 공부하여야겠다고 마음먹는다면 그 학생들이 바로 나의 스승이 된다. 활발하고 당당한 자세로 길을 걸어가고 있는 사람을 보고 나도 저 사람처럼 멋진 자세로 걷겠다고 생각한다면 그 사람이 바로 나의 스승이 된다. 길거리를 청소하고 있는 청소부를 보고 나도 저 청소부처럼 내가 살고 있는 고장을 깨끗이 가꾸겠다, 또는 저 청소부처럼 이 세상을 위하여 일하겠다고 다짐한다면 그 청소부가 바로 나의 스승이 된다. 이렇게 미루어 나간다면 이 세상 사람이면 누구든 나의 스승이 된다.

심지어 악인이나 죄인들도 나의 스승이 된다. 보기로 집이 가난하여 남의 물건을 훔치다가 경찰에게 잡힌 도적놈이 있다고 하자. 그가 먹고 입을 것이 모자라는 가족들을 위하여 도적질을 하였을 때, 가족들을 위하여 자기를 희생하는 그의 태도만을 떼어 놓고 본다면 그 도적놈은 나의 스승이 된다. 그가 가족을 위하려는 마음은 가상하지만 가족을 위하여 움직이는 방법을 잘못 선택하였다고 판단한다면 그 도적놈은 역시 나의 스승이 된다. 남과 싸우는 사람들을 보고도 그들이 싸우는 계기나 싸우는 실상들을 잘 살펴본다면 그들 모두가 나의 스승이 될 수 있다.

　『논어』「태백(泰伯)」편에는 공자의 제자 중 효도에 뛰어나서 유명한 증자(曾子)가 다음과 같은 말을 하고 있다.

　　"유능하면서도 무능한 사람에게 묻고, 아는 것이 많은 사람이라 하더라도 아는 것이 적은 사람에게 묻고, 있으면서도 없는 듯이 행동하고, 차 있으면서도 텅 빈 듯이 움직이고, 남이 자기에게 잘못해도 따지지 않아야 한다."
　　以能問於不能, 以多問於寡, 有若無, 實若虛, 犯而不校.

　증자의 이 가르침도 "세상의 모든 사람 누구나 나의 스승이다"라고 생각할 때 따를 수가 있는 것이다. 능력이 많고 적은 것 또는 지식이 많고 적은 것 부유하고 가난한 것 등이 문제가 되지 않는다. 크고 중대한 일뿐만이 아니라 작고 간단한 일도 모두 다른 사람들을 스승으로 알고 본뜨려는 마음을 지녀야 한다. 우리는 겸손히 이 세상 모든 사람이 나의 스승이라고 생각하며 모든 사람을 존중하고 위하며 살아가야 한다. "삼인행이면 필유아사"란 말은 그 뜻을 깊이 살펴보면 사람은 살아가면서 이 세상 모든 사람을 사랑하고 존중해야 한다고 가르치고 있는 것이다.

(2018. 3. 29)

모나지 않은 집

식탁에 앉아 멀리 참나무를 바라보며

　우리 집 앞 공원 야산 중간에는 내가 자주 찾아가는 참나무가 한 그루 있다. 여러 해 전까지는 매일 아침 식전에 집 앞의 공원을 산책하였는데, 집에서 걸어 나가면 먼저 공원 산기슭 숲속으로 들어가 간단한 체조로 몸을 풀었다. 몸을 풀면서 주변의 아름다운 자연을 감상하던 중 근처에 우거진 많은 나무 중에 가장 오래되었을 것 같은 우람한 참나무 고목이 한 그루 내 눈에 들어왔다. 몇 아름은 될 밑기둥에서 한 아름이 넘는 굵기의 두 줄기를 이룬 나무가 고목들 틈 사이에 자라 있는데 대략 내 나이와 같이 80여 년은 넘었으리라고 여겨졌다. 매일 공원으로 들어가 먼저 그 참나무를 바라보며 몸을 풀다 보니 그 나무가 마치 내 친구처럼 여겨지게 되었다. 산책 코스는 날씨나 기분에 따라 달라졌지만 집을 나서면 언제나 내 발길은 먼저 그 참나무가 있는 산기슭 쪽으로 옮겨졌다. 그리고 그 참나무 곁에 가서 몸을 풀면서 늘 그 참나무의 꿋꿋하고 의젓한 모습

을 바라보며 많은 것을 그 참나무로부터 배우려고 하였다. 그 나무
처럼 꿋꿋이 살아가며 그 나무처럼 늙어가겠다고 다짐하기도 하였
다. 그러다 보니 차차 그 참나무가 내 친구처럼 여겨졌다. 나는 몇
해 전에 마침내 「내 친구 참나무」[1]라는 글을 쓰기도 하였다.

그런데 몇 년 전부터 아침 식전에 산책을 하지 못하게 되었다. 우
선 기력이 떨어진 데다가 미세먼지가 많은 날이 많아졌기 때문이
다. 최근에 와서는 하루 한 번도 산책을 못 하는 날이 많아졌다. 산
책을 안 하는 날이 날로 늘었기 때문에 최근에 이르러는 그 친구 참
나무를 자주 가까이하지 못하면서 우의가 멀어지는 것 같은 느낌도
들었다. 「내 친구 참나무」라는 글까지 쓰고도 이런 모양이 되었으니
마치 내가 친구를 배신한 것같이 여겨질 때도 있었다.

그러나 다행히도 우리 집 식당의 식탁에 앉아 밖을 내다보면 멀
리 그 공원의 산자락이 바라보인다. 그 공원은 우리 집 옆의 작은
공원으로부터 이어져 근처의 아파트 건물과 함께 작은 야산으로 뒤
쪽 창 앞에 펼쳐져 있다. 내 친구 참나무가 있는 곳은 그 야산 중간
정도이다. 그러니 그 친구는 분명히 내가 집에 앉아서도 볼 수 있는
위치에 서 있다. 그래서 나는 늘 우리 집 식탁 의자에 앉아서 내 친
구 참나무의 모습을 찾아보려고 노력하였다. 그 참나무 근처에는
여러 그루의 모양이 서로 다른 참나무와 도토리나무 및 밤나무의
고목들이 함께 어우러져 소나무를 비롯한 여러 가지 잡목을 거느리
고 무성한 숲을 이루고 있다. 그 숲 중에서 어느 고목보다도 내 친

---

1 2014년 12월에 쓴 글로 필자의 산문집 『서재에 흘린 글』 제4집에 실려 있음.

구 참나무의 둥치가 가장 굵고 가지도 길고 멋지게 널리 뻗어 있지만 그 나무 가까이로 가기 이전에는 그 나무를 찾아내기가 쉽지 않다. 야산에는 상록수나 낙엽수 또는 늙고 젊은 여러 가지 종류의 나무가 있지만 그 가지들은 함께 어울리어 일정한 모양을 이루며 자라고 있다. 따라서 좀 떨어진 거리에서는 나무 한 그루 한 그루의 가지 모양을 분별해 내기가 무척 어렵다. 그러니 집에 앉아서 그 참나무를 가려낸다는 것은 쉽지 않은 일이다. 집을 나가 공원으로 들어가도 곧 옆의 나무에 가려져 먼 곳은 잘 보이지 않는다. 10미터 이내로 접근해서 잘 찾아보아야 다른 나무 줄기와 가지 사이로 그 친구의 모습을 확인할 수가 있다. 가장 굵고 가장 크고 가장 멋진데도 밖으로 자신을 잘 드러내지 않는 내 친구가 존경스럽게도 느껴진다. 우리 집으로부터 그 참나무가 서 있는 곳까지의 직선거리는 대략 1,000미터 정도이다. 집 안에 앉아서 친구의 모습을 확인하려고 무척 노력하였지만 내 친구의 서 있는 자리라고 여겨지는 곳만을 확인하였을 뿐이다.

다행히 공원의 그 참나무가 서 있는 골짜기로 올라가는 길의 참나무로부터 20미터쯤 떨어져있는 아래쪽 길가에 두 그루의 양버즘나무가 심겨져 있는데 여러 해를 두고 잘 자라서 특별히 길게 위로 뻗어 있다. 그런데 나뭇잎이 다 떨어진 가을이나 겨울에 멀리서 바라보면 그 나무 가지들이 자작나무보다도 더 희게 잘 보인다. 그 나무는 우리 집 식당 식탁에 앉아서도 언제나 쉽사리 확인이 된다. 가을 겨울을 통하여 그 나무를 확인한 탓에 녹음이 우거진 여름에도 그 나무만은 쉽사리 알아볼 수가 있다. 늘 그 양버즘나무를 근거로 내 친구 참나무가 서 있는 자리를 찾는다. 그곳은 아침 햇빛이 밝게 비치고 있을 때 가장 분명하게 잘 보인다. 그러나 나뭇잎이 우거져 있는 여름은 말할 것도 없고 상록수를 제외한 모든 나뭇잎이 떨어져 있는 겨울에도 전후좌우의 나무들과 가지가 함께 어우러져 있어서 한 그루 한 그루의 나무 모습은 분별되지 않는다. 내 친구 참나무의 모습만을 따로 찾아낼 수는 없는 실정이다. 그러나 틀림없이 그 나무가 서 있는 자리라고 여겨지는 곳은 찾아낼 수가 있었다. 집을 나서서 공원으로 들어가도 많은 나무에 가리어져 있어서 그 참나무의 모습은 찾아내기가 힘들다. 내 친구 참나무는 가까이 가야만 그 모습을 확인할 수가 있다. 그런 참나무의 위치를 나는 집 안에 앉아 양버즘나무를 기준으로 여러 각도로 헤아리어 틀림없다고 생각되는 지점을 찾아낸 것이다. 그러나 날씨가 흐린 날이나 한낮이 지난 시간에는 공원의 산은 보여도 친구 참나무의 자리는 정확히 알아볼 수가 없다.

여하튼 이제는 내 친구 참나무의 위치를 집 안에 앉아서 확인하였으니 멀리 떨어져 있어도 서로 바라보며 우정을 나눌 수가 있게 된 것이다. 나는 아침마다 일어나 방에서 나와 식당 식탁에 앉기 전에 창밖 멀리 서 있는 친구를 찾아보며 인사를 한다. 참나무는 친구라지만 스승과도 같은 존재이다. 나는 친구에게 인사를 하면서 나도 언제나 그대처럼 강건하고 의젓할 수 있도록 도와달라고 부탁한다.

마침 영국의 시인 테니슨[2]의 시 「참나무(*The Oak*)」를 접하게 되었

---

2 Alfred Lord Tennyson(1809~1892) ; 영국의 시인, 워즈워스의 뒤를 이은 계관시인

다. 테니슨 시인이 본 참나무에 대한 감정은 내가 내 친구 참나무를 보는 감정과 무척 비슷한 것만 같다. 내 친구를 읊은 것과 흡사한 시이기에 이 시를 번역하여 여기에 소개한다.

네 삶을 살아라,
젊거나 늙거나
저 참나무같이.
환하게 봄에는
황금처럼 빛나고,
여름에는 무성해지고
무성하고, 또 무성하다가
가을이 오면 변하여
순수한 색깔의
황금처럼 다시 되네.
모든 그의 잎은
다 떨어져 버려도
보라, 그는 서 있다,
줄기와 가지가
벌거벗고도 힘 있는 것을.

Live thy Life,
Young and Old,
Like You Oak,
Bright in Spring,

임. 대표시집 『思友譜(*In Memoriam*)』(1850). 여왕으로부터 작위 받음.

Living gold;
Summer — rich
Then, and then
Autumn — changed
Soberer — hued
Gold again.
All his Leaves
Fall'en at length,
Look, he stands,
Trunk and bough
Naked Strength.

　　나도 내가 집 안에 앉아서도 매일 바라보고 있는 친구 참나무처럼 내 삶을 살고 싶다. 봄에는 신록의 황금으로 빛나고, 여름이면 녹음으로 무성하다가 가을이면 다시 맑은 황금처럼 되고, 겨울이면 벌거벗지만 힘 있는 모습으로 살아가고 싶다. 내 친구처럼 언제나 꿋꿋하고 의젓하게, 잎이 다 떨어지고 벌거벗게 되더라도 굳세게 살아가자!

(2018.5.16)

　　　　　　　　　　　　　　　　　　　　　　모나지 않은 집

이백(李白)의 달과 술

　시성(詩聖) 두보(杜甫, 712-770)와 함께 시선(詩仙)이라 칭송되는 당
나라 때의 대시인 이백(李白, 701-762)은 각별히 달과 술을 좋아한 것
으로 유명하다. 심지어 우리나라 민요에서도 "달아, 달아, 밝은 달
아! 이태백(李太白)이 놀던 달아!" 하고 노래하고 있을 정도이다. 그
의 시집의 시 제목만 훑어보아도 달과 시를 읊은 시들이 무척 많다.
「월하독작(月下獨酌)」・「파주문월(把酒問月)」처럼 달과 술이 함께 보
이는 작품도 있지만 「아미산월가(蛾眉山月歌)」・「대주부지(待酒不至)」
처럼 달과 술이 따로 보이는 시들은 무척 많다. 같은 시대의 시인
두보도 「음중팔선가(飮中八仙歌)」에서 "이백은 술 한 말 마시면 시 백
편을 썼고, 장안 시장의 술집에서 잠자기 일쑤였다(李白一斗詩百篇,
長安市上酒家眠)"라고 노래하고 있다. 이미 그의 시대부터 이백은 술
을 좋아하는 시인으로 유명하였음을 알 수 있다.
　그의 시는 달과 시가 말해 주듯이 읽어 보면 무척 아름답고 호방

하다. 한자가 지니는 성률(聲律)이 잘 조화를 이루어 자연스러우면서도 거치는 데가 없어서 읽는 이에게 깊은 감동을 안겨 준다. 때문에 그가 시로 읊고 있는 세상은 마치 신선들의 세상처럼 깨끗하고 아름답다. 그래서 이미 두보도 이백을 선인(仙人) 같은 시인의 한 사람으로 치부하였고, 사람들은 그를 '시선' 또는 이 세상으로 쫓겨나온 신선이란 뜻으로 적선인(謫仙人)이라 불렀던 것이다. 이제 달과 술 마시는 것을 함께 읊은 「달 아래 홀로 술 마시며(月下獨酌)」 시를 한 편 읽어 보자.

꽃 밑에서 한 병의 술을,
친한 이도 없이 홀로 마시네.
잔을 들어 밝은 달을 맞이하니,
그림자를 대하게 되어 세 사람이 되었네.
달은 본시 술 마실 줄을 모르고,
그림자는 그저 내 몸을 따라다니네.
잠시 달과 그림자를 벗하는데,
즐김은 반드시 봄철에 어울리게 하여야 하네.
내가 노래하면 달은 머뭇머뭇거리고,
내가 춤을 추면 그림자가 어지럽게 흔들리네.
아직 깨었을 적에는 함께 서로 즐기지만,
취한 뒤에는 각기 헤어지네.
영원히 인정 깃들지 않은 놀음을 맺어,
멀리 은하수를 향하여 다시 만날 것을 기약하네.

花下一壺酒, 獨酌無相親.

모나지 않은 집

舉盃邀明月, 對影成三人.
月旣不解飮, 影徒隨我身.
暫伴月將影, 行樂須及春.
我歌月徘徊, 我舞影凌亂.
醒時同交歡, 醉後各分散.
永結無情遊, 相期邈雲漢.

이백은 달밤에 꽃그늘 아래에서 홀로 달과 술을 즐기고 있다. 시인이 달을 사랑하고 술을 좋아한 것은 보통 사람들은 흉내도 내지 못할 정도이다.

그런데 근래에 와서 이백의 시를 읽으면서 깨달은 것은 시인이 사랑하고 좋아한 것은 달과 술만이 아니라는 것이다. 이백은 달뿐만이 아니라 구름이나 별 같은 하늘의 모든 것을 사랑하였다. 달은 하늘에 있는 것들을 대표하고 있는 것이다. 실은 달은 하늘에 있는 것뿐만이 아니라 산과 물은 물론 동물이나 식물 등 우리 주변의 모든 것을 대표하고 있다. 곧 시인은 달을 사랑한 것처럼 하늘의 구름이나 별도 사랑하였고, 하늘 아래 산이나 강물은 말할 것도 없고 이 세상이나 세상 사람들을 모두 사랑하였다. 그의 시로 「홀로 경정산 대하고 앉아(獨坐敬亭山)」라는 시를 읽어 보기로 한다.

뭇 새들은 높이 다 날아가 버리고
외로운 구름은 홀로 한가히 떠 가네.
서로 바라보아도 모두 싫증나지 않는 것은
오직 경정산이 있을 따름일세.

衆鳥高飛盡, 孤雲獨去閑.
相看兩不厭, 只有敬亭山.

　'경정산'은 소정산(昭亭山)이라고도 부르는 안휘(安徽)성 선성(宣城)
북쪽에 있는 산인데, 그 동쪽에는 완수(宛水)와 구수(句水)라는 두 줄
기 강물이 흐르고 있다. 시인은 날아가고 있는 "뭇 새들"도 사랑하
지만 하늘에 떠 가고 있는 "외로운 구름"도 사랑한다. 그리고 "서로
바라보아도 모두 싫증나지 않는" 산도 무척 사랑한다. 그 옆에 흐르
고 있는 강물도 사랑하였음은 더 말할 것도 없다. 산에 있는 나무나
돌과 짐승들 같은 모든 것을 사랑하였다.

　그는 술을 마시기를 좋아했을 뿐만이 아니라 마시고 먹는 것을 모
두 좋아하였고 살아가면서 자기 감각으로 느끼는 모든 것을 좋아하
였다. 곧 사람으로 살아가는 것 자체를 좋아하였다. 「남릉에서의 이
별(南陵敍別)」시를 보면 "아이 불러 닭 잡아 삶게 하고 막걸리를 마
셨다(呼童烹鷄酌白酒)"고 하였고, 「술을 권하면서(將進酒)」시에서는
"염소 삶고 소를 잡아 또한 즐기려 하나니, 틀림없이 한 번 마신다
면 삼백 잔은 들어야지(烹羔宰牛且爲樂, 會須一飮三百杯)"라고 노래하
고 있다. 술을 마시면서 안주로 닭고기와 염소고기 및 소고기로 만
든 안주도 함께 즐기고 있는 것이다. 「소무(蘇武)」를 읊은 시에서는
"목마르면 월굴(月窟)의 물을 마시고, 배고프면 하늘에서 내린 눈을
먹는다(渴飮月窟水, 飢餐天上雪)"고 노래하고 있다. '월굴'은 서역에 있
는 달이 나온다는 굴이니 곧 땅굴이다. 목마르면 땅굴에 솟아나고
있는 물을 마시고 배고프면 하늘에서 내린 눈을 먹으면서 자기 일

　　　　　　　　　　　　　　　　　　　　　　모나지 않은 집

을 추구해야 한다는 것이다. 곧 그는 자기에게 주어지는 물이나 거친 음식이라도 맛있게 잘 마시고 자기가 하고자 하는 일을 하여야 한다고 생각하고 있었다. 「우림 도 장군을 전송하며(送羽林陶將軍)」를 보면 "만 리를 창 비껴 들고 호랑이굴 뒤지고, 세 잔 술엔 칼 빼어들고 칼춤을 춘다. 문인은 용기가 없다 말하지 마소, 이별을 앞두고 격려하는 채찍을 드리오(萬里橫戈探虎穴, 三盃拔劍舞龍泉, 莫道詞人無膽氣, 臨行將贈繞朝鞭)"라고 노래하고 있다. 시를 보내주는 도 장군은 적과 싸우며 나라를 지켜야 할 장수이기 때문에 술 세 잔을 마시면 자기 임무를 수행하기 위하여 칼춤을 추어야 한다는 것이다. 칼춤은 무인으로서의 할 일을 상징한다. 술을 마시면서도 자기 할 일은 잊지 말아야 한다는 것이다. 그리고 시인인 자신도 먼 길을 떠나는 친구 도 장군의 의기를 북돋아 주기 위하여 술만 마시지 않고 장군으로 용감히 싸워 나라를 잘 지켜 달라고 당부하는 뜻에서 "격려하는 채찍"을 선물하고 있다. 결국 술 마시기를 좋아한다는 것은 사람으로 열심히 살아가는 것을 뜻하는 것이다.

시선 이백이 우리에게 달을 지극히 사랑하고 술을 미친 듯이 마시면서 달과 술을 즐기고 있는 것을 시로 읊어 주고 있는 것은 우리에게 달만이 지극히 아름다운 것이라거나 술만이 가장 좋은 마실 거리라는 것을 알려 주려는 것이 아니다. 우리 주변의 자연 곧 하늘과 땅의 물건들을 모두 자신이 달을 사랑하듯이 적극적으로 사랑하라는 것이다. 우리에게 주어지는 모든 물건이나 조건들을 자기가 술 마시기를 좋아하듯 모두 좋아하며 즐기라는 것이다. 다시 「벗과 함께 묵으며(友人會宿)」라는 시를 한 수 읽어 보자.

천고의 시름을 씻어 버리며,

눌러앉아 백 병의 술을 마신다.

좋은 밤은 마땅히 얘기로 지새울지니,

밝은 달빛에 잠들지 못하네.

술 취하여 고요한 산에 누우니,

하늘과 땅이 곧 이불이요 베개로다.

滌蕩千古愁, 留連百壺飮.

良宵宜且談, 皓月未能寢.

醉來臥空山, 天地卽衾枕.

이 시에도 술이 나오고 달이 나온다. 그런데 이 시에서는 술을 혼자 마시는 것이 아니라 벗과 함께 어울려 마시고 있다. 시 본문의 "유련(留連)"은 미련이 있어 자기가 있는 자리로부터 떠나지 못하고 머뭇거리는 것이다. 여기에서는 벗과 어울리어 술 마시는 즐거움에 시간의 흐름을 전혀 마음에 두지 않고 있는 것이다. 그리고 "좋은 밤은 마땅히 얘기로 지새워야 한다"고도 하였으니 벗과 어울린 밤은 "좋은 밤"이고, 벗과는 술을 마시기만 하는 것이 아니라 서로 "얘기를 나누며" 밤을 지새워야 한다는 것이다. 그리고 하늘에는 자신이 사랑하는 "밝은 달"이 있으니 잠도 자지 않고 함께 달이 떠 있는 하늘의 풍경을 즐기는 것이다. 술과 달뿐만이 아니다. "술 취하여 고요한 산에 누우니, 하늘과 땅이 곧 이불이요 베개로다" 하고 노래하고 있으니 "고요한 산"이며 "하늘과 땅"도 모두 우리의 몸을 던질 만한 우리의 몸처럼 소중한 존재인 것이다.

모나지 않은 집

이제 다시 한 번 시선 이백이 우리에게 던져 주는 교훈을 정리해 보자. 우리는 이백이 '달'을 사랑하듯이 우리도 사랑을 할 줄 알아야 한다. 그런데 이백의 '달'은 하늘에 떠 있는 달만을 뜻하는 것이 아니라 구름이나 별은 말할 것도 없고 나무가 우거진 산과 강은 물론 하늘과 땅의 모든 것을 대표하고 있는 것이다. 그러니 이백의 '달'을 사랑하라는 가르침은 바로 자연 곧 우리 주변에 존재하는 모든 것을 사랑하라는 말이 된다. 모든 사람들을 벗과 같이 대하고 이 세상을 자기 몸처럼 사랑해야 한다는 것이다. 다시 이백은 우리에게 '술'을 좋아하되 시간을 아끼지 말고 "백 병의 술을 마시라"는 것이다. 이미 이백의 '술'은 우리 입으로 들어가는 물이나 음식은 물론 우리가 대하고 느끼는 모든 것을 대표한다고 하였다. 따라서 우리가 대하고 느끼는 모든 것을 철저히 받아들이라는 것이다. 술을 마시면서 벗들과는 밤잠을 미루고 얘기를 나누어야 하고 밝은 달도 즐겨야만 한다. 그리고 고요한 산이며 하늘과 땅은 자기 몸이나 같이 대하여야 한다는 것이다. 곧 사람은 이백이 달을 사랑하고 술을 좋아하듯 이 세상의 모든 것을 사랑하고 모든 일을 좋아하여야 한다. 이백은 그처럼 모든 것을 적극적으로 사랑하였기에 지금까지도 대시인으로 모든 사람들에게 알려지고 그의 시가 널리 읽혀지고 있는 것이다.

(2018.11.29)

백거이(白居易)의 시
「늙어서 경계할 일(老戒)」을 읽으며

당(唐)대의 대시인 백거이(772-846)의 「거울을 들여다보며 늙은 것을 기뻐하다(覽鏡喜老)」라는 제목의 시를 읽고, 자신이 늙은 것을 자연스럽게 받아들이며 일찍 죽지 않고 오래 살고 있는 자기의 처지를 기뻐하고 있는 시인의 모습에서 많은 것을 배운 일이 있다. 나는 시인을 본받아 나도 늙었지만 나에게 주어진 모든 여건을 하나님께 감사드리며 스스로 거기에 들어맞는 몸가짐과 마음가짐으로 나의 최선을 다하면서 즐겁게 살아가리라고 마음먹었다. 그런 중에 다시 「늙어서 경계할 일」을 읊은 백거이 시인의 시를 읽고 다시 또 늙은이로서 할 일과 조심할 일 따위를 생각해보게 되었다. 먼저 그의 「노계(老戒)」 두 글자 제목의 시를 본문과 함께 우리말로 옮기어 아래에 소개한다.

나는 머리가 희어진 다음 경계하여야 할 일을 알고 있으니

모나지 않은 집

한 시랑에게서 들은 것일세.

늙으면 흔히 살아갈 일 걱정하게 되고

병이 나면 동료들을 더욱 그리워하게 되며,

자기 몸이 건강하다고 뽐내며 으스대기도 하고

이것저것 얘기를 길게 하게 된다네.

나도 그런 짓 하고 있지 않은지

머리 이미 서리 내린 듯 희어졌는데.

我有白頭戒, 聞於韓侍郎.
아 유 백 두 계　문 어 한 시 랑

老多憂活計, 病更戀班行.
로 다 우 활 계　병 갱 련 반 행

矍鑠誇身健, 周遮說話長.
확 삭 과 신 건　주 차 설 화 장

不知我免否, 兩鬢已成霜.
부 지 아 면 부　양 빈 이 성 상

　둘째 구절의 '한 시랑'은 백거이보다 약간 선배이며 고문운동(古文運動)으로도 유명한 시인 한유(韓愈, 768-824)이다. 여기에서 읊고 있는 '늙어서 경계해야 할 일'은 모두 네 가지인데 한유에게서 들은 것이라 한다. 옛날 분들도 늙은 사람들끼리 만나면 늙어서 조심해야 할 일들에 대하여 서로 의견을 나누었던 것 같다. 『장자(莊子)』「천지(天地)」편에 이미 "오래 살면 욕된 일을 많이 겪게 된다(壽則多辱)"는 말이 보인다. 늙어서 잘못하면 주책없는 짓이나 잘못된 말을 하기 쉽게 된다고 생각했기 때문일 것이다.

　첫째로 "늙으면 살아갈 일로 걱정을 많이 하게 된다"는 말은 늙은 이들이 자기의 생활 대책을 걱정한다는 말일 것이다. 우리나라에서는 옛날에 대부분 노인들이 노후 생활을 자식들에게 의탁하여 스스로 걱정하는 사람들이 적었을 것이다. 아무래도 당나라 시대의 사회 여건은 우리와 달랐던 것처럼 생각된다. 둘째로 "병이 나면 함께 활동하던 동료들을 그리워하게 된다"고 하였다. 이 구절의 본문에 보이는 '반행(班行)'은 함께 일하던 동료들을 뜻한다. 병이 나지 않았을 적에도 젊은 시절 관청에 나가 벼슬살이하며 활동하던 시절을 그리워할 수 있을 것이다. 셋째로 "자기 몸이 건강하다고 뽐내며 으스댄다"는 것은 늙어서 가끔 부리게 되는 주책 때문일 것이다. 자기 몸의 건강은 뽐내지 말고 늘 적절한 운동을 하면서 잘 지켜 가야 할 것이다. 다만 실지로 그처럼 자기 몸의 건강을 뽐내는 사람은 많지 않을 것이다.

이 시에서 늙어서 경계할 일이라고 읊은 대목 중에 지금의 노인들도 가장 경계해야 할 일은 셋째 "이것저것 얘기를 길게 하게 된다"는 것이라 생각한다. 노인들 중에는 사석에서나 공석에서나 말을 하기 시작하면 그칠 줄 모르고 홀로 길게 발언을 하는 경우가 있다. 나 자신도 늙어 가면서 쓸데없는 말을 길게 하는 경우가 많아졌다고 생각된다. 생각이 제대로 돌지 않기 때문에 결국은 자기 생각을 제대로 정리하지 못하여 쓸데없는 말이 많아지는 것이다. 쓸데없는 말을 한다는 것은 결국 말을 잘 못하는 것이 된다. 쓸데없는 말 많이 하여 득이 되는 경우란 거의 없다. 듣는 이들 모두가 저 늙은이 주책이 발동되고 있구나 하고 생각하기 일쑤이다. 장자(莊子)가 말한 "오래 살아서 많은 욕을 보게 된다"는 가장 중요한 까닭도 늙어서 쓸데없는 말을 이것저것 많이 하는 데 있지 않은가 여겨진다.

늙은 사람들이 경계해야 할 일은 이 밖에도 무척 더 많을 것이다. 8세기 이후 세월도 많이 흘렀고 세상도 많이 달라졌다. 그러나 이 중에서도 "쓸데없는 말을 많이 하지 말라"는 교훈은 마음에 잘 새겨 두어야 할 것이다. 그래야 조금이라도 욕된 일을 덜 겪으며 깨끗한 노년을 누리게 될 것이다.

(2013.12.22)

김
재
은

선생 되기란

선생 되기란

1.

나는 초등학교(내가 다닐 때는 일제하여서 국민학교) 상급학년으로 올라가면서 국민학교 선생이 되고 싶어졌다. 나는 6년간 반장을 해서 그런지는 몰라도 선생님들과는 잘 지냈다. 그리고 그중에는 일본인 교사도 있었지만 민족 차별을 안 해서 전쟁이 끝난 후에도 그 선생님과는 편지 교환을 했다. 그래서 선생 되는 것이 꿈이었다. 왜냐하면 내 담임 선생님들은 모두 존경스러웠고 학생들을 사랑하셨기 때문이었다.

6학년 학년 말 어느 날, 담임 선생님이신 우에하라(上原, 당시 창씨 개명했을 때의 이름이고 원래는 梁明煥) 선생이 나를 부르시더니 "오늘 교직원 회의에서 너를 대구사범학교 지원자로 만장 일치로 추천하게 되었어. 그러니 대구에 시험 치러 갈 준비 해." 하시질 않는가? 당시 6학년에는 동서남중(東西南中) 네 반의 남학생 반과 여학생 한

반이 있었고, 한 반에 60명씩이었으니까 모두 300명의 학생 중에서 뽑혔으니 대단한 것이었다. 나는 당시 서반의 반장이었으니까 그 덕을 좀 봤겠지. 특별한 하자 없으면 대구사범학교에는 붙게 되어 있었다. 왜냐하면 경북 도내 각 군마다 티오가 있었는데 거의 90%는 들어가게 되어 있었기 때문이다. 또 우리 학교가 안동군에서는 제일 역사가 오래된 학교이기 때문에 선생님들은 전례에 따라 안심하고 있었다. 우리 선배들이 대개 다 그랬으니까. 그리고 안동군 예안면에서 한 사람, 길안면에서 한 사람, 해서 모두 세 명이 시험 치러 갔었다. 그런데 나만 떨어졌다. 이유는 아버지가 당시 징용 징집 통지서를 받고 도피 중이었기 때문이었다. 구두시험에서 걸렸다. 시험관이 서류를 보더니 "너의 아버지는 비국민(非國民)이야!" 하고 소리를 질렀다. 일본 말로는 "히고쿠민쟈나이까?"라고. 나는 속으로 '아하! 떨어졌구나' 하고 짐작했다.

집에 돌아와서 그 이야기를 하니까 어머니가 "야, 잘됐다. 집에서 다닐 수 있는 학교에 들어가면 학비 안 들고 좋지 뭐. 괜찮다." 하셨다. 나도 '할 수 없지' 하고 포기했는데, 나중에 일본 치하에서 해방이 되고 난 후 그 대구사범학교가 해방 전에 독립운동하던 학생들이 남아 있어서 해방 후에 학교를 빨갱이 소굴로 만들었는데 미 군정하라 관의 힘도 쓰기 어려울 만큼 조작화되어 있었다고 한다, 그래서 교내에서도 좌우충돌이 빈번히 일어났다고 한다. 학생들이 양분되어 있었다. 이런 와중에 나와 같이 시험 치고 대구사범학교에 들어간 다른 두 친구들은 해방 후 모두 좌익으로 몰려 경찰에 불려가서 심한 고초를 당하기도 하였다고 한다.

모나지 않은 집

3년 후 안동에 사범학교가 생기고 나니 그 친구들이 안동사범학교로 전학을 와서 나와 동문이 되었다. 대구사범학교에서는 도저히 버틸 수가 없었다고 한다. 상급생 빨갱이들이 "학습이다" "봉사다" "훈련이다" 하고 심하게 부려먹고는 말 잘 안 들으면 때리고 가두고 고문까지도 했단다.

일단 다른 중학교에 들어가서 공부를 하고 있는데, 1947년에 안동에 사범학교가 들어선다는 소문이 돌더니 모집 광고가 나붙었다. 그래서 시험을 치고 합격해서 3년간 사범학교엘 다녔다. 그 3년간은 참 행복했었다. 집에서 다녀서 좋고, 학비 걱정이 적고, 제1회 졸업생이어서 선배가 없다는 것도 좋았다. 기합을 안 받아도 되었으니까. 물론 좌우익 갈등으로 여러 가지 고초도 많이 겪었지만 대체로 행복한 시기였다. 좌우익 학생들 간에 투쟁이 심할 땐에는 무리지어 다니다가 길가에서 테러를 당하기도 하고 그래서 이빨도 부러진 적도 있다.

학교에 입학하자마자 곧 교장께 '브라스 밴드'를 만들어 달라고 졸랐다. 그래서 교장이 읍내 유지들을 설득해서 돈을 모아 주어서 서울로 올라가서 16인조 밴드 악기를 사 왔다. 권장 선생님, 하순화 선생님과 동행했다. 당장에 광고를 내서 밴드부 부원 모집을 했는데 정원이 초과될 정도로 모였다. 이전의 학교에서 밴드부에 있었던 학생들을 먼저 뽑고, 소질이 있어 보이는 학생들로는 대기조를 만들어 연습을 시켰다.

나는 이미 농림학교 1학년 때부터 밴드를 해 왔고 여러 악기를 거쳐 왔기 때문에 악기는 대개 다 다룰 줄 알았다. 처음에 열여섯 명이 모여서 미국의 민요, 〈클레멘타인〉, 〈올드 블랙 조〉, 〈조지아 마치〉 등을 불렀다. 악보가 없어서 안동에 주둔하고 있던 미군 부대에 가서(거기도 밴드가 있었다) 처음에는 악보를 좀 빌려 주면 베끼고 돌려 주겠다고 하니 몇 카피를 그냥 주었다. 〈성조기〉, 미국 국가, 〈조지아 마치〉, 〈Comes marching home〉, 〈Yankee doodle〉 등을 주었다.

내가 밴드 마스터를 3년간 하면서 리더십도 길러졌고, 군내 각 면에서 치르는 공식 행사에 불려 다녀서 군내에 안 가 본 데가 없을 정도였다. 각 면을 순회하면서 배운 것, 본 것, 만난 사람, 사귄 친구, 구경한 것 등이 나의 큰 지적 인적 자산이 되었다.

2.

고3 2학기가 되어 졸업 시기가 가까워 오니까 담임 교사가 날 부르시더니 "너 대학엘 안 갈래?" "국민학교 선생 하고 싶어서 이 학교에 들어왔는데요." 했더니 "국민학교 교사보다 중고등학교 교사 월급이 좋아. 한번 생각해 보고 알려 다오." 하셨다. 대학에는 가고 싶지만 학비 조달이 문제여서 고민하니까 담임이 "사범대학엘 가면 국립학교니까 학비가 싸고 거기다가 사범대학은 장학금까지 준단 말이야. 생각해 봐." 재차 독촉하셨다. 그 선생님은 수학 선생인데 서울사대 부설 임시교사 양성소를 나온 분이셨다. 그래서 내용을 잘 알고 계셨다.

일단 사범대학엘 가기로 하고 부모님에게 의논을 드렸다. 처음에는 대구의 경북사대에 가면 모르되 서울에는 안 된다고 하셨다. 그 이유는 오직 학비 조달 문제 때문이었다. 그 당시 나의 학교 성적은 전 학년에서 2등이었다. 그래서 선생님들이 얘는 대학에 보내는 것이 우리 학교가 설립 초창기니까 좀 주목을 받을 수가 있다는 이야기를 하셨다. 나는 부모님을 이렇게 설득했다. "같은 사범대학이면 서울로 가렵니다. 좀 큰 물에서 노는 것이 좋지 않겠나 싶고, 한 달치 생활비만 주시면 그 다음부터는 벌어서 공부하겠습니다." 그 한 달치 생활비도 살던 집을 팔아서 마련했으니 가족들에게는 눈치가 보였다. 결국은 서울로 낙착이 되어 나는 상경해서 시험 쳐서 붙었고 나 혼자 서울로 올라왔다.

대학·입학하고 3주 만에 6·25전쟁이 일어났다. 죽을 고비를 몇 번을 넘기고 안동으로 대구로 부산으로 피난을 갔는데 대구의 전시 연합대학에서 2년, 부산 본교에서 2년 공부해서 그럭저럭 졸업을 했다. 3학년 2학기 때 정범모 교수가 미국서 돌아와서 3학년 강의를 맡아 주었다. 그분은 내가 1학년 입학 당시 대학원을 갓 졸업한 선배였다. '교육평가'와 '교육통계'를 배웠는데 내 성적이 제일 잘 나왔는지 정 교수가 나를 부르더니 첫 번째 시험에서 시험 잘 봤다고 나를 조교를 시켰다. 그리고 수복해서 졸업하면 고향 안동에 내려가서 사범학교 교육학 교사가 되어서 돈을 벌어야지 하고 있는데, 정범모 교수가 하루는 나보고 "자네 대학원 입학 시험 좀 쳐 봐. 그리고 나 좀 도와 줘. 여러 가지 심리 검사를 만들려고 하니까 자네가 필요해." 나는 하는 수 없이 사범학교 월급을 포기하고 연구실에 남기로 했다. 당시 조교는 무보수였다. 안동에는 내 대신 전중철 형을 보냈다. 입학은 나보다 2년 앞섰지만 졸업은 나와 같이 한 경기도 김포 사람인데 안동으로 내려 보냈다. 그는 거기서 7년을 근무했다.

조교는 월급이 없으니 안동엘 내려가서 사범학교인 내 모교에서 교편을 잡으면 보수가 괜찮으니까 부모님께 생활비를 보태 드릴 수 있는데 그만 내 꿈이 깨졌다. 정 교수께서 미군 부대 C레이션 박스를 가끔 얻어 주셔서 간식으로 사용했고, 자기 호주머니를 털어 용돈을 주셨다.

대학 진학의 다른 뒷이야기가 있다. 우리 부모님은 기독교 신앙심이 깊으셔서 아들 하나쯤 목사가 되어도 좋다고 생각하셔서 신학교 예비 시험을 쳐 보라고 하셨다. 안동에는 장로교 경안 노회 본부가 있었다. 고3에 올라가자 시험을 한번 쳐 보기로 하고 가을에 친구 네 사람과 모두 다섯 명이 노회(老會)의 예비 시험을 쳤다. 결과는 나만 떨어지고 다른 네 사람은 붙었다. 결국 나는 예비 시험에서 떨어진 탓으로 신학교 지원을 포기했던 일이 있었다. 그런데 흥미로운 것은 다른 네 사람 중 한 명만 목사가 되고 세 사람은 사업가, 피아노 교수, 대기업 부사장 등으로 나갔다. 그 친구들(사실은 나보다 나이가 많은 선배들이다)이 그렇게 된 배경은 6·25사변 때문이었다.

대학원을 2년 끝내고 어디 강사 자리라도 얻어야겠는데 하고 기다렸는데 지도교수가 1년 더 자기와 함께 일해 주기를 원했다. 각종 심리 검사 개발을 하는데 도와 달라는 것이었다. 대학원 3년차에 정 교수가 성균관대학교 교육학과 강좌의 강사 자리를 얻어 주셨다. 강사로 3년을 하는 동안 나는 결혼을 하고 이화여대 전임 자리까지 올라가게 되었다. 그리고 1996년 정년 때까지 거기서 봉사했다.

결국은 초등학교 교사가 되고 싶어 한 소년은 대구사범학교 실패

-안동농림학교 입학-안동사범학교 진학-서울대학교 사범대학 교육학과 진학-서울대학교 대학원 교육심리학 전공-이화여대 심리학과 교수-이화여대에서 문학박사 학위 수령-정년 퇴임. 이렇게 일생을 남을 가르치는 선생으로 살아오게 된 것이다.

3.

선생이란, 불행히도 지금은 기피 직종의 하나가 되었지만 여전히 교사는 중요한 전문직이다. 왜냐하면 이들의 손에 나라의 미래가 달려 있고, 이 사회에서 존경받을 수 있는 몇 안 되는 직업의 하나이기 때문이다. 교사의 실력이 모자라 엉터리 지식을 가르치면 앞으로 다가오는 4차 산업 시대에 살아남기 어렵게 된다. 그래서 정부에서 교사들도 모두 석사 학위를 취득하라고 요구하지 않는가? 그런 이유로 우리나라 교육 경쟁력이 핀란드 다음으로 세계 2위를 차지했다. 그 이유는 교사의 자질이 높다든가, 대학 진학률이 높다든가, 문맹률이 낮다든가 하는 것 때문이다.

또한 교사가 학생들에게 성적 농담이나 하고, 외설적인 이야기를 교실에서 수업 중에 서슴없이 하고, 학생들 성희롱이나 하는 그런 저질의 인성을 가진 사람이라면 아이들이 학교엘 갈 필요가 없지 않겠는가? 왜 그런 데서 술집에서나 하는 음란한 이야기를 하는가 말이다. 요즘 선생이란 교육 당국이나 학부모, 학생까지도 존경하거나 존중해 주는 직업이 아닌 것이 되어 버렸다. 도리어 학생들한테 여교사가 성희롱을 당하고, 학생들에게 매나 맞고, 욕지꺼리 얻어먹고, 학부모로부터 고발당하고, 데모하기 좋아하는 노동자가 되었다. 그러니 학생들도 '아하! 선생들도 저렇게 머리띠 하고 데모해도 되는 거구나!'를 배우게 된다.

그런데 여전히 선생의 영향은 엄청난 것이다. 경북 안동에 있는 풍산고등학교는 '주식회사 풍산'에서 운영하는 작은 시골 고등학교지만, 전국에서 4년제 대학 입학생 비율이 제일 높은 고등학교이다. 미국의 부시 대통령 부자가 다 다녀갔을 정도로 유명한 학교이다. 그 이유에 여러 가지가 있겠지만, 첫째가 선생님들의 피 나는 수고 덕분일 것이다. 시골 읍 소재지 학교에서 그런 성적을 낸다고 하는 것은 재단에서 지원해 주는 덕일 수도 있겠지만 선생님들이 학생을 사랑하고 정성을 들여서 아이들을 교육한 결과라고 생각한다.

내가 1980년대 중반에 우리나라 작가, 음악가, 화가들 가운데 40 전후의 중견 작가 중 앞으로 대가가 될 소지가 많아 보이는 창조적인 작가들을 선정해서, 대학원 학생들을 시켜서 인터뷰하게 해서 그 결과를 가지고 소논문을 쓴 일이 있었다. 작가는 이어령 교수에게, 음악가는 성두영 교수에게, 화가는 평론가 김윤수 교수 등에게 부탁해서 명단을 받았다. 모두 246명에 이른다. 여기서 핵심적인 질문은 작가나 예술가가 되게 한 결정적인 영향을 끼친 사람이 누구냐였다. 이 질문에 당시 3분의 2가 중고등학교 때의 선생님이었다고 대답했다. 내 경험에도 비슷한 경우가 있다. 작가 오은주, 시인 김행숙, 극작가 김명화 같은 제자들은 대학 시절 나와 짧은 만남에서 "글 써 보지?"라고 말했다는 기억이 난다고 했다. 선생은 여전히 위력 있는 존재이다.

모나지 않은 집

요즘은 교육이 초등학교 고학년부터 모두 입시 준비 모드로 되어 있어서, 교사의 힘보다는 엄마의 정보력, 아버지의 무관심, 할아버지의 재력이 입시에 결정적인 영향을 준다는 우스갯소리가 있지만, 현실적으로는 정보력, 재력, 거주 지역, 학교의 명성뿐 아니라 그리고 또 교사의 성의가 중요 변수이다.

4.

　2018년 겨울, 내 제자들 약 60명이 나의 미수(米壽) 잔치를 해 주었다. 그리고 축하 금품도 적지 않게 보내 주었다. 나는 그 자리에서 인사말을 하면서 울먹였다. 물론 고마움에 감동해서이기도 했지만 내가 돌이켜 보아도 선생으로서 최선을 다하지 못한 것 같고, 변변치 않은 선생이었던 것 같은데, 이렇게 축하해 주고 축하 금품까지 챙겨 주어 받고 보니 한없이 부끄럽고 미안한 생각으로 가슴이 메었던 것이다. 내 양심의 소리는 "제자들에게 사과를 해라, 최선을 다하지 못한 점, 정성을 다 쏟아 가르치지 않고 월급쟁이 노릇한 점을 사과해야 해!" 하고 압박을 주는 것을 절절히 느꼈다.

　남을 가르친다? 내가 바로 서야 남을 바로 가르칠 수 있지, 자기는 바른 사람인 척, 올바른 판단을 하는 지성인인 척, 자기는 정말로 정직한 사람인 척하면서 그렇지 못한 자기를 감추고, 속이고, 사기치고, 강요하고, 큰소리치고…… 체하는 것은 전혀 성숙된 인간의 도리가 아니지 않는가 싶었다. 선생이나 목사에게 다 도인이 되고, 지성인이 되고, 영재가 되고, 자선가가 되라는 요구는 부당하다. 누구도 그럴 수 없기 때문이다. 성녀(聖女)라고 일컬어지는 마더 테레사 수녀조차도 현실의 처참함에 "신이여 어디 계시나이까?" 하고 울부짖었다. 그러나 적어도 선생이 되려면 당연히 전문적 실력을 갈고 닦는 데 게을리하지 말아야 하고, 정직하고 솔직해야 한다고 본다. 나는 이 점을 강조하고 싶다. 아는 척을 하지 말고, 정직한 척을 하지 말고, 학생들 앞에서는 정직하고 솔직한 것이 더 바람직하다고 생각한다. 모르면 모른다고 하라. 나는 사실 그렇지 못했다는 것이 뉘우쳐진다. 아는 척을 하다 보니 부정확한 정보를 준 일이 허다하다. 그게 그렇게 후회스럽다. 미국 교수들은 학생들 질문에 대답하지 못하겠으면 "That's good question, I have no idia"라고 솔직하게 대답한다.

옛날 내가 이화여대 교수로 있을 때, 교목인 김흥호 목사가 채플 시간에 이런 설교를 한 기억이 난다. "선생은 생선이다." '선생'을 거꾸로 읽으면 '생선'이다. 이 말은 생선일 때에는 싱싱하게 활약하고, 끝내는 사람들에게 좋은 먹이가 된다는 각오로 선생을 해야 된다는 것이었다. 생선은 썩으면 냄새가 지독하게 나쁘고 가치가 없어지고 끝내는 버려진다. 생선이 썩으면 못 먹게 되듯이 선생도 썩으면 선생의 구실을 상실한다.

요즘 가톨릭 사제들의 소년 성추행, 수녀들과의 불량한 관계, 목사들의 성적 이탈과 교사들의 학생들에 대한 불건전한 성적 이탈 등이 사회문제가 되고 있지 않은가? 이런 사건들을 보면서 "그런 종교 지도자한테서 뭣을 배우고 무슨 지도를 받고 어떻게 영적 치유를 받겠는가?" 자기는 아닌 체하고, 자기는 그런 부류와 무관한 사

모나지 않은 집

람인 척 하는 위선적 선생, 성직자. 가소롭고 화가 나기도 한다.

선생이 된다는 것은, 단지 먼저 태어난 사람이 아니다. 옛날에는 고매한 인품의 선비에게는 "선생"이라는 호칭으로 불렀다. 보라. 퇴계를 "퇴계 대감"(퇴계도 판서를 했으니까)이라 부르지 않고 "퇴계 선생"이라고 부르지 않는가? 선비는 청렴 결백해야 진정한 선비인 것이다. 따라서 선생은 처신이 깨끗해야 한다고 생각한다. 그래야 제자들이 존경과 신뢰를 보내게 되지 않겠는가? 그래야 또 그의 말에 힘이 생긴다. 요즘 정치가들이 밤낮으로 "서민 경제"니 "민생 문제"니 하고 떠드는 말에 신뢰가 가지 않는 까닭은 그들의 행동에 진실성과 간절함이 배어 있지 않기 때문이다. 특히 그들의 "내로남불"(내가 하면 로맨스, 남이 하면 불륜) 모드에는 코웃음이 쳐질 뿐이다.

내가 일생을 선생으로 살았으나 돌이켜 보면 한없이 뉘우쳐지고 부끄러운 일이 많다. 제자들의 격려로 하루하루 위로받고 있으며, 보람되게 살려고 노력하나 이제는 힘에 겹다. 더 늦기 전에 선생으로서 잘못한 일에는 제자들에게 사과하고 싶다.

이형기 시인의 시에 "삶이란 뒤돌아보고 남는 뉘우침으로 사는 것"이라는 구절이 있다. 그래서 그 시에서 위로를 받고 있다. 내 가슴속 깊이 녹슬어 앙금으로 남아 있는 마음의 땟국들을 지우고 싶다. 그 녹을 닦아 내는 데 시간이 걸린다. 아이들한테도, 제자들한테도, 친구들한테도 잘못이 있었으면 사과하고 용서를 빌고 싶다. 그래서 '선생'은 부모나 마찬가지로 어떤 점에서 무한 책임감을 안고 사는 사람들이라고 생각된다.

(2019.2.26)

이
상
옥

약 먹으러 갔다가
"일생을 정리할 때"라는데
루터의 도시 비텐베르크 탐방기
크라코브, 그리고 아우슈비츠

약 먹으러 갔다가

　혈압 약을 복용하기 시작한 지 10년쯤 됩니다. 내과 전문의의 처방전에 따라 약을 지어 줄 때마다 약사는 "조반 30분 후에 복용하세요"라고 말합니다. 그런데 매일 그 말을 충실히 따르기가 여간 어렵지 않네요. 약이 몹시 쓰다든가 약의 부작용이 겁나서가 아닙니다. 반 조각씩의 알약을 입에 넣는 일을 곧잘 잊어버리기 때문입니다.

　그래서 약을 얻어 오는 날이면 한 첩 한 첩에 날짜를 적어 놓습니다. 아침에 약을 먹지 않고 집을 나섰다가 나중에 생각이 날 경우에 대비해서 아예 하루치의 약을 늘 지갑 속에 끼워 넣고 다니기도 합니다. 또 다음 날 외출이 예정이 되어 있을 경우에는 한 첩을 미리 뜯어 열쇠 꾸러미 위에 놓아 두고 이튿날 집을 나서기 전에 눈에 띄게 합니다. 이게 모두 약 복용을 잊지 않겠다는 각오에서 취한 비장한 조처입니다.

　하지만 이따금 하루씩 건너뛰는 것을 피할 수는 없습니다. 약 먹는 일을 처음부터 잊어버리고 마는가 하면, 간혹 하루치 약을 들고 부엌까지는 가지만 끝내 복용하지 않고 하루 일과를 시작할 때가 있기 때문입니다. 약을 먹겠다고 빈 커피 잔을 씻는 사이에 그만 약을 까맣게 잊어버리는 겁니다. 씻은 잔만 건조대에 두고 나오거나 기껏 생수 한 잔만 따라 마시고는 부엌에서 나옵니다. 이런 날에는 물론 약봉지가 종일 전기 오븐 위에 덩그렇게 놓여 있게 되고, 저녁 답에는 야유 섞인 잔소리까지 듣게 됩니다.

그래서 우리 집에서는 잘 알려진 국민 동요 〈옹달샘〉의 가사를 바꿔 부르기도 합니다. "세수하러 왔다가/물만 먹고 가지요"를

> 약 먹으러 갔다가
> 물만 먹고 오네요

라고 패러디하면서 낄낄거린답니다.

자, 이쯤 되니 내 건망증도 꽤나 중증이 아닌가 싶습니다. 쉽게 잊어버리는 증세가 약 먹는 일에만 그치지는 않을 테고 필경, 내가 알게 모르게, 생활 전반에 걸쳐 영향을 주고 있을 것이니 주변 사람들이 나의 일상 행태에서 여러 가지 이상 징후를 눈치채고 있을 거라는 의심도 듭니다.

아니나 다를까, 주변에서 나를 치매 환자나 아니면 적어도 예비치매 환자로 간주하며 대하는 것을 실감할 때가 있습니다. 가을철에 독감 예방주사를 맞으러 보건소에 들르면 현관에 서 있던 직원이 나를 반갑게 맞으면서 무료로 치매 검사를 한번 받아 보는 게 어

떠냐고 합니다. 나는 그 검사가 접종의 선행 조건이냐고 묻고 그렇지 않다는 답이 나오면 정중히 검사를 사양합니다. 내 친구들 중의 한 사람은 고분고분하게 이런 검사를 받으면서 "최근에 있었던 일을 자주 잊어버린다"는 등의 답을 했다가 인지 능력에 문제가 있다는 판정을 받았다고 합니다. 하지만 내가 보기에 그의 평상시 언행은 멀쩡하기만 합니다.

한데 이 치매 검사는 애써 피한다고 늘 피할 수 있는 게 아니더군요. 지난봄에 자동차 운전면허 시험장으로 면허증을 갱신하러 갔다가 경찰에서 하는 치매 검사를 꼼짝 못 하고 받았거든요. 갱신 절차를 문의하러 접수에 갔다가 한 40대 여직원에게 붙잡혀 어떤 호젓한 실내로 따라가지 않았겠습니까. 그가 나에게 운전면허증과 사진 한 장을 달라고 했을 때 나는 속으로 '세상에! 요즘은 민원 창구에서 어르신들을 이렇게 친절하게 대하나 보다'고 감동했습니다. 하지만 그것도 잠깐, 그는 본색을 드러내며 '지금부터 몇 가지 물어볼 테니 과히 언짢게 여기지 마시라'고 했습니다. 먼저 그는 그날이 몇 월 몇 일이며 무슨 요일이냐고 물었고, 이어 내가 몇 살이냐고 묻더니 생년월일을 대어 보라고 했습니다. 다음에 그는 나무, 모자, 기차 이렇게 세 개의 낱말을 말한 후 나중에 물어볼 테니 일단 기억해 두라고 했습니다. 이쯤 되자 나는 지금 내가 치매 검사를 받고 있다는 것을 짐작했지요. 곧 암산 시험이 시작되었습니다. 100에서 7을 빼면 얼마가 남느냐고 묻기에 93이라고 했더니 연이어 7을 빼면서 답을 대 보라고 했습니다. 답이 72에 이르도록 척척 대답했더니 그는, "아이구, 저보다 더 잘하십니다"라는 공치사까지 하면서 종이 한 장을 끄집어내더군요. 이번에는 도형을 따라 그리는 문제였는데, 글쎄요, 아주 유치한 수준의 그림이었습니다. 마지막으로 나는 처음에 들었던 세 개의 낱말을 고스란히 기억해 냈습니다. 아마도 운이 좋았겠지요.

이처럼 시시닥거리며 기억력, 계산 능력, 공간 인지력 등을 시험받고 나자 새 면허증이 발급되었습니다. "연세가 높아서 5년밖에 드리지 못합니다. 5년 후에 다시 적성검사를 받고 갱신하시면 됩니다."라는 말에 기분이 좋아진 나는, "아이구, 5년도 황송하게 많습니다. 제 차의 나이가 열두 살이 넘었거든요. 더 이상 움직이지 못하겠다고 하면 그때 함께 그만두려고 합니다."라며 너스레까지 떨었습니다. 면허증을 갱신하라는 통보를 받았을 때, 사실, 나는 무엇보다 근자에 부쩍 나빠진 시력을 걱정했습니다. 그래서 평생 처음 난시 교정 안경까지 하나 맞춰 들고 시험장을 찾아갔는데, 그처럼 수월하게 면허증을 갱신 받았으니 기분이 좋을 수밖에요.

하지만 그 검사 결과만 가지고서 어찌 내 정신적 기능에 이상이 없다는 증거로 삼을 수 있겠습니까. 건망증은 나날이 심해져서 약 복용을 잊어버리는 데 그치지 않습니다. 이를테면 몇 주일 전에 대학병원 영안실로 문상을 갔었는데 그게 뉘 집 상사였더라? 생각이 나지 않아 한참 끙끙댈 때가 있습니다. 뿐만 아니라 며칠 전에 광화문에 나갔던 것 같은데 무슨 일로 나갔으며 누굴 만났었지? 생각이 떠오르지 않아 쩔쩔매기도 합니다.

이처럼 최근 혹은 근년에 있었던 일을 곧잘 잊어버리는 데 비해 옛일들은 어찌 그리도 선명히 기억나는지요. 그것도 즐거웠던 일이

모나지 않은 집

나 자랑스러웠던 일이 아니고 안타까웠던 일, 억울했던 일, 괴로웠던 일들이 더 자주 더 또렷이 기억나서 내 스스로 민망해지기 일쑤입니다. 이를테면, 6·25사변 중의 중학교 3학년 시절 인민군이 후퇴하며 교정에 두고 간 탱크의 포신에서 한 반 친구가 오발탄의 폭발로 죽었을 때 그의 부친에게 그 참사를 고하러 갔는데 그분이 "간밤에 꿈자리가 어지럽더니……" 하던 일이 어제 있었던 일처럼 생생히 떠오릅니다. 또 60여 년 전에 당시의 연희대학교 무시험 입학 전형에 원서를 냈다가 낙방한 일도 이따금 선명히 떠오르는데 그때마다 나는 그 수모를 되새기며 여전히 그 대학을 용서하지 않습니다. 그래서 오늘날까지도 연대가 라이벌 고대와 무슨 시합이라도 하는 날이면 용렬하게도 나는 고대가 이기기를 바랍니다. 그리고 대학 인사 절차에서 내가 모종의 떳떳하지 못한 역할을 했을 거라며 고발한 터무니없는 진정서 때문에 총장실까지 불려 가서 해명을 해야 했던 일 같은 과거사는 그 세세한 면까지 또렷이 기억하고 있습니다. 그리고 어쩌다 그런 일들이 떠오를 때면 나는 여전히 무척 안타깝거나 괘씸하고 또 억울해서 내 집요한 기억력이 원망스러워집니다.

옛일들이 선명히 기억나는 것은 내 머릿속의 기억 장치랄까 메모리 기능이 아주 말짱하던 시절에 입력된 덕분일 겁니다. 반면에, 근자의 일들이 잘 기억나지 않는 것은 그 기억 장치가 너무 낡아서 저장이 쉽게 되지 않는 탓이라 여겨집니다. 그런데 문제는 이 메모리의 기능이 나날이 더 저하되고 있다는 데 있습니다. 이러다가는 "약 먹으러 갔다가 물만 먹고 오네요"의 수준에 그치지 않고, 약국에서 약을 받아들고 나와서는 몇 번 버스를 타야 하는지 혹은 어느 쪽으로 걸어가야 하는지 생각이 나지 않아 헤매고 다니게 되는 날이라도 닥쳐오는 게 아닐까 두려워지기도 합니다.

"일생을 정리할 때"라는데

2001년 9월. 오랫동안 재직하던 대학에서 퇴임한 후 며칠 되지 않아 나는 한 고미술상으로부터 전화를 받았다. 사연인즉, 이제는 선생께서도 일생을 정리할 때가 되었을 텐데 혹시 댁에 처분해야 할 고서화나 골동품이 있으면 한번 찾아뵙겠다는 것이었다. 그 난데없는 제안에 나는 무척 놀랐고 또 불쾌했지만 감정을 억제한 후, 그런 것은 없으며 혹시 있어도 돈을 받고 넘기지는 않겠다고 응답했다. 그 상인은 어떤 경로를 통해 내 퇴임 정보를 얻어 낸 후 장사꾼다운 충동에서 전화를 걸었을 테지만, 아무리 생각해도 "일생을 정리할 때"라는 문구는 남에게, 특히 모르는 사람에게, 함부로 써서 안 될 무례한 말이었다. 무엇보다 그 말에는 "당신 인생도 이제는 끝장"이라는 뜻이 함축되어 있는데 그때나 지금이나 나는 얼굴도 모르는 사람으로부터 그따위 말을 듣고 싶지 않다.

"일생을 정리할 때"라는 말이 그 자체로 잘못되었다고 할 수는 없다. 우리는 한평생 살면서 언제나 삶을 이리저리 정리하고 있다. 특히 평생 일해 오던 직장에서 물러난 사람이라면 그간 살아온 삶을 어떤 식으로든 정리할 필요를 느낄 것이다. 또 그 말이 은근히 비치고 있는 "이제는 끝장"이라는 함의에 대해서도 무조건 시비를 걸 수는 없다. 개개인의 삶은 그것이 시작되는 순간부터 숙명적으로 그 종말을 향해 나아간다. 그 행로가 길든 짧든, 그 걸음이 느리든 빠르든, 어차피 모든 사람은 태어날 때부터 각기 삶의 종착점을 향해 다가가고 있을 뿐이며, 정년퇴직자라면 그곳에 아주 가까워졌을 수도 있다. 그러니 "일생을 정리할 때"라는 말이나 그 속에 함축된 "이제는 끝장"이라는 뜻은, 설령 거북하게 들린다 해도, 결코 외면할 수 없는 진실이다.

퇴임 날짜가 가시권에 들어왔을 무렵 나는 장차 그날을 어떻게 맞아야 할 것인가를 생각해 보려 했지만 별로 생각할 것이 없었다. 내가 고의적으로 취한 행동이 있다면 그해 여름 8월 말일로 예정되어 있던 퇴임식장에 나가지 않기 위해 그달의 마지막 두 주일간은 휴가를 내어 유럽 여행을 한 것뿐이다. 귀국한 후 9월부터 대학에 출근하지 않았지만 나는 심리적으로 아무 부담도 느끼지 않았다. 퇴임한 동료들이 더러 오피스텔을 구해 '출근'할 장소를 마련하는 눈치였으나 나는 그럴 생각이 추호도 없었다. 무엇보다도 내가 '출근'해서 해야 할 일이 하나도 없었기 때문이었다. 몇몇 선배 교수들은 하던 연구를 끝내고 싶다면서 퇴임 후에도 출강을 원했지만 나에게는 끝내야 할 과제가 없었다. 오히려 퇴임하기 오래전부터 나에게는 내가 너무 오랫동안 대학에 머물고 있구나 하는 자책감이 있었

모나지 않은 집

으나 조기 퇴임을 마음먹을 정도로 용감하지 못했을 뿐이다.

퇴임 후에는 물론 어떤 출강이든 더 이상 원하지 않았고 대학원 강의를 맡아 달라는 요청을 몇 차례 받고도 늘 사양하였다. 사람들은 그것이 쉽지 않은 결심이었을 거라고 했으나 나에게는 조금도 어려운 일이 아니었다. 나는 일생 동안 교단에 서서 학생들을 대하면서 상당한 보람과 긍지를 느꼈지만, 마음속 한구석에는 늘 내가 맡은 일에서 최선을 다하고 있지 않다는 생각이 도사리고 있었다. 그래서 교직 생활의 마지막 10년간 나는 대학원 강의와 석·박사 과정의 학생 지도를 멀리했다. 뿐만 아니라 교수직 유지를 위한 학술 논문 쓰기에 대해서도 나는 언제나 회의적이었다. 그러므로 정년퇴임은 그 모든 가르치기와 공부하기로부터 자유로워지고 내 학자적 양심의 부담에서 놓여남을 의미했다. 이처럼 나는 오래전부터 교직 생활을 내 나름으로 정리해 오고 있었으므로 퇴임을 맞아서도 아무런 정신적 충격이나 갈등을 겪지 않았다.

하지만 퇴임과 함께 연구실을 비우게 되면 책을 수장할 공간의 축소가 불가피하므로 어떤 식으로든 책을 처분하지 않을 수 없었다. 공공도서관이나 대학도서관이 너무 부실했던 시절에 학문을 하겠다고 덤벼든 사람들이면 누구나 그랬듯이 나도 참으로 많은 책을 사들여야 했다. 한 해에 한두 번 펴 볼까 말까 하는 기본 도서들은 사실 도서관에서나 갖추고 있으면 될 터인데도 우리는 거의 모두 개별적으로 소장하고 있었다. 게다가 오랫동안 학계에 있다 보니 많은 출판사와 저자들이 보내 준 기증 도서가 연구실에 더미더미 쌓여 있었다.

퇴임을 앞둔 몇 학기 전부터 나는 책을 정리하는 최선의 길은 미련 없이 버리는 데 있다는 결론에 이르렀고 그때부터 책 버리기를 시작했다. 1950년대부터 사들였던 영문학 페이퍼백 중의 많은 양을 쓰레기통에 넣었다. 마지막 1년 동안에는 퇴근 때마다 중요 작가의 작품들을 중심으로 연구실의 책을 뽑아 들고 집으로 옮겼다. 두고 두고 읽을 기회가 있지 않을까 하는 기대가 있었기 때문이었다. 반면에 작가론이나 이론서 등은 되도록 가져가지 않기로 했다. 그 대신 후배들이 연구실에 들를 때마다 그들의 전공 분야 책이 꽂혀 있는 쪽을 가리키며, "혹시 흥미 있는 책이 있으면 마음대로 뽑아 가라"고 해 보았다. 하지만 그렇게 해서는 책이 별로 줄지 않았다.

　한편, 내가 사는 동네의 시립도서관에 많은 책을 기증했다. 우리말로 된 책들 중의 태반은 저자의 자필 서명이 든 수증본(受贈本)이었지만, 도서관의 수서 담당자들과 상의하여 기증자와 수증자의 이름이 노출된 채로 책을 도서관 서가에 꽂아 놓기로 합의하고는 두어 차례에 걸쳐 약 700권의 도서를 실어 가게 했다. 훗날 그 도서관의 서고에 들어가 보니 기증자의 자서(自署)와 내 이름이 함께 보이는 많은 책들에서 관외 대출의 흔적을 볼 수 있어 마음이 자못 흐뭇했다. 그러므로 그 책을 나에게 보내 준 분들도 내가 책을 처분한 방식을 두고 지나친 배신감은 느끼지 않을 것이라 믿는다.

　퇴임 후 몇 해가 지났을 때 마침 시청에서 중앙도서관이라고 크게 지어 개관하기에 새로 모인 책을 기증하려고 찾아갔더니 그간 기증 도서 접수 방침이 변경되어 있었다. 이제는 새 책만 기증받되 그것도 출간된 지 3년 이내의 새 책만 받겠다는 것이었다. 하는 수 없이 새 기증처를 찾다가 내가 60여 년 전에 졸업한 고등학교가 자립형 사립학교로 개편되었다는 소문이 들리기에 접촉해 보았더니 얼마든지 수증할 용의가 있다는 것이었다. 그래서 이미 수백 권을 보냈고 요즘도 책이 모일 때마다 한두 상자씩 포장해서 우체국으로 간다. 앞으로는 소장하고 있는 외국어 문헌 중에서도 고교생들이 읽을 만한 책을 골라 보낼 작정이다.

그러나 아직도 남아 있는 많은 책을 쳐다볼 때마다 어떻게 처리해야 할지 난감하기만 하다. 간혹 이 책을 조금씩 나누어서 매주 찾아오는 재활용품 분리수거차에 실어 보낼까 싶을 때도 있다. 하지만 평생 아끼던 책을 그런 식으로 내다버린다는 것은 책에 대한 도리가 아님이 분명하다. 그럴 때면 내 책은 단순한 인쇄물이 아니고 각기 제 나름의 품격을 갖추고 있을 거라는 생각이 든다. 그래서 이 책들이 비록 나하고는 인연을 끊는다 하더라도 다른 이들의 손에 들어가서 서격(書格)이랄까 책으로서의 품위를 보전해 갈 수 있었으면 좋겠다는 생각이 간절해진다.

그래서 그런지 요즘 나는 50여 년 전 영국에서 공부하던 시절의 채링크로스 로드를 자주 떠올린다. 런던 도심 지역에서 남북으로 나 있는 그 넓은 거리에는 고서점들이 즐비했고 대형서점 포일스(Foyles)도 고서를 취급하는 넓은 공간을 별도로 두고 있었다. 나는 런던에 갈 때마다 그곳 고서점에 들러 긴 시간을 보내며 많은 책을 구입했다. 훗날 내가 한 영국 작가에 대한 학위 논문을 쓸 때 참고한 20여 권의 결정판 전집도 그중의 몇 권만 새 책일 뿐 거의 모두 그 거리에서 염가로 주워 모은 것이었다.

일부 희귀본에는 새 책보다 비싼 값이 매겨져 있었지만 대부분의 헌책들은 값이 터무니없이 쌌다. 그 책들이 그렇게 염가로 팔리는 것은 소장가들의 서재에서 헐값으로 넘어왔기에 가능하지 않을까 싶다. 생전에는 소장가들이, 그리고 사후에는 그 후손들이, 그 책들을 버리다시피 고서적상들에게 넘겼으리라 추정된다.

오늘날 영국 웨일스 지방의 헤이온와이(Hay-on-Wye)라는 고을에는 스무 군데가 넘는 고서점이 있다고 한다. 그 서점들 덕분에 그 고장에서는 해마다 각종 문화 축제가 열리고 한 해 내내 많은 탐방객들이 그곳을 찾아가서 며칠씩 묵으며 헌책 서가를 섭렵하기도 한다니, 영국적인 고서 취급 문화가 낳은 보기 좋은 정경이 아닌가 싶다. 이는 참으로 부러운 문화이지만 우리에게는 헤이온와이 같은 고을은커녕 채링크로스 로드 같은 거리도 없고 그런 곳을 있게 해 줄 사회적 풍습이나 문화적 관행도 없으니 아쉽기만 하다. 우리에게도 헌책들을 싼 값으로 구해 볼 수 있는 서점들이 늘어서 있는 거리가 하나쯤 생기게 되기를 바란다. 그리하여 한평생 책을 사들이던 사람들이 "일생을 정리할 때"가 되면 소장해 온 책을 손쉽게 미련 없이 넘겨줄 수 있고, 또 후대 사람들이 선대의 독서가들에 의해 애지중지되던 책을 헐값으로 물려받을 수 있게 되었으면 좋겠다.

이런 생각을 하고 있자니, 요즘 같은 디지털 만능 시대를 맞아 앞으로는 책을 읽어도 전자 방식으로 간행된 텍스트로나 읽게 될 텐데 누가 어리석게도 헌책 구입에 열을 올릴까 보냐고 나무라는 소리가 들리는 듯하다. 이런 주장에 대해 사실 나 같은 구닥다리는 할 말이 없다. 하지만 한평생 책을 사들이느라 많은 희생을 했고 이제

모나지 않은 집

는 그 책을 함부로 버리지 못해 어쩔 줄 모르는 사람이라면 그런 나무람을 수긍할 수 없을 것이다. 도서관에서 쉽게 빌려 볼 수 있는 책이라 하더라도 그 책이 서점에 나와 있고 또 그것을 사들일 여유가 있는 한 기어이 사서 '내 책'으로 읽어야 직성이 풀리고 또 내 책이기에 마음 놓고 여백에다 노트나 낙서까지 할 수 있는 데서 책 읽은 즐거움을 배가시키는 사람이라면, 비록 독서 관행이 바뀌었다 하더라도 신간 서점과 헌책방 출입을 마다하지 않을 것이기 때문이다.

어쩌다 보니 이야기가 옆길로 샜다. 일생을 정리한다지만 특별히 정리해야 할 재산이 없고 끝을 보아야 할 일도 남아 있지 않다. 다만 아직도 정리하지 못한 채 소장하고 있는 많은 책을 어떻게 처치했으면 좋을지 몰라 답답한 나머지 한 먼 나라의 정경까지 들먹이면서 꿈같은 이야기를 해 보았을 뿐이다. 지금 내게 절실히 필요한 곳은 고미술상이 아니라 격조 높은 고서점들이다.

루터의 도시 비텐베르크 탐방기

　2017년에 나는 연례 행사처럼 된 가을철 유럽 여행 일정을 짜면서 최우선적으로 베를린을 방문지에 포함했다. 전년에 이어 다시 베를린을 찾게 된 데에는 단순한 시내 관광이 아닌 두 가지 다른 이유가 있었다. 그중의 하나는 베를린 필하모닉 홀에서 내가 좋아하는 브람스의 〈독일진혼곡〉 연주를 듣는 것이었고, 다른 하나는 베를린에서 그리 멀지 않은 루터의 도시 비텐베르크를 당일치기로 탐방하자는 것이었다.

　잘 알려진 대로 2017년은 기독교의 종교개혁 500주년이 되는 해이다. 1517년 10월 31일 마르틴 루터(1483-1546)가 독일 중북부의 소도시인 비텐베르크의 한 교회 철문에 그 유명한 95개 조항의 신학테제로 된 방문(榜文)을 붙임으로써 훗날 종교개혁이라고 일컬어지게 된 역사적 대변혁이 시작되었던 것이다.

　비텐베르크는 베를린 서남방으로 100킬로미터쯤 떨어진 엘베 강

비텐베르크 구시가지 중심 거리 끝에 보이는 슐로스 교회와 성탑

가의 작은 도시인데, 기차 정거장에서 녹지로 빵 둘러싸인 올드타운을 향해 약 10분간 걸어가니 타운의 초입에 루터의 고택이 나왔다. 연접한 두 채로 보이는 상당히 큰 건물이 오늘날 송두리째 박물관으로 이용되고 있었다.

비텐베르크는 루터의 출생지는 아니다. 1483년에 아이스레벤에서 출생했던 루터는 법률가가 되려고 에르푸르트에서 대학 교육을 받고 1505년에는 석사 학위를 받았지만 어느 날 천둥벼락을 곁들인 혹심한 폭풍우를 겪고 나서 무언가 깨달은 바가 있어 신학으로 전향하려고 수도원에 들어갔다고 한다. 1507년에 사제 서품을 받은 그는 대학강사 자격으로 비텐베르크에 왔으므로 그와 이 도시와의 인연은 그때 처음 맺어진 것이 아닌가 싶다. 신학박사 학위를 받은 후 그는 비텐베르크 대학의 도덕신학 교수가 되었다.

루터가 34세가 되던 해에 방문을 붙인 당시의 성당 만성(萬聖)교회는 올드타운을 동서로 가로지르는 슐로스로(路)의 서쪽 끝에 있다. 오늘날은 이 교회가 개신교의 슐로스 교회인데, 성(城)을 뜻하는 '슐로스(Schloss)'라는 이름에 걸맞게 교회의 출입구에는 높다란 성탑 같은 둥근 구조물이 붙어 있다. 그러므로 유럽의 전통적 교회 건물을 보는 데 익숙한 눈에는 이 교회의 전체적 모습이 아주 특이해 보인다. 그 유명한 철문은 교회의 한길 쪽 측면에 있는데, 30대의 대학교수였던 루터는 당대의 교회가 저지르고 있던 폐해를 조목조목 논란하는 테제를 써서 마인츠의 대주교에게 보낸 후 그 문에 게시했다고 한다.

그 방문을 두고 나는 루터 당대 교회의 사제들이 면죄부(免罪符)를 가지고 저지른 비행과 횡포를 규탄하는 항의문일 거라고만 짐작하고 있었는데 꼭 그렇지는 않았다. 이번 기회에 라틴어로 된 원전의 영어 번역본을 구해서 읽어 보니 면죄부와 관련하여 죄와 벌 및 구원 문제를 신학적으로 논란하는 짧은 주장들이 천명되어 있었다. 면죄부는 교황과 사제들의 권능으로 현세와 내세의 연옥에서 죄에 대한 처벌을 감면해 준다는 문서였다는데 그런 황당한 면죄부의 강매에 대한 백성들의 원성이 높아지자 루터는 당대 교회의 부당한 처사를 지적하는 아흔다섯 개 조항의 짤막한 논설들을 제시했던 것이다.

루터는 서두에서 "진리를 사랑하고 진리를 규명하고자 하는 욕구에서" 그 테제들을 내세운다고 했다. 그 깊은 신학적 의미야 나 같은 문외한이 어찌 올바로 이해할 수 있을까마는 적어도 많은 구절의 뜻을 짐작할 수는 있다. 이를테면 루터는 면죄부를 사서 교황으

모나지 않은 집

로부터 죄의 사면을 받으면 모든 벌을 모면하고 구원받을 거라고 설교를 하는 것은 잘못이라느니(21), 오직 흠 없이 완벽한 사람만이 죄의 사면을 받을 것이기 때문에 그 수는 극히 적을 것이고(23), 따라서 처벌을 면하게 해 주겠다는 분별없는 호언장담에 대부분의 사람들이 필연적으로 기만당하는 셈이라고 주장한다(24). 그는 또 면죄부를 가지고 있으면 구원받을

루터가 95개조의 방을 붙인 만성교회의 철문

거라고 믿는 사람들은 그렇게 가르친 사람들과 함께 영원히 파멸할 것이라느니(32), 진정으로 회개하는 기독교도라면 면죄부가 없어도 죄와 벌을 깨끗하게 사면받을 수 있다(34)고 한다. 더 나아가서 루터는 만약에 교황이 사제들의 면죄부 구입 강요 행위를 알게 된다면 신자들의 살과 뼈를 가지고 성 베드로 사원을 짓느니 차라리 그것을 불태워 없애려고 할 것이라느니(49), 면죄부 판매꾼들의 감언이설에 속고 있는 많은 신자들은 형편이 어려우므로 교황은 성 베드로 사원을 팔아서라도 자기 돈을 그들에게 나누어 주어야 할 것(51)이라고 극언한다.

　그러니 처음부터 루터는 고위 성직자들의 미움을 받을 수밖에 없었다. 그가 교회 측과 옥신각신하는 사이에 그 방문은 독일어로 번

역되어 널리 반포되었고 백성들의 열광적인 성원을 받았다고 한다. 급기야 1520년에 로마의 교황청에서는 칙령을 내려 루터에게 '이단적' 주장을 철회하라며 60일간의 유예 기간을 주는 동시에 그의 저술을 모두 불태우라고 요구했다. 하지만 루터는 그 요구에 굴하지 않고 독일어로 「기독교인의 자유에 대하여」 등의 논설문을 써서 전국에 보급하여 새로운 기독교 실천 윤리의 기틀을 잡았다. 뿐만 아니라 1920년 12월에 그는 비텐베르크에서 교회법 교범이라든가 자기 논적(論敵)들의 저작물 그리고 자기를 파문하겠다고 협박한 교황의 칙령 등을 공개적으로 불살라 버렸다고 한다.

교황청에서는 루터의 주장 속에 든 '오류'를 지적해서 공표했고 1521년에는 당대의 신성로마제국 황제 카를 5세가 보름스에서 제국의회를 소집하고 루터를 소환했다. 하지만 그 자리에서도 루터는 자기 주장을 굽히지 않았으며 끝내 파문당하고 생명의 위협을 받게 된다. 이에 작센 지역의 선제후 프리드리히 3세는 은밀히 루터를 바르트부르크성으로 도피시킨 후 신변 보호를 해 준다. 세상 사람들은 루터가 죽었을 거라고 생각했지만, 그는 가명의 호족(豪族)으로 행세하며 유폐 생활을 했다.

바르트부르크 성에 갇혀 지내는 동안 그는 많은 저술을 했지만, 무엇보다 중요한 업적은 그리스어 원전의 신약성서를 11주 만에 독일어로 번역하여 1522년에 비텐베르크에서 출간한 것이다. 훗날 그는 구약성서까지도 번역해서 독어판 성경전서를 간행함으로써 모든 독어권 기독교인들이 모국어로 성서를 읽을 수 있게 했다. 그가 꿈꾸던 개혁이 성공을 거두게 하는 데도 크게 기여했던 이 번역 성

모나지 않은 집

경은 그의 업적 중에서도 문화사적 임팩트가 가장 큰 위업으로 꼽히고 있다. 그러므로 18세기의 독일 문인 헤르더가 "[루터는] 독일어라는 잠자고 있던 거인을 일깨워서 풀어 준 사람"이라고 했다든지, 19세기의 철학자 니체가 "오늘날까지도 성경은 독일어로 쓰인 가장 훌륭한 책이다. 성경에 비하면 다른 모든 책은 단순한 문헌일 뿐"이라고 말한 것도 지나친 과장은 아니라고 해야겠다.

오늘날 개신교라고 일컬어지고 있는 큰 종파를 창시함에 있어서 루터가 보인 또 하나의 혁신적 관심은 종교음악이었다. 1524년에 간행한 성가집 서문에서 루터는 "성가를 부르는 것은 좋은 일이며 하느님을 기쁘게 한다. ……나는 창조주에게 드리는 예배에서 각종 예술 특히 음악이 이용되는 것을 보고 싶다"라고 말하고 있다. 그러므로 루터 스스로 성가를 작곡한 것도 놀랄 일이 아니다.

오늘날 우리가 알고 있는 "내 주는 강한 성이요……"로 시작되는 찬송가는 루터의 곡이다. 주지하다시피 이 곡의 멜로디는 훗날 대작곡가들의 작품 속에 고스란히 인용되어 보다 큰 여운으로 남게 된다. 예를 들면 바흐의 칸타타 BWV 80 〈우리 주는 강한 성이로다〉에서 이 멜로디는 합창으로 불려지고, 멘델스존의 교향곡 제5번 〈종교개혁〉의 제4악장에서도 이 멜로디는 장엄하게 빛을 내고 있다. 그리고 오늘날 이 곡의 독어 가사 첫 구절 "EIN FESTE BURG IST UNSER GOTT"가 슐로스 교회의 성탑 꼭대기의 왕관 혹은 성채처럼 보이는 부분에 새겨져 있는 것을 보면 이 성가가 루터의 종교개혁과 훗날의 개신교에서 얼마나 귀하게 대접받고 있었는지를 짐작할 수 있다.

루터 당대에 간행된 찬송가 〈내 주는 강한 성이요〉의 악보와 가사

1525년에 루터가 카타리나 폰 보라(1499-1552)와 결혼했을 때 그는 이미 독신으로 종신하겠다고 서약한 가톨릭 사제가 아니었고 개혁된 기독교의 지도자였다. 카타리나는 수도원에 있었지만 종교개혁의 바람이 불자 다른 수녀들과 수도원을 탈출할 모의를 했다고 한다. 1523년에 수도원으로 청어 배달을 갔던 포장마차의 나무통 속에 숨어 수도원에서 도망쳐 나온 수녀들은 "목숨을 구하기보다는 결혼을 원했다"는 기록이 남아 있다.

탈출 후 두 해가 지나 카타리나는 스물여섯이라는 나이로 열여섯 살이나 연상이던 루터와 결혼했고, 남편과 함께 개신교 가정의 생활 윤리를 세우는 데에서도 모범을 보임으로써 종교개혁에 그녀 나름의 기여를 한 것으로 평가받는다. 남편과 사별하기까지 스무 해 동안 그녀는 여러 자식들을 낳아 기르는 한편 채마밭을 가꾸고 대학생들을 위한 하숙집을 운영하는 등 그녀 나름으로 가정경제에 보태었다고 한다.

비텐베르크에서 루터를 찾으면 으레 따라 나오는 인물이 또 한 사람 더 있었다. 필립 멜란히톤(1497-1560)이라는 사람인데, 17세 때 튀빙겐 대학에서 석사 학위를 한 그는 21세 때 비텐베르크 대학의 희랍어 교수로 부임했고 이내 루터의 개혁 운동에 동참했다고 한다. 그는 인문학자로 이름을 떨치며 신학과 과학 분야에서 눈부신

노경의 루터(좌)와 멜란히톤(우) 흉상

업적을 쌓았고 독일의 일반 교양교육을 진작하는 데에도 큰 역할을 한 사람으로 알려져 있다. 그는 루터보다 14년이나 연하였으나 대학의 동료요 개혁 운동의 동반자로 서로 가까이 지냈기 때문에 오늘날 비텐베르크에서는 두 사람의 흉상과 초상화가 나란히 놓여 있는 것을 심심찮게 볼 수 있다. 1546년에 루터가 별세했을 때 멜란히톤은 추도사를 읽었고, 그 14년 후에 그 자신이 세상을 떠나자 슐로스 교회의 제단 앞에 루터와 동격으로 묻히게 되었다.

　오늘날 원형이 비교적 잘 보존되어 있다는 멜란히톤 고택은 유네스코 세계문화유산으로 지정되어 있고 루터 하우스에서처럼 많은 소중한 전시물들을 볼 수 있다. 문화유산 이야기가 나왔으니 말인데, 올드타운의 초입에 있는 루터 하우스도 물론 문화유산으로 지정되어 있다. 이 작은 올드타운에는 유네스코 세계문화유산으로 등재된 곳이 두 곳이나 더 있는데 슐로스 교회가 그중의 하나이고 나머지 하나는 중심 광장에 접해 있는 성 마리아 교회이다.

한정된 탐방 시간에 되도록 많은 곳에 들러 게시물을 읽고 전시품을 관람하느라 정신없이 걸어다니다 보니 어느새 점심시간이 한참 지나 있었다. 어디서 요기를 해야 할까 여기저기 기웃거리는데 양조장 간판이 보였다. 독일은 어디를 가나 그 지역 고유의 맥주 양조장이 있고 양조장에서는 흔히 식당을 직영한다. 쾰른과 부퍼탈 같은 곳에서 그런 직영 식당에서 식사를 해 보니 늘 흡족했는데 루터의 도시 비텐베르크도 예외가 아니었다. 우리 일행 넷이 소시지 및 아이스바인 등을 푸짐하게 시키고 맥주 한 잔을 곁들였는데 밥값이 아주 착한 편이었다.

루터의 도시 비텐베르크에서 한나절 동안 역사적 사건의 현장을 둘러보며 나는 은연중에 제법 깊은 감명을 받았다. 기차 시간에 맞춰 정거장을 향하는데 문득 '이곳을 이제 영영 다시는 찾아올 수 없겠지' 싶어지며 도무지 발걸음이 가볍지가 않았다. 기독교인이 아닌 내가 개신교건 가톨릭이건 어느 한쪽을 편들 생각도 없으면서 루터의 위업에 깊은 감명을 받은 것은 무엇보다 500년이나 지난 오늘 우리가 사는 이 세상에서, 특히 우리나라에서, 모든 종교 모든 교파를 망라하여 루터가 주도해서 촉발했던 것 같은 그런 위대한 종교적 혁신 운동이 절실하게 요망된다고 여겼기 때문이 아닐까 싶다.

Adieu, Lutherstadt Wittenberg!

(2017)

모나지 않은 집

크라코브, 그리고 아우슈비츠

베를린을 떠난 비행기가 폴란드 남부의 오래된 도시 크라코브에 도착했을 때는 아직도 오전이었다. 한 시간 남짓 날아오는 사이에 날씨가 우천으로 바뀌었다. 젊은 시절부터 언젠가 한번 찾아가 보리라고 꿈꾸어 오던 나라 폴란드였는데 그 땅을 처음으로 밟아 보는 이방인을 그리 반갑게 맞아 주지 않았던 것이다. 에어비앤비를 통해 정한 숙소는 크라코브 도심지의 브라츠카 거리에 있는 오래된 건물 4층에 있었는데 외손녀 모녀와 함께 머물기에 넉넉한 밝고 깨끗한 복층 구조의 공간이었다. 그 일대에 대학 건물들이 산재해 있어서 그런지 서점이 많은가 하면 젊은 학생들도 많이 눈에 띄었다.

크라코브라고 하면 으레 시내의 바벨성(城)과 외곽에 있는 소금 광산 그리고 꽤 멀리 떨어져 있는 아우슈비츠 같은 곳을 떠올리곤 하지만, 부슬거리는 비가 그칠 기미를 보이지 않기에 우리는 그날 오후에 소금 광산이나 찾아보기로 했다. 마침 점심때가 되었기에 숙소 맞은편에 있는 전통 폴란드 식당에 들어가 보니 다행히도 우리 같은 관광객은 보이지 않고 현지인들이 점심을 먹고 있었다. 고기 및 만두 등 몇 가지 현지 음식을 시켰는데 별도로 주문한 수프가 특히 기억에 남는다. 약간 신 맛이 도는 쥐렉(zurek)이라는 걸쭉한 수프였는데 서늘하고 궂은 날씨 때문이었는지 아주 입맛에 맞았다. 그래서 폴란드에서 4박 5일 동안 머물면서 식당을 찾을 때면 매번 이 수프를 주문했다.

소금 광산은 혼잡한 시내버스로 약 한 시간쯤 걸리는 곳에 있다. 오늘날에는 폐광이 된 듯했지만 소금이 너무 귀해서 비싼 값으로 팔리던 예전에는 이곳에서 캐 낸 암염이 이 지역 국가 재정의 3분의1을 감당했다고 한다. 지금은 광산 갱도의 일부를 박물관으로 꾸며 놓고 수많은 관광객들을 유치하고 있었고 도처에 광산의 시설이며 생활상을 보여 주는 모형들을 전시하고 있었다. 복잡한 갱도 구조 때문에 자유로운 둘러보기가 허락되지 않아 안내자를 따라 다녔는데 침침한 계단길이 너무 좁고 험해서 입장 후 얼마 되지 않아 괜히 찾아왔구나 싶었다. 얼마나 깊이 내려갔는지 두어 시간 동안 따라다니다가 수직 갱도의 리프트를 타고 올라오니 휴우 하고 한숨이 나왔다. 크라코브를 찾아가는 여행자들이 굳이 소금 광산 탐방에 귀한 시간과 여비를 들일 필요는 없을 듯하다.

크라코브 시내로 돌아와서는 철도역 인근에 있는 갈레리아라는 대형 쇼핑몰에서 빵, 치즈, 소시지, 요거트 및 폴란드 전통 음식인 듯한 양배추 말이 병조림, 그리고 맥주 등을 샀다. 숙소에서 작은 잔치를 벌이며 그날 하루의 피로를 풀었다.

모나지 않은 집

'노동이 자유롭게 하리'라는 모토가 보이는 아우슈비츠의 정문

크라코브 탐방 제2일에는 이번 폴란드 여행 일정에서 가장 중요한 탐방지인 아우슈비츠를 찾아갔다. 잔뜩 찌푸린 날 아침 7시에 미리 예약해 둔 미니버스를 타고 서쪽으로 한 시간 넘게 달려가 오슈비엔침(Oswięcim)에 도착했다. 독일 점령군은 그 지명을 독일어식으로 아우슈비츠(Auschwitz)라고 불렀고 그곳에 있던 폴란드군 병영을 강제수용소로 썼다고 한다. 바로 이곳에서 나치들은 약 150만에 달하는 유대인 및 집시족 인종 청산 대상자들을 죽여서 그 흔적까지 없앴다고 하니, 현장에 이르러서도 그 엄청난 잔혹 행위를 마음속으로 떠올려 보기가 쉽지 않았다.

강제수용소의 정문은 기왕에 사진 및 영화 등을 통해 보았기 때문인지 눈에 익었다. 들어 올린 차량 차단기 위에 가로로 걸려 있는 ARBEIT MACHT FREI라는 독일어 구호가 맨 먼저 눈에 들어왔다. 그 문자 그대로의 의미는 "노동이 자유롭게 하리"쯤 될 터이므로 적어도 표면적으로는 한 세속적 모토를 표방하고 있어 보인다. 한데 독일군은 대체 어쩌자고 이런 구호를 내걸었을까? 그것이 단순한 강제노동수용소라고 위장하기 위함이 아니었음은 너무나 분명하다. 오히려 그곳에 수용되었던 거의 모든 사람들은 살해당하게 되어 있었고 또 그들이 궁극적 '자유'를 찾을 수 있는 유일한 길도 그 죽음밖에 없었을 테니 결국 그 슬로건에서 '노동'은 수용자들이 필연적으로 맞게 되어 있는 비명의 죽음을 조롱하는 역설적 반어로 쓰이고 있지 않았나 싶다. 그 문을 들어가면서 이런 단순화된 논리로 내 나름의 추정을 해 보니 처음부터 숨이 확 막히는 듯한 기분이었다.

무수한 붉은 벽돌 건물들이 열 지어 서 있었는데 그중의 여러 곳이 오늘날엔 박물관으로 이용되고 있다. 한 곳씩 차례차례 둘러보는 동안 수용자들이 그 속에서 겪어야 했을 고통과 그들의 참담한 종말을 어느 정도 실감할 수 있었다. 몇몇 인사들은 전시장에서 특별한 각광을 받고 있었다. 그중에는 골수 유대 집안 출신의 유망한 여류 철학자였다가 훗날 가톨릭교로 개종하여 수녀가 되었지만 끝내 아우슈비츠에서 죽음을 맞았고 오늘날 순교자요 성녀로 추앙된 성 테레사 베네딕타(본명 에디트 슈타인)과 유명한 일기를 남겨 훗날 이름을 떨치게 된 안네 프랑크 같은 사람들이 들어 있다. 그리고 따로 한 건물에는 유대인 탐방자들이 추모의 기도를 올릴 수 있는 공간도 마련되어 있었다. 하지만 가장 충격적이었던 곳은 나치들이 소위 '범법자들'을 약식으로 재판해서 총살하던 형장을 재현해 놓은 곳과 비교적 원형이 잘 보존되어 있는 독가스실 및 시신 소각장이었다.

무거운 마음으로 아우슈비츠를 나와 한 식당에서 간단히 점심을 먹고는 인근에 있는 비르케나우 수용소로 옮겨갔다. 정문을 들어서

모나지 않은 집

희생자들을 추념하는 석재 조형물들

자 가장 먼저 눈에 띈 것은 전방에 길게 뻗어 있는 철길이었다. 그 몇백 미터의 철길에는 유대인들을 실어 나르던 창문이 없는 화물칸도 하나 덩그렇게 서 있었는데, 영화와 사진을 통해 눈에 익은 철길이었지만 실제로 바라보니 마음이 어찌나 아려 오던지 감당하기 어려울 지경이었다.

비르케나우 수용소는 아우슈비츠의 수용 능력이 한계에 달하자 나치들이 새로 급조한 곳이라고 한다. 아우슈비츠의 벽돌 건물과는 달리 대부분 목재로 지어진 건물들이 오늘날은 거의 허물어지고 그 유허만 남아 있다. 비교적 견고하게 지어졌을 독가스실과 소각장도 예외는 아니어서 오늘날에는 콘크리트 건물들이 폭삭 내려앉고 그 잔해들만 음산하게 방치되어 있다.

그러므로 방문객들은 자연히 그 폐허에서 눈을 돌려 맞은편에 있는 추념 공원을 둘러보게 된다. 추상적으로 설계·조각된 석재 추념물들이 새카맣게 그을려 있는 것이 많은 것을 대변해 주는 듯해서 바라보는 이의 마음을 더욱 아프게 했다. 세계의 주요 언어로 명각된 청동판 추념문들이 줄 지어 놓여 있었다.

유럽 각국에서 주로 유대인 남녀 및 어린이들 약 150만 명이 이곳으로 끌려와 나치들에게 살해당했으니 이곳은 절망의 함성이 되어 인간성에 대한 경고로 영원히 남을지어다.

아우슈비츠–비르케나우 1940–1945

마침 그곳에서는 이스라엘에서 수학여행을 온 어린 학생들이 나치에 희생된 선인들의 넋을 달래는 촛불을 켜고 있어서 감명적이었다.

추모 공원에서 다시 철길을 따라 비르케나우 소용소를 나왔다. 정문 밖에서 되돌아보니 수없이 많은 죄 없는 사람들이 한번 들어가서는 다시 나오지 못했던 그 문의 슬픈 역사를 아는지 모르는지 주변에는 무심한 들꽃이 흐드러지게 피어 있었다.

두 수용소에서는 다섯 시간쯤 머물렀는데 숨을 죽이고 이곳저곳 기웃거리는 동안 내내 가슴이 무겁게 짓눌리는 기분이었고 날씨는 곧 비라도 쏟을 듯 잔뜩 찌푸리고 있었다. 하지만 그곳을 둘러보는

크라코브 구도심의 역사적 아이콘인 수키에니체

모나지 않은 집

동안 파란 하늘이 내려다보고 있었더라면 기분이 어떠했을까 싶다. 그래서 그런지 하늘이 훤하게 열려 있지 않은 것이 조금도 원망스럽지 않았다.

아우슈비츠에서 크라코브로 돌아오니 마침 종일 흐렸던 하늘이 개고 있기에 시내 탐방을 했다. 우선 올드타운의 중심 광장에 길게 놓여 있는 수키에니체라는 거대한 건물을 둘러보았는데 크라코브의 중심 아이콘이라고 할 만한 이 건물의 역사는 르네상스 시대에 시작되었다고 하며 오늘날에는 유네스코 문화유산으로 등재되어 있다. 들어가 보니 식당, 기념품 가게 및 여행사 등이 입주해 있었다. 그 근처에 우뚝 서 있는 시계탑은 옛 시청이 불타 없어지고 남은 건물이었는데 올라가 보니 사방으로 멀리 크라코브 시내를 조방할 수가 있었다.

그 다음으로는 성 안나 교회와 성모승천 교회 등 성당 몇 곳을 둘러보았다. 폴란드는 동유럽의 대표적 가톨릭 국가이므로 당연히 성당이 빈번히 눈에 띄었는데, 특기할 만한 것은 몇 곳의 성모상이 '블랙 마돈나'였다는 것이다. 어쩌다 검은색이 도는 성모와 아기 예수가 그려지게 되었는지는 모르겠지만, 내 눈에는 아주 특이해 보였다. 그리고 폴란드는 근년에 성인 반열에 오른 교황 요한 바오로 2세의 모국이므로 도처에서 그분의 조상과 초상화를 볼 수 있었다. 해가 질 무렵에는 크라코브의 명동에 해당하는 플로리안 거리를 산책하며 성(聖) 플로리안 문까지 갔다가 귀로에는 폴란드식 돈육 요리로 저녁을 먹었다. 크라코브 탐사 둘째 날은 그렇게 저물었다.

사흘째 되는 날은 아침부터 맑았다. 일찌감치 조반을 들고 시내

바벨성 경내

관광의 하이라이트라 할 수 있는 바벨성(城)을 찾아 나섰다. 올드타운 남단의 비스와 강가의 언덕에 자리 잡은 이 고성은 역대 폴란드 왕조의 궁성이었고 외세의 침략으로 인해 여러 곡절을 겪었으나 20세기 초엽에는 한때 대통령의 관저로 지정되기도 했었다고 한다. 여러 건축 양식의 전시장 같은 이 고성이 오늘날에는 박물관으로 이용되고 있고 유네스코 문화유산으로도 지정되어 있다. 성 입구에 있는 바벨 대사원과 박물관 및 왕궁 등이 특히 볼 만했다.

시가지로 내려와서는 수많은 유대인들의 한이 서려 있을 게토 지구를 찾아가 보았다. 1941년에 독일 점령군은 시내에 산재해서 살던 유대인들을 그 게토 속으로 몰아넣었고 1942년부터는 노동력이 있는 사람들을 제외한 1만여 명의 유대인들을 벨제츠 멸종 캠프로 데리고 가서 살해했다고 한다. 지금은 박물관으로 사용되고 있는 옛 유대 교회를 탐방한 후 영화 〈쉰들러 리스트〉를 통해 잘 알려진 쉰들러의 공장을 찾아갔다. 하지만 입장을 기다리는 탐방객의 줄이 너무 길고 또 기념관 측에서 미성년자인 외손녀의 입장을 달가워하지 않는 듯해서 공장 내부 구경은 포기하고 전시물 등을 보고 나오는 데 만족해야 했다. 쉰들러의 인도주의적 위업을 기리기 위해 인용된 『탈무드』의 구절이 도처에서 눈에 띄었다. "누구든 한 생명을 구원하는 사람은 온 세계를 구원하는 셈이다."

크라코브는 2차 세계대전 때 전화를 별로 입지 않았기 때문에 오늘날까지도 옛 모습을 온전히 지키고 있다고 한다. 이 아름다운 도시를 2박 3일의 빠듯한 일정으로 탐방하고 비행장으로 향하는데 한 가지 아쉬움을 느꼈다. 중심 광장을 오가며 여러 차례 눈에 스친 CONRAD FESTIVAL이라는 광고막 때문이었다. 이 축제는 영국에서 조지프 콘래드라는 펜네임으로 문명(文名)을 떨친 폴란드 출신의 작가 유제프 테오도르 콘라트 나웬츠 코르제니옵스키를 기리는 행사임이 분명했다. 나는 젊은 시절 여러 해 동안 심혈을 기울여 콘래드를 읽으며 책까지 쓴 적이 있었고 또 그가 소년 시절에 이 크라코브에서 김나지움 학생으로 몇 년을 보냈다는 사실을 알고 있었다. 그래서 크라코브 탐방을 마음먹을 때부터 혹시 그의 흔적이라도 볼 수 있지 않을까 은근히 기대하고 있었던 것이다. 현지에서 알아보니 조지프 콘래드라는 이름을 딴 거리가 있다지만 도심에서 멀리 떨어져 있다고 해서 찾아가 볼 엄두를 내지 못했다. 그리고 유네스코에서 '문학의 도시'로 지정했다는 이 예쁜 고장 크라코브에서 콘래드의 이름을 걸고 축제까지 하고 있는데도 그쪽으로는 전혀 기웃거리지 못하고 떠나야 했으니 몹시 아쉬웠다. 하지만 어쩌겠는가. 세상일이 다 그런걸.　　　　　　　　　　　　　　　　　　　　　(2017)

정진홍

주선(酒仙)들께 드리는 소수자의 변(辯)

저는 술을 마시지 않습니다. 정확히 말씀드린다면 안 마시는 것이 아니라 못 먹습니다. 대체로 제 이러한 태도에 대한 반응은 그 까닭이 종교적인 데 있으리라는 짐작으로 채색됩니다. 그래서 때로 저는 뜻밖에도 힘들게 순수를 유지하는 경건한 사람이 됩니다. 그러나 때로는 그 짐작이 저를 겨냥하는 것을 넘어 제가 속한 종교와 그 교조와 그 종교의 신에 대한 격한 비난을 수반하기도 합니다. 저 때문에 특정한 종교의 2천 년 역사와 문화가 한꺼번에 처참하게 모욕을 당합니다.

그런데 어느 편이든 그것이 제 '사정'에 대한 정확한 인식은 아닙니다. 제가 술을 마시지 않는 것은 순전히 생리적인 탓이기 때문입니다. 맥주 한 잔이면 아슬아슬하게 괜찮습니다. 그런데 두 잔을 마셨다가 무척 혼이 난 적이 있습니다. 한창 젊었을 때 일입니다. 손발 끝이 자리자리하고 머리가 이상하게 흔들린다고 생각하면서 서

둘러 집에 돌아가 잠자리에 들었는데 새벽에 깨지듯 아픈 두통 때문에 잠이 깼습니다. 그 순간의 괴로움을 어떻게 묘사해야 할는지요. 어쩌면 카프카의 『변신』에 나오는 벌레가 된 그레고르 잠자의 아침이 이러지 않았을까 싶었습니다.

조금은 경멸의 분위기를 담고 꽤 살기 힘들었겠다고 말하는 친구가 있습니다. 어떻게 그 몰골로 이제까지 살아남았느냐고 연민의 정으로 저를 바라보는 친구도 있습니다. 그런가 하면 술 한 잔도 마시지 못하면서 어찌 감히 인생을 알겠다는 학문의 자리에서 고개를 내밀고 다니느냐고 하는 친구도 있습니다. 정직하게 말씀드린다면 불편한 것도 없지 않았고, 힘든 경우도 적지 않았습니다. 그러나 정작 괴로운 것은 술을 마시고 싶다는 희구를 넘어 마셔야만 한다고 스스로 다짐해 본 적이 있는데 몸이 견디지 못해 이를 감행하는 시도조차 하지 못하면서 스스로 느낀 좌절감입니다. 음주를 시도했던 까닭인즉 다른 것이 아닙니다.

인류의 아득한 역사, 그것도 종교사를 살펴보면 술이 없는 의례는 없습니다. 그렇게 단언해도 좋을 만큼 술은 '종교적'입니다. 무릇 종교라는 문화는 인간이 자신의 유한성을 삶 속에서 절감하면서 그 한계를 넘어 바로 그 유한성에서 비롯하는 문제를 무한성 속에서 풀려고 하는 꿈을 구체화한 것인데, 그 넘어섬의 가장 직접적인 것이 다름 아닌 지금 여기의 나로부터 벗어나는 일입니다. 엑스터시(ecstasy, 脫自)라고 하죠. 일상에서는 겪지 못하는 황홀경의 경험이라고 서술되기도 합니다. 문제가 사라지는 거니까요. 이래서 종교의 가르침은 대체로 초월적인 개념, 신성한 언어들로 이루어져 있습니다. 그래서 자기를 벗어나는 일은 어떤 '비일상적인 힘'에 의해서 이루어진다고 말합니다. 그것은 종교에 따라 신(神)으로, 기(氣)로, 옴(Om)으로, 우주적인 원리 등으로 제각기 다르게 묘사됩니다. 하지만 결국 '신비스러운 힘'에 의한 것임을 표현하고자 한 것에는 아무런 차이도 없습니다.

그런데 흥미로운 것은 그 힘의 간여를 기다리기 이전에 인간은 탈자적인 경험을 초래하는 일을 스스로 마련했다는 사실입니다. 술이 그것입니다. 그 술을 소마(soma)라고 일반화하여 일컫는데, 이는 고대 인도의 베다 시대 의례에서 마시던 즙의 이름을 차용하고 있는 것입니다. 사람이 성급했는지, 아니면 신의 간여가 너무 더뎠는지는 모르겠습니다만, 아무튼 중요한 것은 탈자의 황홀경을 인간은 술을 통해 스스로 마련하면서 그것이 낳는 '더 이상 문제없음의 희열'을 미리 몸으로 경험했다고 하는 사실입니다. 이에 근거한다면 술 취함은 술을 마시는 사람이 의식을 하든 않든 가히 '종교적' 경험이라고 해야 할 것 같습니다.

이런 사실은 최근에는 이른바 '화학적 엑스터시(chemical ecstasy, 음주)'와 '종교적 엑스터시'가 과연 같을까 다를까 하는 격한 논쟁을 일으키면서 이제는 이 주제가 뇌과학을 중심으로 한 인지과학(cognitive science)의 새로운 과제가 되고 있습니다. 사정이 이러하니 종교학을 공부한다는 주제에 술을 먹어야, 술에 취해 봐야 하겠다는 욕심을 감히 부릴 수밖에 없는데 그것을 끝내 이루지 못했습니다. 술을 먹지 못해 경험한 좌절은 이런 것이었습니다.

그런데 술을 못 마시는 소수자의 자리에서 음주문화를 바라보는 '재미'도 없지 않습니다. 앞에서 말씀드린 '술은 종교적이다'라는 맥락에서 제가 관심을 가지는 것은 '술 취함'이 아니라 '술에서 깸'입니다. 깸은 황홀경의 파괴이고 문제없음에서 문제 있음에로의 회귀임에 틀림없는데 '왜 취함에 머물지 않고 깸에로 되돌아오는가?' 하는 멍청한 질문을 하고 싶은 겁니다. 이른바 주선(酒仙)을 기리는 그 숱한 향기롭고 그윽한 운문(韻文)들이 동서고금을 망라하고 쌓이고 쌓였는데 그 내용인 즉 거의 깸에 대한 아쉬움으로 채워져 있습니다. 그렇다면 아예 거기 머물면 어떻습니까?

아주 못된 작위적인 질문인 줄 저도 압니다. 그러나 취함을 그대로 유지하려는 아쉬움을 지닌 채 깸의 자리에 돌아와 여전히 취함에서의 경험, 곧 '자기를 벗어난 자기'의 정서를 지니고 거기에서 비롯하는 논리와 판단과 결정으로 일상을 구축해 나가는 모습이 저에게는 감히 '보인다'고 말하고 싶기 때문입니다. 물론 그렇게 취함과 깸으로 점철하는 주체들 간에는 그 나름의 독특한 유기적인 관계가 구조화되어 그렇다고 하는 자의식조차 없을지 몰라도 저 같은 소수자의 눈에는 어쩐지 '취함의 풍토'에서 온갖 일이 이루어지는 것은 아닌가 하는 불안한 생각을 떨칠 수가 없습니다. 그런 삶이 누구나 속한 삶의 틀 전체의 아귀를 뒤틀리게 하지는 않는지 염려스러워지는 것입니다.

종교의 문화사를 훑어보면 소마를 마시는 일은 일반적으로 의례에서만 허용됩니다. 그런데 의례는 일상이 아닙니다. 그것은 어찌 보면 일상을 단절하고 넘어서는 '사건'입니다. 그렇다면 우리가 저

모나지 않은 집

어해야 할 것은 '사건을 일상화'하는 일입니다. 그렇게 된 자리에서는 자칫 '병든 인식'만이 지어지기 때문입니다.

  황홀한 즐거움에 흠을 낼 뜻은 하나도 없습니다. 실은 술 마시는 일이 은근히 부럽습니다. 그러나 동성애자의 인권에 관심이 있으시다면 술 못하는 소수자에 대한 관심도 가지시면서 이런 발언도 한 번쯤은 들어 주셨으면 합니다. 그러나 저는 술을 마시지 못한 제 생애를 후회하지는 않습니다. 학교에서 은퇴할 때 다음과 같은 후배의 '헌사(獻辭)'를 받은 바 있기 때문입니다.

  "정 교수가 10여 년 전에 단란주점과 룸살롱이 어떻게 다르냐고 물었을 때 나는 참으로 당황한 가운데 '거기에는 수업료가 필요하다'고 대답한 적이 있다. 그 후에도 몇 번 그런 말이 오고 갔지만 우리 사이에 아직 수업료가 오간 적은 없다. 지금 이 글을 쓰면서 정 선배에게 이렇게 대답하려 한다. '이제부터는 수업료도 필요 없다'고. 정 교수는 수업료를 내 본 적이 없는 인문학자의 표본으로 남아 있게 되기를 바라기 때문이다."

  저녁 회식 자리에서 막걸리 몇 잔에 거나해지면 〈사랑의 미로〉를 그럴 수 없이 달콤하게 부르던 이 헌사를 읽어 준 후배 교수는 벌써 이 세상의 사람이 아닙니다. 진작 수업료를 내고 단란주점이든 룸살롱이든 함께 갔어야 하는데 하는 아쉬움이 새삼 저를 아프게 합니다. 아무래도 소수자는 소수자일 수밖에 없어 소수자인지도 모릅니다.

모나지 않은 집

비에 흠뻑 젖어도 걱정이 없었습니다. 추워 귀가 떨어져 나가는 것 같아도 그랬습니다. 집에 가면 마른 옷으로 갈아입을 수 있고, 집에 가면 따듯할 것이기 때문입니다. 친구와 언짢은 일이 있어도 집에 가면 마음이 편했습니다. 거기 있는 사람들은 모두 내 편이었으니까요. 어렸을 적에 집은 그랬습니다. 걱정이 없는 공간, 집을 그렇게 지금 말할 수 있을 것 같습니다.

그러나 늘 그런 것은 아니었습니다. 집의 소멸을 경험하기도 했습니다. 전쟁은 집(家屋)도 집(家庭)도 산산이 부숴 버렸습니다. 나는 집이 없이 살아야 했습니다. 해가 지고 땅거미가 지면 으레 집에 가야할 때가 되었다고 마음은 서두는데 막상 일어서면 망연하기 그지없었습니다. 갈 집이 없었기 때문입니다. 그 경험이 얼마나 저렸던지 나중에 내 집을 지니고 잠자리에 들면서도 '어서 집에 가야지!' 하는 생각을 하곤 했습니다.

그래서 그랬다고 딱히 말할 수는 없지만 이래저래 집을 꾸리고 장만하는 일은 내 삶의 목표이기도 했고 삶 자체이기도 했습니다. 집한 칸도 없으면서, 나는 친구들보다 먼저 집(가정)을 꾸렸습니다. 둘이 다 눈이 멀어서 그랬겠지만 아무튼 집(가옥)은 둘이서 함께 장만하면 되잖으냐는 사랑하는 여인의 말에 감동해서 벌컥 일을 저지른 셈인데 집 장만은 그리 쉽지 않았습니다. 쉽지 않을 정도가 아니라우리는 둘 모두의 세월을 집 장만하느라 다 보냈다고 해야 할 만큼힘이 들었습니다. 셋방살이조차 방 넷에 부엌이 세 개인 산등성이무허가 주택에서 시작했습니다. 그리고 지금 꼽아 보니 그 뒤로 정확하게 14번째 집에서 지금 살고 있습니다.

좁아 이불장조차 버려야 했던 집에서 살기도 했고, 넓어 잔디를가꾸던 집에서도 살았습니다. 못 하나 마음대로 박지 못하며 살기도 했고, 마음대로 꾸며 가며 살기도 했습니다. 외출할 때면 불안해귀가를 서둘러야 하는 집에서도 살았고, 덜커덩 철문이 닫히면 집에 대한 아무런 염려를 하지 않아도 되는 집에서도 살았습니다. 남의 집에서도 살고, 내 집에서도 살았다고 하면서 위의 사정을 끼어넣으면 내 한 살이 집의 편력이 다 묘사될 수 있을 것 같습니다. 아니, 젊었을 때의 집과 늙었을 때의 집이라는 생애 주기를 하나만 더보태면 아주 완벽할 것 같습니다. 아니, 그래도 아직 모자라는 것이있는 것 같습니다. 더 온전하려면 즐거운 이사와 못내 아쉬운 채 가슴 아프게 집을 옮겨야 했던 이사마저 첨가해야 할 것 같습니다.

이렇게 '집을 살아가면서' 어줍지만 집을 나 나름대로 다듬어 보고 싶은 생각이 듭니다. 집은 지니는 것이 아니라는 것, 더 정확히 말하면 지닐 수 있는 것이 아니라고 말하고 싶습니다. 집은 머무는 곳입니다. 하기야 집뿐이겠습니까? 세상의 어느 것도 누가 그것을 '자기의 것'이라고 주장한다면 그 사람처럼 어리석고 딱한 사람이 따로 없다고 나는 가끔 생각합니다. 실은 나도 별 차이가 없지만 나는 '소유라는 착각', 그것의 비극성을 언제나 잊지 않으려고 의도적인 노력을 기울이곤 합니다. 그런데 어떤 것을 자기의 것이라 여겨 그것을 자기가 누릴 영구한 거라고 생각하는 사람들이 참 많습니다. 거개가 그렇습니다. 그런데 집도 다르지 않습니다. 많은 경우 사람들은 집이란 자기가 살 영원한 곳이라고 생각합니다. 그래서 자기의 꿈을 이루기 위한 온갖 정성을 집을 장만하고 집을 짓고 집을 꾸미는 데에 쏟아붓습니다. 참 좋고 부러운 일입니다. 하지만 앞에서 기술한 '집의 생애사' 또는 '집의 편력'이 개인의 독백만이 아니라 어쩌면 '집 경험의 보편성'을 담고 있을지도 모른다는 것을 유념한다면 '지니는 것으로서의 집'이 아닌 '머무는 곳으로서의 집'을 생각하면서 집에다 쏟아붓는 정성을 조금은 '절제'할 필요가 있지 않을까 하는 생각을 하게 됩니다. 바꾸어 말한다면 소유 의식의 과잉은 사치를 낳습니다. 그리고 사치라는 이름의 넘침은 늘 일컫듯 모자람만 못합니다. '지님의 의식'이 아닌 '머묾의 의식'은 그 사치를 억제하게 해 줍니다. 그래서 집은 그저 '웬만하면' 된다는 자족감으로 행복할 수 있어야지 내 거니까 완벽한 것이게 해야 한다는 생각에 골똘하면 뜻밖에 삶의 많은 부분을 나도 모르게 잃어버릴 수도 있게 된다는 생각이 집에 대한 나의 이해입니다.

　　　　　　　　　　　　　　　　　　　모나지 않은 집

그렇다면 집과 더불어 주목할 것은 그 집 안에서 이루어지는 '집의 삶'입니다. 디자인을 공부한 친구는 젊었을 때 나중에 자기는 자궁 (子宮)과 같이 생긴 집을 짓겠다고 한 적이 있습니다. 까닭을 묻는 물음에 대한 대답은 이러했습니다. "원초적인 평온(平溫)함 안에 머물고 싶으니까!" 평온을 일게 하지 못하는 집은 집이 아닙니다. 평온이 담기지 않으면 그 집은 집이 아닙니다. 집은 있어도 집은 없습니다.

세상의 집들은 참 여러 모습입니다. 인도네시아의 시골에서 어느 집에 들른 적이 있습니다. 여러 개의 기둥들이 세워져 있고 거기 거의 투명한 발이 쳐져 있어 방과 방을 구분한 그런 집이었습니다. 그래야 바람이 시원하게 드나들겠지만 사사로운 공간은 찾아볼 수가 없었습니다. 당연하게 부부간의 은밀한 사랑을 어떻게 나누느냐고 물었을 때 그 대답은 이러했습니다. "꼭 집에서 해야 하나요?" 우리가 이해하는 집 안에서의 삶이 집 안에서만 이루어지는 것은 아니었습니다. 타이완 한 고산족의 집은 기어 들어가게 되어 있습니다. 집 안에서는 일어나 걷지 못합니다. 천장이 낮으니까요. 불편하지 않으냐는 물음에 대한 대답은 간단했습니다. "집 안에 들어와서도 일어나 걸을 필요가 있나요?" 집은 오로지 누워 휴식하는 공간 이상도 이하도 아니었습니다. 삶은 집보다 훨씬 넓고 높았습니다.

우리가 잘 아는 몽골의 집 게르(包)는 둥근 모양을 하고 있습니다. 바람이 불어도 옆으로 새어 흘러 집이 날아가지 않도록 하기 위한 것이라고 설명합니다. 아니면 이동하기 좋도록 한 것이라고 하기도 합니다. 아무튼 오랜 세월의 지혜가 낳은 건축 기술이라고 해도 좋을 것 같습니다. 에스키모의 얼음집도 이러한 맥락에서 이해할 수 있습니다. 그런데 아프리카의 여러 지역에서도 전통적인 집들이 원형으로 되어 있습니다. 바람도 심하게 불지 않고 이동할 필요가 없는 곳인데도 그러한 둥근 집에서 삽니다. 둥근 집의 산재(散在) 현상은 무척 흥미롭습니다. 더 흥미로운 것은 문화권의 차이에도 불구하고 둥근 집을 설명하는 데에 공통점이 있다는 사실입니다. 그것은 다른 것이 아닙니다. 모퉁이, 모서리, 구석에는 못된 귀신이 깃든다는 이야기입니다. 그 귀신이 집안 식구들을 병들게 하고 다투게 하고 온갖 못된 짓을 다 한다는 거죠. 그러니까 그것을 피하려면 모서리나 모퉁이나 구석이 없는 둥근 집을 지어야 한다는 겁니다.

우리는 어차피 집을 꾸리고 집을 짓고 살아갑니다. 그러다 보니 집을 장만하느라 허리가 휘인 채 한살이가 훌쩍 지납니다. 겨우 집을 장만해 놓았더니 꾸린 식구들이 훌훌 떠나가 텅 빈 집을 마련하느라 이렇게 힘들었나 싶기도 합니다. 애써 온갖 치장을 다하여 이상적인 집을 가꿨나 싶은데 이제는 내가 모든 것 버리고 떠나가야 할 때가 가깝습니다. 하지만 그렇다고 해서 이 모든 노력이나 정성이 허무한 것은 아닙니다. 적어도 내 집에 1나 그늘진 구석이 없는 한 그렇습니다.

그렇다면 이렇게 말하고 싶습니다. "집을 마련하려면 모퉁이 없는 둥근 집을 마련하십시오. 집을 꾸리려면 구석이 없는 환한 집을 꾸리십시오"라고.

모나지 않은 집

저는 소원이 있습니다

반려견, 아니면 더 넓게 반려동물들에 대한 사랑이 예사롭지 않습니다. 제가 아는 어떤 학생은 제대하고 복학한 친구인데 수업 시간에 '관계'라는 주제로 발표를 하다 자기가 키우던 개가 죽은 이야기를 하면서 글자 그대로 엉엉 울었습니다. 언제 그런 일이 있었느냐고 묻자 다섯 달 전이라고 했습니다. 이와 비슷한 또 다른 예를 제가 사는 아파트 이웃에서도 들었습니다. 키우던 강아지가 '세상을 떠나자' 슬픔에 빠진 자기 딸이 마침내 정신과 치료까지 받았다는 이야기입니다.

사랑하는 일, 그것은 아름답고 고귀하고 감동스러운 일입니다. 사람 간에도 그렇고 짐승과도 다르지 않으며 꽃이나 나무와도 다르지 않습니다. 사랑은 온갖 관계의 가장 드높은 완성입니다. 그러므로 앞에 든 사례를 놓고 부모상을 당해도 흔하지 않을 모습을 보면서 그 슬픔을 견디기 힘들었던 사람들을 언짢게 이야기할 생각은 조금도 없습니다.

　그런데 제가 이런 일에서 마음이 쓰이는 것이 있습니다. 다른 것이 아니라 어떻게 그렇게 가슴이 저리도록 사랑할 수 있을까 하는 것입니다. 제가 이렇게 말씀을 드리면 '오래 함께 살다 보면 정들고, 그러다 보면 서로 아끼고 살피며 죽자 살자 하나가 되는 건데 그 까닭을 묻다니!' 하시면서 제 생각을 무척 탐탁찮게 여기실 분도 계실 겁니다. 그렇습니다. 사람살이 또한 그러니까요. 그런데 저는 이런 물음을 묻고 싶은 것입니다. 개가, 또는 고양이가 말을 해도 그렇게 사랑할 수 있을까 하는 물음을요.

　저는 개가 겨우 짖기만 할 뿐이어서 다행이지 말을 한다면 반려견을 키우는 집안이 한 시도 조용할 수 없을 거라고 단정합니다. 개가 말을 한다면 얼마나 주인한테 할 말이 많겠습니까? 이견, 주장, 고집, 항변 그런 것들이 서로 뒤엉키면서 사람이나 개나 마음에 상처를 받고, 나아가 미움이 자라고, 마침내 서로 내치는 일이 상상도 할 수 없이 많이 일어날 것입니다. 그리고 보면 어쩌면 개들은 이런 결과를 미리 알고 말을 하지 않기로 작정했는지도 모릅니다. '무릇 침묵이 최선의 평화를 위한 처신이다'라고 하면서요.

　말을 안 하고 살 수는 없는데 말하기처럼 힘든 일이 없습니다. 말은 어마어마한 힘을 가졌기 때문입니다. 철학자들은 그런 이야기를 했죠, 말은 사물을 있게 한다고요. 없게 한다는 뜻도 당연히 거기 담겨 있습니다. 하느님도 말로 천지를 만들었다 하니 말의 힘이 얼마나 대단한지 짐작하고도 남습니다. 그저 우리네 말로 한다면 말로 사람을 죽이기도 하고 살리기도 한다는 것을 모르는 사람은 하나도 없습니다. 그런데도 우리는 이 '무서운 일'을 아무렇게나 해 댑니다. 앞뒤 안 가리고 말을 쏟아 냅니다. 좋은 말도 흔하면 별로 좋지 않게 되는데 온갖 고약하고 못된 말을 아무 생각 없이 뱉어 냅니다. 아니, 아예 어떤 말이 좋은 말인지 못된 말인지 구분조차 하지 못합니다. 그러니 적재적소에 맞추어 말을 할 까닭이 없습니다. 게다가 꾸미고 감추고 짐짓 아닌 척하는 말도 어지럽게 흩뿌립니다. 더구나 나이를 먹으면 안하무인격이 되어 말하는 데 거의 조심을 하지 않습니다. '늙은이 추한 모습' 중에 으뜸이 바로 말 마구 하는 몰골입니다. 그런데 말을 안 하는 개처럼 자존심을 버리고 살 수는 없고 어차피 말을 하면서 살아야 하는데 그러니 어떻게 하면 말을 다듬어 잘 덕스럽게 할 수 있을까 하는 것이 늘 숙제이지 않을 수 없습니다. 그래서 말을 잘 하고 살았으면 좋겠다는 생각을 저는 제 소원의 한 항목으로 삼고 새해 첫날 다음과 같은 다짐을 해 보았습니다. 벌써 한 해가 반이 지났는데 되짚어 그 다짐을 새삼 되뇌어 봅니다.

저는 소원이 있습니다. 그 꿈을 실현했으면 좋겠다는 꿈을 꿉니다. "이 나이에 무슨……" 하는 부끄러운 자의식이 없지 않습니다만 "이 나이에 욕을 먹은들……" 하는 생각이 겹치니 여간 다행스럽지 않습니다.

제 올해 소원은 이러합니다.

내 언어가 맑았으면 좋겠습니다. 감추고 가린 것이 없는 언어. 겉에 발언되는 언어와 다른 속내 언어가 없는 언어. 그렇게 투명한 발언을 하는데도 그 언어가 예(禮)에 어긋나지 않는 언어. 다른 사람이 내 발언을 듣고 나서 나를 잘못 알게 되지 않는 언어. 흐린 흐름이 흘러들어도 마냥 맑은 그런 언어를 발언하고 싶습니다.

내 언어가 순했으면 좋겠습니다. 본래 결이 고와 순하든, 아니면 곱게 다듬어져 결이 순하든, 엉겅퀴 같지 않은 언어를 발언했으면 좋겠습니다. 멍들게 하지 않는 언어. 상처 내지 않는 언어. 남녀노소 빈부귀천이 함께 있어도 누구나 두루 다 알아듣는 감치는 언어. 질기지 않고, 딱딱하지 않은 언어. 그런 언어를 발언하고 싶습니다.

내 언어가 따뜻했으면 좋겠습니다. 시린 마음이 더 들고 싶어 하는 언어. 따뜻한 마음이 공명(共鳴)하는 언어. 오래 기억되어 문득 문득 되살아나 온기(溫氣)를 전해 주는 언어. 그래서 그 언어 속에서 유영(遊泳)하고 싶은 마음을 가지게 하는 언어. 그 언어의 메아리 안에서 손발이 얼었던 시절을 따뜻하게 회상할 수 있는 그런 언어를 발언하고 싶습니다.

내 언어가 아름다웠으면 좋겠습니다. 듣고 있노라면 소리가 아니라 풍경이 보이는 언어. 갑자기 무지개가 뜨고 별의 운행이 보이는 언어. 높고 낮은 소리나 모질고 둥근 소리들이 함께 어울리는 모습이 보이는 언어. 즐겁고 행복하여 그 발언에 참여하여 함께 춤추고 싶어지는 언어. 이런 언어를 발언하고 싶습니다.

 "꿈도 야무지지……" 하시는 말씀이 그대로 들립니다. 그렇습니
다. 꿈인데, 현실이 아닌데, 그거야말로 한번 야무져도 괜찮지 않겠
습니까?
 삼가 소원 성취하시길 기원합니다.

돈에서 자유롭기

　돈 이야기를 하라 하셔서 '돈에서 자유롭기'라고 제 글의 주제를 잡았습니다만 실은 이야말로 말도 되지 않는 말입니다. 무릇 우리의 삶에서 돈이란 그저 필요한 것이 아닙니다. 돈은 생존을 위해 갖춰야 하는 거의 절대적인 조건입니다. 돈이 없으면 살 수가 없습니다. 하루도, 한시도 살지 못한다고 해도 과장일 수 없는 그러한 것입니다. 그렇다면 돈에서 자유롭기를 바란다는 것은 생존을 그만두겠다는 것이나 다르지 않습니다. 그만 살 작정이 아니라면 이런 말을 함부로 할 수는 없습니다. 그런데도 사람들은 그런 생각을 하곤 합니다.

　까닭인즉 다른 것이 아닙니다. 돈이란 대체로 거저 내게 주어지질 않습니다. 돈은 열심히 마련을 해야 합니다. 살기 위해 그렇게 해야 하는데 이를 노동의 대가라고 흔히 말합니다. 그런데 이 일이 쉽지 않습니다. 몸 고생은 당연하고 마음고생 또한 이루 말할 수 없을 만큼 겪지 않으면 안 됩니다. 그렇게 하는데도 돈은 뜻한 대로 모아지지 않습니다. 삶은 그래서 힘듭니다. 생존의 조건들이 온통 돈으로 마련되는 것인데 그것이 제대로 되지 않으니 삶이 편할 까닭이 없습니다. 그래서 사람들은 가장 이상적인 삶이란 돈이 차고 넘쳐 더 이상 돈에 시달리지 않는 삶이라고 생각합니다. 돈에서 놓여나 살면 좋겠다는 꿈을 꾸게 되는 거죠. 마침내 사람들은 "제발 돈이 많아 돈에서 자유로워졌으면!" 하는 절망적인 절규를 하게 됩니다.

그런데 돈에서 자유롭기를 바라는 것은 이러한 경우만이 아닙니다. 능력이 있어서건, 재수가 좋아서건, 거저 받은 몫이 많아서건, 돈이 많아 돈에 아무런 걱정이 없는 사람도 있습니다. 그런데 그런 사람들도 때로 돈에서 자유롭기를 바랍니다. 왜냐하면 돈이란 근원적으로 매개 기능을 하는 것이어서 사람살이를 얽어 놓습니다. 그 얽힘이 때로 삶을 무척 힘들게 하곤 합니다. 돈 때문에 관계가 기울기도 하고, 끊어지기도 하고, 엉킨 채 이어지기도 해서 돈이 없어 하는 고생보다 더한 어려움에 몸도 마음도 시달리게 되기 때문입니다. 이러한 사람들도 마침내 "제발 이 많은 돈에서 풀려났으면!" 하는 고통스러운 절규를 하게 됩니다.

그런데 또 다른 경우도 있습니다. 돈이 많지는 않지만 모자라지는 않습니다. 그래서 사는 데는 별 걱정이 없는데도 여전히 돈 걱정을 관성처럼 하며 살아갑니다. 이제 돈 걱정을 하지 않고 살아가고 싶은데 그게 잘 되지 않는 거죠. 그때 사람들은 "이제 돈에서 벗어났으면 좋겠다!"는 생각을 하게 됩니다. 이제까지 안달을 하면서 돈에만 매여 곁눈질 한 번 하지 않고 돈을 모으며 살아온 삶을 되돌아보면 스스로 생각해도 그런 자신이 한심하고 딱하기 짝이 없기 때문입니다. 그러니 늦었지만 이제부터라도 돈에서 벗어난 삶을 살고 싶어집니다.

그런데 앞의 두 경우는 빈곤이나 부요함의 차이는 있지만 실은 예외적인 경우입니다. 그런데 세 번째 경우는 더 욕심내지 않는다면 생존을 위한 돈에 마음을 쓰지 않아도 괜찮은 그런 경우입니다. 열심히, 성실하게, 커다란 이변을 겪지 않았다면 누구나 이룰 수 있는 평범한 사람들의 경우라고 해도 좋습니다. 우리네 삶이 대체로 그러하다고 믿고 싶습니다. 이러한 사람들이 돈에서 자유롭기를 바란다는 것은 참으로 진지한 희구, 절박한 물음이 아닐 수 없습니다. 절망적이거나 고통스러운 절규가 아니라 어쩌면 자신의 삶에 대한 가장 중요하고 긴박하고 더 나아가 마지막인 희구, 곧 남은 삶을 잘 살고 싶은 간절함이 절절한 그런 것이기 때문입니다.

그런데 돈이란 쓰기 위해서 모으는 것입니다. 모은다 해도 결국 쓰기 위한 것이니까 돈은 써야 합니다. 그러니까 만약 돈이 나를 불편하게 한다면 그것은 내가 돈을 쓰지 않고 움켜쥐고 있기 때문입니다. 만일의 경우를 위해 미리 얼마쯤의 돈을 간직할 수도 있고, 사정을 잘 헤아려 모자라지도 넘치게도 쓰지 않으려 돈을 한껏 아낄 수도 있습니다. 그러나 이러한 모습은 돈을 움켜쥐고 쓰지 않는 것과는 다릅니다. 그런데 돈을 쌓아 놓고 있으면 든든해서 그렇기

모나지 않은 집

도 하겠지만, 또 갖은 고생 다해서 번 돈이어서 쓰기에는 너무 귀하고 아까워 그렇기도 하겠지만, 돈은 쓰는 것이기 보다 모아 놓는 것이라고 생각하는 경우가 적지 않습니다. 그래서 쌓아 놓은 돈만큼 자신은 당당하고 성공했고 행복하다고 여기는 사람들이 뜻밖에 많습니다. 성실하게 살아온 분들이 더 그러합니다.

그러나 돈은 쓰기 위한 것이라는 기준에서 보면 부(富)란 지님에 있지 않습니다. 어떤 사람이 10억을 가졌는데 이웃 돕기를 위해 100만 원을 기부했습니다. 그런데 다른 사람은 2억의 재산을 가졌는데 1천만 원을 기부했습니다. 가진 것으로 보면 앞의 사람이 뒤의 사람보다 다섯 배 더 부자지만 쓰는 것으로 보면 뒷사람이 앞의 사람보다 열 배나 더 부자입니다. 돈의 가치는 쓰는 데 있습니다. 그러므로 돈에서 놓여나려면 다른 길이 없습니다. 써야 합니다.

문제는 돈을 어떻게 써야 하느냐 하는 것입니다. 앞에서 예를 들었듯이 나보다 어려운 사람들을 돕는 일에 돈을 쓰는 것이 가장 쉽게, 그러면서도 가장 의미 있게 돈을 쓰는 것이기도 합니다. 많은 사람들이 그렇게 돈을 썼으면 좋겠습니다. 공공의 복지를 위한 시설이나 기관을 위해 돈을 쓰는 것도 한 방법입니다. 자기 이름을 드러내도 상관없습니다. 많은 사람에게 본을 보여 주는 일이기도 하니까요. 그러나 구체적인 방법을 이것저것 드는 것은 별로 보탬이 되지 않을 것 같습니다. 결국 자기가 자기 나름의 방법으로 자기가 쓰고 싶은 데에 쓰면 되니까요. 그리고 그것은 사람 따라 제각기 다를 테니까요. 어찌하든 돈에서 자유로워지고 싶다면 가지고 있는 돈을 써야 된다는 사실만을 깊이 유념하고 이를 실천한다면 방법이나 쓰는 목적이야 저절로 생기지 않을까 하는 생각을 하게 됩니다.

그런데 이보다 더 유념하고 싶은 것이 있습니다. 『장자(莊子) 잡편(雜篇)』「열어구(列禦寇)」에 보면 공자님께서 사람을 알아보는 방법을 여러 가지로 들어 말씀하고 계신데, 그중에 '재물을 맡겨 그 사람의 어짊을 살펴보라(委之以財而觀其仁)' 하는 대목이 있습니다. 아주 쉽게 풀어 말한다면 '어떤 사람에게 돈을 맡겨 그가 그 돈을 어떻게 쓰는지 살펴보면 그 사람의 사람됨이 어떤지를 알게 된다'는 말씀입니다. 어짊(仁)이란 가장 이상적인 인간의 덕목임을 생각할 때 어진 사람이란 가장 성숙한 사람을 일컫는 것이리라 읽혀지기 때문입니다.

이 말씀에 미루어 보면 돈에서 자유롭고 싶어 우리가 해야 할 일은 다른 것이 아닙니다. 내가 푹 익은 인간, 곧 성숙한 인간이 되는 일입니다. 내 사람됨의 정도에 따라, 그 수준에 따라 나는 돈을 쓸 것이기 때문입니다. 그러므로 돈을 어디에 어떻게 얼마를 써야 하나 하는 일에 마음이 쓰인다면 우뚝 멈춰 서서 먼저 내가 얼마나 하나의 인간으로 푹 익었는지를 스스로 살펴보는 일을 하는 것이 옳을 것 같습니다. 그렇게 하면 '어디에 어떻게 얼마를' 하는 문제는 저절로 풀릴 것 같습니다.

돈에서 자유롭기는 불가능하지 않습니다. 쓰면 되니까요. 뿐만 아

모나지 않은 집

니라 그러한 희구를 가진다는 것은 얼마나 행복하고 고마운 일인지 모릅니다. 성숙한 사람은 이 천복(天福)을 가장 현명하게 살아갈 것입니다.

"와, 여름이다!"

계절은 색깔을 지닙니다. 우리 다 아는 일입니다. 봄은 버드나무의 늘어진 가지가 연한 녹색을 띨 때부터 스미는 것 같습니다. 여름은 아예 온 세상이 진한 녹색입니다. 그러다가 가을이면 서서히 황갈색으로 대지가 물들여지면서 마침내 겨울은 다시 온 세상이 흰색으로 덮입니다. 당연히 이런 색칠은 사람 따라 다릅니다. 하지만 철이 서로 다른 색깔로 채색된다는 사실은 분명합니다.

그런데 계절은 이에 더해 제각기 자기 소리를 지닙니다. 그렇게 말하고 싶습니다. 봄은 졸졸거리는 시냇물 소리를 냅니다. 조심스러운 희망이 흐릅니다. 겨울은 아예 침묵입니다. 고요를 잃은 겨울은 겨울답지 않습니다. 가을은 현(絃)의 낮은 울림 같은 소리를 냅니다. 고마움이 거기 실립니다. 그리고 여름은 작약(雀躍)하는 환성입니다. 삶의 약동이 그대로 자기를 소리칩니다. "와, 여름이다!" 그렇게 사람들은 외칩니다.

모나지 않은 집

지나치게 전원적인 정서라고 마땅찮아하실 수도 있습니다. 이른 바 계절을 간과하는 것으로 특징지어질 '도시'의 또는 '현대'의 삶은 전혀 그렇지 않을 것이기 때문입니다. 한여름에 김장김치를 먹고(이런 묘사가 얼마나 소통이 될지 불안하지만), 한겨울에 빙수를 사 먹는 세상인데 철을 일컫는다는 것은 낡아도 한참 낡은 농경문화의 의식을 드러낸 것일 터이니까요.

그렇지만 계절이 없어진 것은 아닙니다. 아직요. 봄은 여전히 추위를 물리칠 만큼 따사롭습니다. 여름은 무덥고요. 가을은 서서히 을씨년스러워지는 계절이고 겨울은 모질게 춥습니다. 이렇듯 우리는 계절을 보내고 맞습니다. 기다리기도 하고 아쉬워하기도 합니다. 걱정하기도 하고 무사하게 넘겼다고 안도하기도 합니다. 그야말로 철의 바뀜조차 알지 못하는 철딱서니 없는 철부지 아니고야 철을 모를 까닭이 없습니다.

그런데 바야흐로 여름입니다. 온 세상이 싱싱하게 짙푸른 색깔로 뒤덮인 정경이 새삼스럽습니다. 그리고 온갖 곳에서 터져 나오는 "와, 여름이다!" 하는 환성이 합창처럼 들립니다. 소리만이 아니라 모습조차 집 안에서, 길거리에서, 들에서, 산에서, 바다에서 보입니다. 가슴이 두근거립니다. 갑자기 서둘러집니다. 나도 어서 배낭을 찾아 메고 어디론지 떠나야 할 것 같습니다. 바다여도 좋고 산이어도 좋습니다. 아니, 벌써 나는 여름의 한복판에 이르러 있습니다.

나는 동무들과 고추를 다 내놓고 내에서 미역을 감고 있습니다. 여름이니까요. 소쿠리를 들고 모래무지나 미꾸라지를 잡으러 동네

형들과 나갔는데 나는 물속 풀숲에서 뱀을 덜컥 손으로 쥡니다. 여름이니까요. 원두막 위에서 주인 할아버지가 주신 참외 세 개 중에서 두 개를 먹고는 나머지 한 개를 배가 불러 마저 먹지 못해 얼마나 아쉬운지요. 가져오기는 했습니다만. 그러다가 외할아버지를 따라 대천 해수욕장에 갔을 때의 그 황홀한 바다와 파도와 황혼, 모래 사장과 해파리와 조개껍데기들, 그리고 천막 안에서 파도 소리를 들으며 설친 잠. 돌아와 검은 살갗이 끊임없이 벗겨지는데 그렇게 온몸이 햇볕에 탔는데도 아프지 않았느냐는 누님의 물음에 "아니!" 라고 나는 대답합니다. 마치 영웅이듯이. 여름이니까요.

세월이 가도 여름은 그리 다르지 않습니다. 사내 녀석 둘과 네 식구가 배낭을 짊어지고 포항에서 속초까지 해안을 따라 갑니다. 바다가 보이는 민가에 들러 천막을 옆에 치고 물과 반찬을 얻어먹으며 그렇게 열흘을 걷고 타고 쉬고 자곤 합니다. 여름이니까요. 우리는 설악산에 올라 겹겹이 쌓인 능선을 향해 "야호~!"라고 외쳤고, 속초에서는 바다의 끝 수평선을 바라보며 마찬가지로 "야~!" 하고 소리쳤습니다. 삶의 꿈과 열기가 하늘을 찌릅니다. 여름이니까요.

그런데 이제는 미꾸라지 잡던 형들도 없습니다. 누님도 없습니다. 원두막도 없고, 외할아버지도 계시지 않습니다. 산에서 바다에서 목이 터져라 소리치던 사내 녀석들은 이제 나이가 쉰을 넘었습니다. 모든 것이 사라졌습니다. 기억조차 투명하지 않습니다. 연대기조차 흐려져 30년 전인지 40년 전인지 사뭇 헷갈리기만 합니다. 한데 여름이 옵니다. 여름은 사라지지 않았습니다. 사라질 까닭이 없

모나지 않은 집

습니다. 계절의 바뀜은 우주의 운행인걸요.

여름의 환성도 사라지지 않았습니다. 귀를 막아도 들릴 여름의 함성이 다시 가슴을 두근거리게 하면서 몸조차 들썩이게 합니다. 곧 냇가로, 바다로, 산으로 나갈 듯합니다. 그런데 햇볕에 이리 눈이 부실 수 없습니다. 아무래도 색안경을 써야겠다고 생각합니다. 이렇게 따갑게 더울 수가 없습니다. 토시를 준비해야겠다고 다짐합니다. 그런데 그 모습이 어쩐지 창피해집니다. 배낭에 이것저것 넣고 짐을 꾸려야겠는데 벌써부터 어깨가 아픕니다. 신발을 찾아 신어야겠다고 하는 순간 발이 지레 무겁습니다. 갑자기 함께할 친구가 없다는 것이 느껴집니다. 함께 평생을 살아온 내 반쪽도 다르지 않습니다. 생각도 건강도 따로따로인 채 함께 살아온 세월이 여름 나들이를 권할 만큼, 아니면 사양할 만큼, 서로를 용납하지 않습니다. 이윽고 여름이 서서히 낯설어집니다. 여름인데, "와, 여름이다!"라는 환성이 천천히 멀어지면서 나는 마침내 "아, 여름이구나!" 하는 탄성을 조금은 시무룩한 음조로 발언합니다.

하지만 그렇다고 하는 것이 슬픈 정경은 아닙니다. 결코 그렇지 않습니다. 나는 그렇게 생각합니다. 살아간다고 하는 것, 나이 먹으며 인생의 길을 걷는다는 것, 생각하면 계절의 지냄과 다르지 않은데, 이미 우리는 되풀이되는 것은 아니어도 봄도 여름도 우리 삶의 깊은 속에 고이 간직하고 있기 때문입니다. 그래서 이제는 가을마저 겪으며 그 깊은 끝자락에 이르렀고, 겨울조차 현실인 오늘을 살고 있기도 합니다. 세월은 계절을 내재화(內在化)합니다.

그렇다면 우리 말투가 바뀌어야 하는 것 아닌가 하는 생각이 듭니다. "와, 봄이다!"가 아니라 "오, 봄이구나!" 하면서 내 봄을 회상하고, 그러면서 그 봄이 이어 펼쳤던 내 여름을 다시 회상하면서 "와, 여름이다!" 하기보다 "아, 여름이구나!" 하면서 그것이 빚은 내 가을을 되살피고, 이윽고 그 가을에 이은 겨울의 고요 여부를 헤아려야 하지 않을는지요. 환성의 언어를 탄성의 언어로 조용히 다듬을 필요는 없을까 하는 것입니다.

나무 그늘이 시원한 강가에서 물을 바라보다가 "와, 여름이다!" 하는 환성이 자기도 모르게 저절로 터져 나오는 순간, 자식에게 전화를 걸었다는 친구가 있습니다. 그는 자식에게 자기가 집을 보아줄 테니 마음껏 여름을 즐기고 오라는 약속을 기어이 받아냈다고 했습니다. 그리고 열흘 동안 자식 집에서 보낸 그 여름이 이제까지 지낸 여름 중에서 가장 행복했노라고 말했습니다. 짐작이 됩니다.

사는 모습 제각각인데 어떻게 사는 것이, 어떻게 여름을 보내는 것이 좋은 것인지 판단할 절대적인 척도란 있을 것 같지 않습니다. 그러나 깊은 가을이나 초겨울을 사는 사람들이 아직도 "와, 여름이다!" 하고 소리치고 덤벙거린다면 쑥스러워질 수도 있겠다 싶기도 합니다.

그래도 여전히 그 환성은 크게 외쳐져야 합니다. 여름을 사는 친구들에게요. 여름은 생동하는 삶의 푸르디푸른 절정이니까요.

모나지 않은 집

시간 이야기

갑자기 '시간'에 대한 글이 쓰고 싶어졌습니다. 해가 지고 다시 새해가 동틀 녘이면 그런 충동을 겪습니다. 올해도 예외가 아니었습니다. 게다가 『시간의 철학적 성찰』(소광희, 2009)을 바야흐로 독파한 게제라서 더 그런지도 모르겠습니다.

제 나름의 까닭이 없지는 않습니다. 옛날에 저는 '전도(顚倒)'와 '상실(喪失)'을 한꺼번에 겪었던 적이 있습니다. 그때 저는 마구 고개를 좌우로 흔들면서 눈을 딱 감았다 뜨면 그 뒤집혀진 현실과 잃어버린 현실이 오뚝 제자리를 잡고 불쑥 되돌아올 것 같았습니다. 그러나 그렇게 되지 않았습니다. 그런데 그 뒤 되풀이하여 이어지는 세월을 겪으면서 저는 저도 모르게 뒤집힘을 되세우고 잃음을 다시 얻는 것보다 그것을 품은 '시간' 자체가 무언지 궁금함을 푸는 일에 골똘했었습니다.

그 물음과 관련하여 '시제(時制, tense)'는 제게 새로운 세계를 열어 주는 열쇠였습니다. 중학교 때, 시제를 배운 영어 시간은 저에게 영어를 가르쳐 주었다기보다 시간을 서술하는 '도구'를 쥐여 준 시간이었다고 해야 더 옳을 것 같습니다. 시제는 시간을 이야기하고 싶은 저에게 마치 '열려라, 참깨!' 하는 주문과 같았습니다. 과거-현재-미래로 이어지는 시간에 대한 호칭들, 어쩌면 이 개념들이 이렇게 내 삶의 경험들을 기가 막히게 잘 범주화할 수 있을까 하는 경탄을 저는 지울 수가 없었습니다. 그래서 저는 제 발언 속에 친구들이 놀릴 만큼 과거라든지, 현재라든지, 미래라는 말을 자주 담았습니다. 이를테면 저는 '어제 우리가……'라고 해야 할 때면 으레 '어제라는 과거에 우리가……'라고 한다든지 '내일 우리가……'라고 해야 할 때면 '내일이라는 미래에 우리가……'라고 말했습니다. 친구들은 웃고 놀렸지만 저는 진지하게 그렇게 했습니다. 삶의 범주화, 그리고 그 범주의 개념화, 그 개념의 언어를 구사하여 소통을 기하는 일, 그리고 그 언어가 다시 내 삶을 정확하게 재단해 준다는 사실은 시간을 서술하고 싶은 저로 하여금 '과거 · 현재 · 미래'를 그처럼 제 일상의 언어에 담지 않고는 사물을 서술할 수 없을 만큼 깊게 각인되었었습니다.

저는 '어제'가 아니라 '어제라는 과거에'라고 했을 때 과거는 철저하게 '지나간 것'이라는, 그래서 그것은 오늘 여기에 끼이거나 되내 놓을 수 없는 것이라는 단정적인 전제를 하고 있었습니다. 그래서 어제를 이야기할 때면 '어제와의 비장한 단절'을 마음속에 담고 있었습니다. 고개를 무섭게 절레절레 가로저어도 되살아나지 않는 과

모나지 않은 집

거의 경험 때문이었습니다. 저는 과거를 그렇게 단절된 것으로 이야기하고 싶었습니다. 과거는 그래서 과거라고 생각했습니다. 미래도 다르지 않습니다. 저는 내일을 기약할 어떤 것도 없는 상황을 처절하게 겪고 있었습니다. 그때 저는 희망이 없으면 절망도 없다는 것을 익혔습니다. 절망하는 사람이 부러웠습니다. 그는 희망을 경험했으리라 짐작되었기 때문입니다. 그래서 저는 '내일'을 '내일이라는 미래'라고 표현하면서 그 미래의 현실성을 부정하지 않으면 저 스스로 정직할 수 없었습니다. 제게는 꿈을 꿀 수 없는 현실만 있었기 때문입니다. 그래서 사실상 미래는 지금 여기의 나를 속이는 실은 '없는 실재'에 대한 공허한 이름이라고 생각했습니다. 미래는 그래서 미래라고 일컬어진다고 여겼습니다. 그러면서 현재를 어떻게도 설명할 수 없게 된 논리적 장애에 부닥치면서 지금 여기는, 그리고 그렇게 있는 나의 삶은, 다만 '없어진 시간의 범주인 과거'와 '없는 시간의 범주인 미래'를 이야기하는 주체의 자리라고 저는 막연하게 짐작할 뿐이었습니다. 현재는 시간의 범주에 들 수가 없는 것인데 그렇게 시간의 범주에 넣어 과거와 미래를 이어 제법 그럴듯한 서술을 논리적으로 흠 없이 펼치기 위한 장치쯤으로 생각한 것입니다.

시제와의 경탄스러운 만남, 그리고 그것을 통해 가능해진 내 삶의 정연한 묘사, 그래서 저는 제 나름의 '시제의 활용'은 시제 자체의 본래적인 의도를 구현하는 것이라는 자못 사명감조차 지닌 것이었습니다. 그러나 그것이 전도된 현실, 상실된 현실을 재현하고 싶은 욕망을 없애 주지는 않았습니다. 저는 시제의 명쾌한 도식성과 그 시제가 담고 있는 현실성과의 괴리를 쉽게 견딜 수 없었습니다. 지나도 있는 과거가 필요했고, 없다고 해도 있는 미래가 또한 필요했습니다.

그런데 시제를 준거로 한 다른 시간 서술이 저를 또 한 번 감탄하게 했습니다. 대학에 입학한 뒤의 일입니다. 성 어거스틴의 시간 이야기가 그랬습니다(『고백록』 11장). 그에 의하면 과거는 기억 속에서 여전히 현존하고, 미래는 기대 속에서 지금 여기에 현존합니다. 나아가 현재를 영원에 가닿도록 수직적인 비약을 감행하게 하면서 '영원한 현재'라는 개념으로 이를 되감았습니다. 이 서술이 주는 신비스러운 함축은 제게 새로운 출구였습니다. 과거를 단절시킬 수도 없거니와 미래를 없다고 여길 수도 없다는 현실을 저는 저리게 느끼고 있었기 때문입니다. 하지만 저는 이도 잘 견딜 수가 없었습니다. 왜냐하면 저는 과거를 단절해야만 했고 미래는 거부해야만 했기 때문입니다. 단절되지 않는 과거는 제게 너무 아팠고, 거부되지 않는 미래는 저를 너무 피곤하게 했습니다. 그러한 저에게 기억의 현실성이나 기대의 현실성은 한갓 '개념적 유희'라고 생각되었을 뿐입니다.

아무래도 저는 이 계기에서 제가 감추고 있었던 이야기를 발설해야 할 것 같습니다. 이러한 생각을 하기 시작한 것이 언제쯤인지는 잘 모르겠습니다만 그렇게 놀라웠던 시제가 아예 '작위적인 기만'일 수도 있겠다는 회의를 저는 품기 시작했습니다. 그리고 비록 수직의 축을 짓고 초월의 범주와 연계하면서 시간 담론의 새로운 지평

모나지 않은 집

을 열었다 해도 성 어거스틴 역시 근원적으로 시간의 기본적인 시제를 준거로 자기의 시간 담론을 펼치고 있다는 사실을 부정할 수 없다면 그의 기억과 기대와 영원한 현재라는 개념에서도 그 '작위적인 기만'의 낌새를 저는 피할 수 없었습니다. 어쩔 수 없이 그러한 새 개념들은 과거·현재·미래가 빚는 변주(變奏)의 한 모습일 것이기 때문입니다.

물론 언어가 소통을 위한 것이라면 그 소통을 위해 시제의 정연함은 자연스러운 원리여야 합니다. 그런데 저는 지금 그 시제가 '작위적인 기만'일지도 모른다고 말하고 있습니다. 제가 이렇게 무모한 말씀을 드리는 것은 '과거는 지나갔는데, 그런데 아직 여기 되돌아와 지나가지 않았는데, 그래서 지금 있는데, 그래서 어제 내가 이러저러한 일을 할 것인데, 그런데 내일도 그 지나간 과거가 스스로 다가오는 미래로 내게 닥칠지 모르는데, 그렇게 닥치는데, 그래서 나는 내일 이렇게 저렇게 무엇을 했을 것인데, 그렇게 내가 여기서 과거와 더불어 현재와 더불어 내일과 더불어 있는데, 그게 삶인데, 그래서 나는 어제 무엇을 하고 있다든지 내일 무엇을 했다라고 말할 수 있을 것인데'라고 발언해야 할 것을 과거·현재·미래의 범주로 깔끔히 재단한다는 것은 아무래도 작위적인 것이라고 해야 하고, 더 나아가 분명히 어떤 의도가 잠재되어 그렇게 우리로 하여금 생각하고 판단하도록 하고 있는 것이라고 예상할 수 있는 것 아니겠느냐고 하고 싶은 것입니다. 오랜 뒤, 소설『죽음의 한 연구』(박상륭, 1975)의 문조(文藻)에 매료되었던 것도 거기서 제 문제에 대한 어떤 공감의 낌새를 찾을 수 있었기 때문이었던 것 같습니다.

중요한 것은 제가 '내일 내가 ~을 했다'고 발언하고 싶은 경험이 있고, '어제 내가 ~을 하고 있다'고 발언하고 싶은 경험을 지니고 있다는 사실입니다. 그런데 어떻게 변주된 것이든 우리에게 익숙한 시제의 서술 범주로는 이 경험을 담을 수 없다는 사실에 제 곤혹스러움이 있었습니다. 우리가 알다시피 경험의 한계는 그것을 언어에 다 담을 수 없다는 데 있고, 언어의 한계는 그것이 경험을 다 담을 수 없다는 데 있습니다. 하지만 경험을 제한하지는 못해도 언어는 짓고 바꾸고 버리곤 할 수 있습니다.

이 계기에서 만난 음비티(Mbiti)의 『아프리카 종교와 철학(*African Religion and Philosophy*)』(1969)은 제게 또 다른 출구였습니다. 종교와 철학을, 그것도 어떤 문화권의 그것을 논의하기 위해, 그 문화권의 시간 개념을 분석하면서 그 주제에 접근하고 있다는 사실이 제게는 눈을 번쩍 뜨게 하는 새로움이었습니다. 그런데 그곳에서는 우리의 당연하고 상식적인 시제가 산산이 깨지고 있었습니다. 그는 이른바 과거·현재·미래라는 삼상법(三相法)이 아프리카 문화권에서 적합성을 가지지 못한다는 사실부터 지적합니다. 그는 케냐(Kenya)의 아캄바(Akamba)족과 기쿠유(Gikuyu)족의 시간(사실상 시간이라는 용어의 타당성 자체가 문제입니다만)을 지칭하는 동사의 시제를 사사(Sasa)와 자마니(Zamani)로 나눕니다. 그런데 앞의 동사는 미래에 담긴 현재(현재에 담긴 미래라기보다)를, 그리고 뒤의 것은 과거에 담긴 현재(현재에 담긴 과거라기보다)를 나타내는 동사입니다. 단순화한다면 사사는 미래를, 자마니는 과거를 뜻한다고 나눌 수도 있지만 사사와 자마니는

모나지 않은 집

서로 중첩됩니다. 그 중첩의 저 끝에 미래라고 할 수 있는 어떤 것이 있고 또 과거라고 할 수 있는 어떤 것이 있을 뿐입니다. 그러나 그렇다고 해서 그 끝에 방점을 두어 '그래도 단순화하면 미래와 과거는 확연히 구분되는 것 아니냐'고 할지 몰라도 여전히 그러한 판단은 '우리의 일상'을 준거로 한 판단입니다. 저는 남아프리카의 더번(Durban)에서 장의사의 간판을 보고 무척 당혹했던 경험이 있습니다. 그 장의사 이름이 '자마니 장의사'였기 때문입니다. 제 나름대로 번역하면 '과거 장의사'입니다. 죽음을 장례하는 자리가 과거지향적이라는 것은 잘 이해가 되지 않습니다. 미래지향적이어야 타당할 거라고 우리는 생각하기 때문입니다. 하지만 이것도 역시 우리 나름의 해석입니다. 과거로 회귀하면서 마침내 미래에 도달하는 것이 죽음의 행로라면 오히려 과거에의 회귀가 죽음이고, 그래서 그 죽음이 다시 회귀하는 것이 미래라고 해도 좋을지 모릅니다. 하지만 이것도 우리의 풀이입니다. 사사와 자마니는 과거도 미래도 현재도 아닙니다. 그것은 그저 사사이고 자마니일 뿐입니다.

이에 이르면 우리에게 익숙한 전제된 시제, 곧 과거·현재·미래에 갇혀 사는 것은 자연스러운 것 같지만 사실은 그렇지 않을지도 모릅니다. 왜냐하면 내 경험을 담을 수 없는 시제를 굳이 '지켜야 할 까닭이 무언지 모르겠기 때문입니다. 저는 가끔 제가 겪은 일들을 사사나 자마니로 표현하고 싶은 때가 있습니다. 과거와 미래 또는 현재의 중첩을 벗어나서는 아무것도 내 경험을 묘사할 틀이 없다고 느끼기 때문입니다. 물론 우리가 사용하는 시제의 틀을 벗어나면 소통에 굉장한 어려움이 생기고, 마침내 저는 '제정신이 아닌 사람'이 될 수밖에 없을 것입니다. 하지만 자신에게 정직하지 못하다면 그 삶이 삶다울 까닭이 없지 않습니까? '과거는 과거야. 그런데 지금 여기 있어. 그렇다고 현재는 아니야. 분명히 과거야. 이미 지나고 없어. 그런데 있어. 기억을 말하는 것이 아냐. 실제로 시간의 현존을 그렇게 이야기하고 싶은 거야.' 이렇게 말하고 싶은 경험을 담을 시제가 없습니다.

이러한 생각을 감히 스스로 다지는 것은 오스트레일리아의 원주민(Aborigins)의 시간에 관한 이야기를 읽으면서입니다(Anna Voigt and Neville Drury, *Wisdom Of The Earth: the living legacy of the Aboriginal dreamtime*, 1997). 그 사람들도 우리의 시제를 가지고 있지 않습니다. 그들도 우리의 말투로 하면 이른바 과거를 이야기합니다. 아란다(Aranda)족은 우리가 일컫는 과거를 알체링가(alcheringa)라고 부르고 왈비리(Walbiri)족은 주구르바(djuguba)라고 부릅니다.

이를테면 그들도 아득한 조상을 회상합니다. 그들이 어떻게 어떤 강을 건너고 어떤 산을 넘어 어떤 들에 이르러 우리네를 낳고 집을 짓고 살았는지를 말합니다. 그런데 그들은 그 이야기를 하면서 연신 모래 위에 그림을 그립니다. 강을 그리고, 지우고, 다시 산을 그리고 지우고, 다시 들을 그리고 지우고, 집을 그립니다. 이른바 시간은, 그러니까 과거는, 사라지지만 지금 여기의 모래판에 차곡차곡 쌓이면서 사라집니다. 그러면서 이야기는 '저기 보이는 저 산이 그 산이고, 우리 옆에 흐르는 강이 그 강이라고 말하고, 우리가 곧 그 자손'이라고 말합니다. 그 이야기는 과거의 이야기인데 현재의

모나지 않은 집

이야기이고, 현재의 이야기인데 앞으로 나아갈 미래의 이야기이기도 합니다. 그 이야기들이 한꺼번에 펼쳐집니다. 모래 그림은 그 시간의 '더불어 있음'을 회화적으로 묘사합니다. 모래는 그 시간을 지층으로 쌓습니다. 언어는 그 경험을 담기 위해 우리가 일컫는 동사의 시제를 모두 '파괴'합니다. 그러나 동사의 시제가 뒤섞여 혼란스럽기 그지없는 것은 다만 밖의 사람들일 뿐, 그들은 그 이야기를 들으면서 그윽한 삶의 바닥에 이르고, 그러면서 자신의 실존을 확인합니다. 밖의 사람들은 그 이야기를 알아들을 듯하면서도 알아듣지 못합니다. 알아듣지는 못하겠는데 무언지 아련하게 거기서 피어오르는 삶의 분위기를 아주 짐작할 수 없는 것도 아닙니다. 우리의 발언되지 않은 어떤 경험들이 거기 그림자처럼 스며 있기 때문입니다. 그러나 과거·현재·미래는 없습니다. 그렇다고 시간이 없는 것은 아닙니다. 우리의 시제가 거기에서는 아무런 의미도 기능도 갖지 못한다고 하는 사실만이 분명합니다. 그래서 밖의 사람들은 그들이 도저히 포착할 수 없는 그곳 원주민의 시간을 '꿈 시간(dream time)'이라고 이름 지었습니다.

문제는 우리도 오스트레일리아 원주민처럼 꼭 같은 내용의 옛날 이야기를 한다고 하는 사실입니다. 하지만 그들처럼 자연스럽지 않습니다. 정연한 시간 서술 범주를 마련하고 그것을 좇지 않으면 그 이야기 자체를 발언하지 못하도록 합니다. 다시 말하면 이미 우리의 삶의 자리에서는 시간의 삼상법이 일정한 헤게모니가 행사하는 힘의 실체가 되었습니다. 어렵게 생각할 것 없습니다. 신화는 역사 이전이라는 고전적인 규정이 그 예입니다. 신화는 어쩌면 역사가 쓰는 시(詩)인데도 말입니다.

그런데 우리는 '역사의식'이라는 새로운 개념을 시제에 첨가했습니다. 그것은 어찌 보면 과거나 현재나 미래의 중첩이 낳는 삶의 인식 지평에서 이루어진 새로운 시간 의식을 일컫는다고 해도 좋습니다. 역사의식에서는 과거도 살아 현재 안에서 숨 쉬고, 미래도 그러합니다. 어쩌면 도식적인 과거나 현재나 미래를 해체하고 그 범주의 한계를 넘어 시간을 조망하는 새로운 인식의 언어라 해도 좋을지 모릅니다. 그런 의미에서 본다면 그것은 아프리카의 시간 의식의 함축이기도 하고 오스트레일리아 원주민의 시간 경험의 수용이기도 합니다. 그렇다면 '역사의식'이란 산문적(散文的)으로 서술될수 있는 것이 아닙니다. 그것은 과거로의 회귀가 미래에 닿듯, 그래서 모든 것이 꿈의 현실이듯, 그렇게 서술되는 시적(詩的) 서술이어야 합니다. 그러한 시적 상상력 속에서 발언되어야만 비로소 역사의식이란 역사의식다운 것이 됩니다.

그러나 '역사의식'은 그것이 처음부터 시로 태어나지 않았습니다. 그것은 철저하게 '도식적인 산문'에서 태어났습니다. 과거는 과거고, 현재는 현재고, 미래는 미래라는 도식을 모태로 지닌 것입니다. 그러므로 당연히 그 시제는 산문을 기술해야 합니다. 그런데 그 한계를 겪으면서 산문다움의 지양이 요청된 새로운 난점에서 변모한것이 실은 역사의식입니다. 그렇기 때문에 그것은 시를 지향하면서도 실은 산문을 수식하는 '수사적(修辭的)인 것'인 채 시적이기를 스스로 주장합니다. 따라서 '역사의식'은 독특한 정체성을 가집니다.

모나지 않은 집

시와 산문의 틈새에서 그 양자를 동시에 함축하는 독특한 기능을 가집니다. 역사의식은 설명을 초래하는가 하면 선언을 하고 있고, 은유적인가 하면 직설적입니다. 상상이 그 의식을 충동하는가 하면 분석적 이성이 이를 유도합니다. 그래서 우리는 역사의식이 팽배한 문화 속에서 시를 써야겠다고 느낀 순간 산문의 출산을 요청받게 되고, 산문을 집필하면 시의 부재를 지탄받습니다. 역사의식은 그 기막힌 '도식적 시제의 지양'에도 불구하고 오늘을 사는 뭇사람들에게 당혹을 안겨 줍니다.

그런데 역사의식은 또 다른 면에서 매우 불편한 현실을 빚습니다. 다른 것이 아닙니다. '역사의식'이란 말은 누구나 역사의식에 근거한 역사인식을 가져야 한다고 주장하는 데 이르는데, 참 알 수 없지만, 바른 역사 인식과 이에서 비롯하는 바른 역사의식이란 것이 미리 정해져 있습니다. 스스로 역사의식을 전유하고 있다는 자의식을 가진 주체들이 있기 때문입니다. 그 주체들의 주장과 공명하지 않는 역사의식은 언제나 위태롭고 불순한 것으로 여겨집니다. 역사의식에의 물음은 비현실적입니다. 공감과 공명만이 가능합니다. 이 정황에서는 자신에게 정직한 물음을 물을 수가 없습니다. 마침내 우리는 역사의식을 지닌 사람과 그렇지 않은 사람으로 나뉩니다. 그리고 후자의 운명은 바른 역사의 구축을 위하여 불가피한 '지저깨비(splinter)'(Lenin, *On Religion*, 1956)일 뿐입니다.

아무래도 우리는 '역사의식'이라는 시간 담론에 너무 착하게 길들여져 있는 것 같습니다. 그래서 마침내 역사의식을 되묻는 일조차 불가능할 만큼 그 안에 침잠되어 나를 잃고 있는지도 모릅니다. 아니면 '역사의식'이 산문도 시도 수용하지 못할 만큼 병들어 다만 선언과 정죄와 저주의 절대적인 언어가 되었는지도 모릅니다.

돌이켜 보면 제 삶의 경험이 시제의 발견에서 만족하지 못한 채 이를 넘어 사뭇 시간을 이야기하지 않으면 질식할 것 같은 강박관념에 사로잡혀 헤맨 것은 그 시제가 제 삶을 담지 못한다고 하는 사실 때문이었습니다. 그런데 그렇다고 하는 경험을 이제는 풀 수 있을 것 같다고 여겨지는 계기에서 저는 다시 그 도식을 지양했다고 판단되는 새로운 시간 담론인 역사의식에 의해 무척 불안하고 두려워집니다. 그래서 서둘러 유치하게 소박해지고 싶어집니다.

어제를 이야기하지 않고는 오늘을 살 수 없을까요? 내일을 이야기하지 않으면 오늘을 살 수는 없는 겁니까? 역사의식이란 것이 이른바 과거와 미래를, 그리고 오늘을 정당화하는 구실로 꽉꽉 차 있어, 마침내 그 과거의 구실과 미래의 구실 때문에 현재는 질식하고 있는데도 여전히 그 '역사의식'을 이야기해야만 비로소 사람인지요? 어제가 없듯이 오늘을 시작할 수는 없을까요? 그래야만 하는 것 아닙니까? 내일이 없을 것같이 오늘을 완성해야 하는 것 아닐까요? 그래야만 하는 것 아닙니까?

나이가 들면 세월이 빠르게 흘러간다고들 말합니다. 그렇습니다. 참 빠릅니다. 지난 설이 어제 같은데 또 새 설입니다. 하루하루가 빨리 지나기를 손가락으로 날을 세며 기다려도 더디기만 하던 어렸을 적 새해맞이를 생각하면 어처구니가 없습니다. 그런데 생각해 보면 세월 흐름의 빠름을 느낀다는 것은 그 느낌 주체가 지극히 정

모나지 않은 집

태적이지 않으면 지닐 수 없는 일입니다. 세월 따라 내 삶이 흘렀다면 흐름의 빠름을 느낄 까닭이 없습니다. 그리고 보면 어렸을 적 기다림은 어쩌면 그때 그 아이의 삶이 세월보다 더 빨리 앞으로 내달렸음에 틀림없습니다.

늙음은 세월을 좇을 수 없이 삶이 더뎌지는 것인지도 모릅니다. 초조하기는 한데 서둘러지질 않습니다. 의연하게 뚜벅뚜벅 걷고 싶은데 내 걸음은 전진도 아니고 후진도 아닌 게걸음의 궤적을 남길 뿐입니다. 마지막 발견한 황혼의 아름다움조차 내가 그 끝자락을 잡으려 허둥대는 사이 이미 나를 어둠 속에 남겨 두고 사라집니다. 하지만 세월이 빠르든 삶이 더디든 노년은 길지 않습니다. 맞는 새날이 모두입니다. 어제도 없고 내일도 없는 것이 실은 노년의 하루입니다. 감히 고백하건대 저는 올해, 한 해 동안 주어진 날들을 '그날만'으로 삼아 황홀하게 살고 싶습니다. 앞뒤 쌓이는 아무것도 없이요.

어불성설인 줄 알면서도 새해인데, 왠지 이런 시간 이야기를 하고 싶었습니다.

이
상
일

공연평론의 낙수(落穗)들

공연평론의 낙수(落穗)들

시말(始末)기

　1960-70년대 짧은 스위스 유학에서 돌아온 나는 여석기 교수가 주재하던 『연극평론』지를 위시하여 『주간조선』지 등에 젊은 해외파 한상철, 이태주, 유민영과 더불어 서울극평가그룹 이름으로 활발한 연극평론 활동을 하기 시작했다. 우리들은 이른바 민주화운동과 함께 사회개혁 수단으로서의 (연극)예술과 현대연극을 내걸고 사회개혁의 '의식화'를 공동 주제로 삼았다. 그 무렵의 업적은 논평집 『한국연극과 젊은 의식』, 『서사극과 브레히트』, 『민족성심의 예능학』, 『탈의 웃음』 등으로 묶였다.

　나의 관심은 한국 문화의 근원에 대한 질의였고 한국 샤머니즘에 대한 필드워크가 바로 마당극 운동에 대한 열렬한 지지로 이어졌다. 그러나 마당극의 예술적 결실은 미미했고 그 결과 연극 공연에 대한 회의의 반작용으로 학술 조사 측면에서 축제에 대한 필드워크와 무속 조사가『축제와 마당극』,『축제의 정신』을 출간시킨 계기가 되었는지 모른다.

90년대 들어 연극보다는 무용 공연에 빠져들게 되어 연극평론 활동은 제쳐 놓고 무용평론집,『춤의 세계와 드라마』,『총체예술에서 융복합예술』을 내고 나서 어쩌면 마지막이 될 공연예술 평론집으로 내 마지막 글쓰기를 가름하려 했다. 공교롭게 공연예술 전반에 걸친 연극과 무용 논평 에세이들이 뒤섞여 마지막 공연평론집은 전에 버렸던 연극평론들이 새롭게 꽤 끼어들었다. 그러나 편집자와의 마지막 소통에서 연극과 무용이라는 공연평론집 에세이들이『공연예술의 품격과 한국 춤의 흐름』으로 정리되면서 꽤 많은 에세이들이 빠졌다.

그런 글들 가운데는 사라졌던 연극 공연에 대한 열정이 다시 발견되고 무용 공연의 극성(劇性)에 대한 집념이 많이 순화되어 공연예술이라는 연극과 무용이 잘 어우러져서, 이번 우리 숙맥 동인지에 수록시키기로 합의되었다. 분량이 너무 길어 2부로 나누기로 했으며 1부를 여기 게재하고 2부는 다음 기회로 미룬다.

문화역서울 284의 〈불꽃의 놀이〉 외

우리의 잠재된 의식(意識) 아래 벌어지는 의식의 의식(儀式)은 어쩌면 Black Under 그 자체일는지 모른다. 각종 의식의 집합체는 인형(人形)을 띤 무의식의 혼합체라서 혼돈스럽다. Rufxxx(대표 김형남)가 5월 27일 근대 문화재 옛 서울역청사 '문화역'의 어수선한 RTO

공간에서 선보인 〈Black Under〉는 '사람 모습을 띠기 시작한 무의식의 그림자극'이다. 아직은 질서가 잡히지 않은 이 새로운 복합문화 공간은 하드웨어 껍질을 깨기 위해 원초적 카오스를 재현하고 싶어 한다. 〈불꽃의 놀이〉 첫 공연은 소름이 끼치게 만든다. 소리는 태초의 신음 소리고 팬터마임, 그래서 원초적인 마임을 곁들인 인형의 그림자들은 사람 꼴을 띠기 시작한 정령들의 넋들이다. 형체를 갖기 시작하는 탄생의 순간은 축복이라기보다 어쩌면 이중적으로 죽음을 확인하는 의식 절차일 수 있다. Rufxxx는 전작 〈데드맨워킹〉에 이어 성공적인 이작(二作)을 내놓았다.

서울역 옛 청사가 근대 문화유산으로 지정되어 '문화역서울 284'이라는 이름으로 한국공예디자인문화진흥원 산하로 편입되었다는 사실을 아는 사람들은 그다지 많지 않다. 지난 2011년 전시, 공연, 교육 등 다양한 문화예술 창작과 소통의 관문으로 재출발한 '문화역'은 정지작업기를 거쳐 새 예술감독 신수진 체제(프로듀서 강낙현, 연구원 정유호)로 미술(조명미디어) 전시전—빛에 대한 서른한 가지 체험—〈은밀하게 황홀하게〉(6.10-7.4)와 장소특정적 융합공연 〈불꽃의 놀이〉(5.27-7.4)를 선보이기 시작하였다.

문화역서울의 전시와 공연이 시민들에게 무료로 개방되어 있다는 사실 외에 미술 전시와 공연 무대들이 문화유산의 위압적인 하드웨어 건축물의 무게를 기반으로 하면서 현대적인 다원예술 소프트웨어로 묶여 시너지 효과를 높이게끔 체제가 짜여진 사실이 반갑지 않을 수 없다.

〈불꽃의 놀이〉 두 번째 작품 정보경의 춤 〈The Arts of Travel〉

(6.10-11)은 일상화된 여행 이야기-관광, 나그네의 세계는 여행의 방법만이 아니라 무엇을 찾아 떠나야 하는지, 어쩌면 수도(修道), 혹은 구도의 길을 떠나야 하는 삶의 물음을 근본적으로 묻게 한다. 따라서 무엇인가를 찾는 자의 걸음걸이가 여행자의 의식(儀式)처럼 펼쳐진다. 여행의 기억과 추억에 대한 회상-그렇게 겪게 되는 새로운 공간의 빛에 대한 감성을 표현하기는 여간 어렵지 않다. 그 각각의 감도를 내러티브로 표현하는 것은, 사실은 문필가의 몫이다. 계획적이거나 예상된 결과의 나열보다 나그넷길에서 마주치는 뜻밖의 우연에 초점을 맞춘 안무자 정보경의 의도라면 생생한 유연성의 표출이 보다 과감했어야 했다. 그만큼 안무자의 의욕이 컸다는 뜻이다.

〈불꽃의 놀이〉 세 번째 **〈우리가 열망하는 것들〉**(김모든 안무 출연, 6.13) 공연은 공연이라 할 수 없는 맛보기여서 무시되어도 화를 내지 않는 한국 관객들의 미덕이 돋보였다. 김모든은 하드웨어 콘크리트 벽면의 창문 커튼을 걷어 올리는 수고 외는 말의 호사로 무용수의 의도만 뽐내는 전형을 보여 주었다. 그에 비해 며칠 뒤 프로젝트 노의 **〈El Nino—La Nina〉**(차종현 안무, 6.19-20)는 난장 같은 가면놀이로 성장의 고통을 그려 냈다. 스페인어 소년과 소녀-바야흐로 순수한 청소년기를 벗어나 힘겨운 성년의 과정을 짐짓 보여주는 차종현의 현대무용은 어둠과 같은 혼돈의 시간을 겪는 사춘기의 방황이 도깨비들의 난장과 다름없어서 새벽의 경계-빛과 어둠의 경계를 의식화시키며 가면이라는 페르소나의 인격으로 오브제화된다. 무엇보다 그 정신적 신체적 성장의 당황과 카오스가 친밀하게 구체적으로

모나지 않은 집

표현된 점을 높이 사고 싶다. 쓰러진 의자들 위로 비추어지는 조명의 도입이 혼돈의 정신 상태와 함께 인형 가면으로 가려진 듀엣 네 쌍, 남성 무용수 5인 군무, 또는 여성 3인무 등으로 겹겹이 쌓이고 중첩되는 이미지들은 밤과 낮의 경계에 노니는 백귀횡행(百鬼橫行)의 귀신들 나들이 장이다. 자정에 일어나는 귀신과 도깨비들, 그리고 새벽 종소리에 온갖 야료를 다 부리고 나서 어둠의 동굴로 돌아가는 음(陰)의 그림자들 – 어지럽게 흔들리는 시간대는 경계의 시간, 그것이 소년과 소녀들, 청소년들의 성장기 – 유년기와 사춘기를 겪는 경계의 어지러운 방황의 흔적임을 안무는 잘 포착해 내고 있다.

극악무도팀의 〈**이야기를 찾아서**〉(이승우 연출, 6.24, 중앙홀)는 장르를 국악/다원으로 설정하고 있다. 최근 우후죽순식으로 고개를 내밀고 있는 국악 분야의 젊은 뮤지션들이 그룹을 만들어 퓨전음악, 다원예술로 부르는 이런 풍조는 총체예술, 통합문화 지향의 융합 복합예술 사조와 맞닿아 있고 최근에는 그렇게 가다가 각 예술장르와 최첨단 과학 분야의 컬래버레이션(협업) 형식으로 발전되어 간다. 극악무도라는 이름은 불량 청소년 사춘기 세대들의 삐딱한 반항 심리를 코에 걸고 다니듯 하지만 이 멤버들의 구성은 폭이 넓다. 전통악기를 위주로 하지만 '음악극 집단'으로 배뱅이 스토리텔링의 이야기에다 한국음악을 기반으로 삼는 짓거리가 음악극 집단답다.

이런 퓨전음악극 형태와 비교되는 것이 '한국문화의집 KOUS'의 〈**바라지**〉(6.23) 공연이다. 전통악기 편성의 국악 위주이면서 현대의 대중음악적 K-팝의 끼와 신명을 도입하는 데 인색하지 않은 젊은 국악 뮤지션들의 일종의 일탈은 어쩌면 한국 전통음악이 지닌, 넘실대는 우주적 율격과 조화를 이루며 세계적 드라마를 만들어 낼는지 모른다.

〈바라지〉는 남도 무속 가락—그것도 진도 씻김굿에서 따온 비손, 무취타, 바라지 축원, 그리고 뱃노래 타악과 노동요의 풍물 가락으로 생활 공동체의 만선 귀항 같은 현장 리듬을 생동감 있게 포착해 내었다. 극장 무대적 레퍼토리에 생활 현장의 감각을 물씬하게 도입한 이런 전통 뮤지션들의 〈바라지〉 스타일과 함께 극악무도팀의 〈이야기를 찾아서〉 같은 유형은 전통을 변형시켜 현대적으로 극장 무대화해 나간 측면이 관객층의 흥미와 관심을 끈다. 〈이야기를 찾아서〉는 국악 뮤지션들의 기본 가락에 양악기를 도입한 다원예술 형식이고 거기에 연극적 마임을 섞어 드라마의 서사성(이번 작품에서는 배뱅이굿 스토리가 중심이지만)을 내러티브(연출 이승우)의 구술과 장구 악기와 짓거리로 가다듬어 양식화시키고 극장 무대화하였다. 전통적 국악 뮤지션들의 자연적인 생활 현장성은 약한 대신 인공적(예술적) 드라마/이야기성(性)이 살 수 있어서 한국적 설화 소재만이 아니라 세계적 소재, 예컨대 로미오와 줄리엣, 게르만 신화, 중국 신화 같은 이야기가 국악 가락에 실려 그 서사성을 우리 것처럼 전달해 줄 수도 있다면 더욱 신변적인 근친성을 느끼게 될 것 같다(6.26 기록).

〈불꽃의 놀이〉 여섯 번째 작품 **〈주다 그리고 받다〉**(김혜경 안무작, 6.27)는 문화역서울 284의 미디어아트전 〈은밀하게 황홀하게〉의 주제를 공연 무대에서 주고받기식으로 전개하려 했던 것 같다. 그러나 안무자가 뜻한 '빛의 말' 주고받기식 미디어아트 효과는 퍼포밍

모나지 않은 집

아트의 확대판 속으로 수렴된다.

　현대무용 〈주다 그리고 받다〉는 전형적인 다원예술적 실험무대
－연극과 무용을 내포한 퍼포밍(演行)과 음향과 조명이 난투사(亂投
射)로 좁은 공간에 어지럽게 주고받기식으로 펼쳐진다. 도대체 무
용가는 몇 겹으로 의상을 걸칠 수 있을까－가녀린 김혜경이 북극곰
마냥 얼음에 뒹굴어도 될 만큼 옷을 껴입는 동안 전통 구음 같은 내
레이터는 아무런 극적 감동 없이 가장 극적인 시대적 상황과 개인
적 체험을 읊조린다. 의상 모티브의 전개가 반쯤을 차지하는 시간
의 흐름 속에 무대에는 많은 이야기 요소들을 머금은 촌극들이 벌
어진다. 호모 같은 여장남인의 달걀 굿, 바스터브 속의 더러운 덧칠
등등 이야기의 흐름은 어느덧 주선(主線)에서 지선(枝線)으로 흩어져
육체의 많은 핏줄기처럼 주고받기식 전위극 형식이 이루어진다. 어
쩌면 다원예술은 실험/전위극의 다른 이름이 아닐까(7.3 기록).

　문화역서울의 기획 프로그램 〈불꽃의 놀이〉 마지막 일곱 번째 작
품 〈Teatime with me, myself and I〉도 미디어·아트전의 주지를 잇는
다. 기획 프로듀서로서 강낙현은 그가 공부한 시노그래피와 멀티미
디어, 그리고 공연예술 등 새로운 다원예술 장르를 개척하기 위하
여 비슷한 체험 영역을 걷고 있는 동시대인 대만의 조동옌(Tungyen
Chou)의 작품을 선정했다. 멀티미디어와 공연예술을 접목시킨 다매
체 간의 협업 결과가 공식적인 현대미학의 장르 개념을 깨고 새 장
르를 만들어 낼 수 있을지는 아직 미지수다. 그러나 우리 '동시대'의
급속한 변화의 물결은 예시할 수 없는 가능성의 영역을 열어 두고
있는 것만은 확실하다.

문화역서울의 RTO 공연장 밖 서울역 광장에는 토요일 오후 전국노동조합 데모대 마이크 소리가 공간을 압도하고 있었다. 그것이 '현실'이었다. 그런데 그런 현실의 일각에는 신체(몸)라는 리얼리티를 매체로 삼는 극장 무대의 '비현실'이 '현실'을 밀어내는 힘겨운 작업을 하고 있었다—몸은 살아 있는 현실이다. 그 비현실의 현실을 깨려고 밖에서는 극장 안의 조건을 거스르는 끊임없는 소음이 파도처럼 밀어닥친다. 문화역서울의 공연장 안, 앙상한 하드웨어의 시멘트 벽면으로 영상이 돌고 음악이 흐르고 스마트폰이나 태블릿으로 바라본 일상—차 한 잔 마시는 남녀의 대화와 소통의 자리는 극장이라는 환상의 세계, 곧 비현실로 놓여 있다.

그 비현실의 세계에 현실이 들어선다. 몸의 무용가 김주빈과 김세정이다. 그들의 유연한 움직임이 현실의 언어가 되어 관객들의 현실감각을 비현실적인 '진실'의 세계로 몰아간다. 외부의 현실이 극장 안의 진실에 수렴되는 것이다. 그런 체험 통로가 예술의 힘이고 예술가들은 그런 기적을 찾아 여러 가지 방법(양식)을 모색한다. 다원예술의 탐구도 그런 방법 가운데 하나이며 천재적인 작가, 기획자, PD들이 그런 비전을 찾아 실험과 전위 작업을 해 나간다.

동시대인들인 우리가 기다릴 수 있는 인내심을 갖지 못할 때 어떻게 이 시대의 천재들이 그들의 꿈을 갈고 닦을 수 있겠는가.

전 세계의 뛰어난 무용수들만 해도 하늘의 별만큼 많다. 브뤼셀 샌드먼 팀의 사빈 몰레나르를 어떻게 서울의 우리가 알아보겠는가. 문화역서울의 기획 프로에서 선보인 솔로 공연 〈That's it〉(7.24, RTO)을 통해 먼 극지의 서울에서 우리는 사빈 몰레나르의 무용적 비트

모나지 않은 집

를 악몽처럼 꾼다. 육체를 비트로 꼬아 대는 형벌은 고통스럽게 아프고 그 아픔은 절정의 쾌감이 되어 우리를 신음하게 한다. 사빈의 누드는 제단에 바쳐진 아픈 인간의 제물이다. 어느 신, 누구에게 바쳐진 인간의 제물인가. 이미 그는 제단 앞에 벌거벗긴 채 사지가 아프게 일그러져 온몸을 바로 세우려 안간힘을 쓴다. 최소한도의 공간에 구겨져 담긴 듯한 신체의 관절 부위는 기능을 상실한 채 육체를 해체하여 무용의 근간인 몸의 균제미(均齊美)를 무(無)로 돌린다.

신체의 균형이라는 상식을 깨며 지체 부자유자의 불균형을 도입한 사빈의 움직임은 불협화음의 비트 그대로다. 그의 몸을 감싸는 의상은 아무 뜻이 없는 껍데기에 불과하다. 원피스 의상에 갇히는 세 가지 시퀀스가 우리의 잠재의식 아래에 있는 어둠의 악몽을 대변시킨다. 에피소드처럼 전등갓에 엉덩이를 물리거나 하늘빛 원피스에서 흰 가루를 묻혀 나오거나 마지막은 누드를 어렵사리 가리는 쇄골의 가슴과 뱃살의 주름을 반쯤 덮는 이미지는 청춘의 잔해 같은 등 어깨뼈의 두드러짐과 함께 육체의 불균형이 어디까지 갈 수 있는지를 실험하듯 한다.

시레네의 고혹적인 유혹의 멜로디와 악마의 새된 목소리로 전율을 불러일으키는 마이크의 소도구와 미세한 조명 효과는 사빈 몰레나르의 불균형의 균형이 그의 몸의 장점을 어디까지 확대할 수 있는지를 시험하는 바로미터 같다. 그녀의 어긋나는 관절의 전체가 얼마나 길며 그녀의 뒤로 젖힌 팔과 허리가 얼마나 긴지는 상상력 가운데서나 측정 가능한 수치라 할 것이다.

오래 남는 육체의 이미지는 절정으로 치닫는 불협화음의 협화음

가운데서 발화(發火)된다. 그렇다면 균형미를 고통스럽게 파괴하며 관절의 해체를 노리는 사빈 몰레나르의 〈That's it〉는 작은 제단에 바쳐진 인간의 육체라는 커다란 고깃덩어리이고 뼈와 기름이 모두 빠져나간 '옷에 담긴 여인의 살'은 절정감의 결정체로 빛날 수밖에 없다. 그것이 악몽으로 받아들여지는 것은 우리의 잃어버린 꿈의 흔적이기 때문이다. 잃어버렸던 찬란한 불꽃의 추억은 아픈 그림자이자 우리를 전율케 하는 악몽이다. 그 악몽을 현실로 불러들이는 예술가의 광란은 그들의 꿈이 아픈 상처를 건드리는 생피의 날카로운 칼날이며 절정에서 우짖게 하는 단말마의 쾌감이기 때문이기도 할 것이다. 그런 까닭에 지체 부자유자의 불편한 불균형의 극한을 보고 끝없는 시인의 너스레 같은 글이 이렇게 끊임없이 흘러나오는 것인지도 모를 일이다.

로보팅 아츠 영역에서의 자연적 인공적 움직임에 대한 시연 효과 ― 〈로봇/드론/나무〉

인공적인 로봇과 자연적인 몸의 움직임을 리드미컬하게 조화시키려는 시도를 로보팅 아츠라는 영역에서 실험하는 시도들은 로봇 연구와 함께 시작되었고 로봇의 활용이 실용화되면서 공연예술 분야에서 무대화하는 과감한 모험들이 활발하다. 금년 들어 cel소극장이 초청한 미국 ○○무용단의 〈로봇〉 공연은 글자 그대로 로봇의 움직임을 무용수의 유연한 몸의 움직임과 연계시키는 최초의 무대를 보여줌으로써 인공 기기의 예술화를 묻는 많은 청소년들의 호기심에 현재의 상황을 알려 주는 계기가 되었다.

이번 한국의 로보팅 아츠 공연은 어쩌면 기계와 몸의 자연을 무모할 정도로 조화롭게 가져가는 낙관론을 앞세워 예술적 주제마저 뚜렷이 내세운 탓에 정교한 반면 객관적인 과학과 섬세한 예술적 주관주의적 감각이 예감적인 스파크를 일으켜 문제의 파문을 확대했다고 볼 수 있다. 이런 말은 예술이 과학을 통해 더 심도 있는 창작을 가능케 할 수 있느냐, 과학이 예술작품의 어느 선까지 보조할 수 있느냐를 묻는 중대한 고비가 되는 것이다. 그런데 로봇과학의 정교함이 예술의 경지에 이르지 못하고 육신의 리드미컬한 선율을 타지 못하는 로봇 기계에 드론 기기의 현란한 발전이 덮어씌워져 자연의 상징인 나무가 무대 위에서 그 시원한 그늘을 드리우지 못한다면 예술적 주제가 너무 욕심을 부렸다고 보는 것이다. 로봇의 움직임이 사람만 하고 사람의 움직임을 정교하게 흉내 낼 수 있는 경지가 되면 그것으로 기계와 사람은 상호 협조가 되고 거기에 드론 같은 무용예술을 보조하는 기기가 시너지 효과를 올리게 되면 그것으로 과학과 자연은 상생하는 것이고 그다음으로 파괴된 자연에서 보활하는 나무의 상징이 살아난다. 곧 나무의 상징은 후차적인 주제일 수도 있다는 것이다.

젊은 창작집단 빛과 돌의 창작극 〈에이미 Go〉

오래 공연작품 논평을 쓰면서 논평 대상의 경력 장단(長短)이 몹시 판단의 기준에 걸릴 때가 많았다. 나는 천재란 경력과 상관없이 천부의 재능으로 탄생하는 것이라고 생각하지만 10년 이상 20, 30년 된 극단이나 무용단의 작품을 갓 태어난 젊은 단체들의 데뷔작과 같은 선상에 둔 논평은 불공평하다고 본다. 그만큼 경력과 체험과 수련 기간이 중요한 것임을 인정하는 것이다.

최근 들어 지원금 신청 선정이나 작품 선정의 자리에서 그런 기준이 모호해진 경향을 느낀다. 젊은 천재들의 출현을 기대하는 심리가 지극해서 그럴 수도 있지만 기성 세대들의 기득권에 휘둘린 젊은 세대들의 대결 의식이나 저항이 그만큼 거세어진 탓일 수도 있을 것이다. 최근에는 시운(時運)이라는 말로 시대의 변화를 감지하지 않을 수가 없다. 선배들이나 원로들이 오랫동안 자기들의 권익을 지켜 나오지 않았다고 말하지 않을 수도 있으므로 시운이 바뀌어 젊은 세대들이 자기들의 권익을 확보하겠다고 나서면 단지 연륜이나 체험, 경력 들만으로 공연예술계의 장로들이 예우에서 밀려나기도 한다. 그런 서러움을 당하는 세태를 나는 몇 번이나 겪으며 살아왔다.

연극 〈에이미 Go〉는 임빛나 작, 진용석 연출, 이채은 기획이다. 한국문화예술위원회가 주최, 주관하는 예술창작아카데미 '차세대 열전 2016'은 연극, 무용, 음악, 오페라 장르로 나뉘어 있고 연극 최종 공연 여덟 작품 중 나와 인연이 닿은 〈에이미 Go〉가 특별히 최근 젊은 창작 집단들의 경향을 대변하는 것도 아닌데 하필이면 나의 새해 첫 극장 나들이 대상이 된 것은 단순한 우연 이상일 수도 있지 않을까.

에이미 고는 한 성격이 아니라 복합적 성격이다. 이 복합적 성격은 현대의 다기(多岐)적 사회현상, 융복합적 문화예술 양식을 대변한다. 그래서 이 연극은 에이미 고라는 전통적 현모양처 스타일에서 벗어난 현대적 여성상을 내세운다. 어머니의 어머니같이 줄기에 매달린 고구마 씨알처럼 고순심은 조령(祖靈)의 사슬에서 헤어나지 못한다. 남편의 바람이 문제가 아니라 그녀는 자기의 아이와 이화(異化)가 감지된다. 이 이화 작용을 과장되게 확대하고 일그러뜨리고 왜곡시키는 가운데 〈에이미 Go〉의 코믹이 방계(傍契)적으로 성립한다. 따라서 작가는 주체적으로 아이덴티티의 확립을 성찰함으로써 주제는 무거워지고 연출은 이화를 통한 코믹을 강조한다. 따라서 이 연극의 희극화는 그 본질이 아니고 외장(外裝)에 불과하기 때문에 연기자들의 연기력이 한층 떨어질 수밖에 없다. 회전 무대의 활용만 하더라도 극적 고양에 도움이 되기보다 스티치가 부각된 의상을 입은 연기자들은 만화 속의 캐릭터들처럼 과장되고 양식화되어 웃음을 유발하는 수단일 뿐이다. 코미디아델아르테식 행동 양식의 과장이 우리나라 악극 형식의 전유물이 된 것은 지난 40, 50년대 이후이다. 그런 코믹과 에이미 고의 성격적 교체가 유연하지 않은 것이 아쉽다.

2016서울국제공연예술제 해외초청작, 슬로베니아 국립극단의 〈파우스트〉

셰익스피어의 고전 〈햄릿〉을 여러 번 보고 이제는 번안된 〈햄릿〉

보기가 다반사가 된 마당에 괴테의 〈파우스트〉는 거의 고전 그대로 우리의 감상대에 오른다는 사실이 이해하기 쉽지 않다. 거의 번안 작품을 보기가 어렵다. 기껏해서 파우스트에게 청바지를 입히는 정도를 가지고서는 햄릿의 발랄한 변신의 번안을 따라잡을 수 없다는 생각을 늘 가지고 있는 나(연극평론, 독일문학 전공) 같은 사람은 원전(原典)에 사로잡힌 한에서는 이 시대의 〈파우스트〉가 재창조되기 힘들 것이라는 한계를 절감한다.

그런데 한국 원정을 앞둔 지난 6월 갑자기 서거한 슬로베니아 국립극단의 연출가 토마스 판두르의 〈파우스트〉는 파우스트나 메피스토의 명연기에 초점을 맞추려 드는 독일의 연출가, 평론가들의 시선과 달리 〈파우스트〉 세계의 '작은 코스모스'에 초점을 맞추고 자연스레 연출의 자기 세계를 번안해 낸 특이한 현대판 〈파우스트〉로 보인다. 우리가 흔히 보던 파우스트의 천상(天上) 장면—하느님(Herr)과 메피스토의 내기 결말을 유추케 하는 대화 장면이라든지, 파우스트와 악마와의 계약 성립, 그리고 마녀의 부엌, 발푸어기스의 밤 같은 확대 가능한 장면들의 제거는 그대로 그레트헨 비극의 핵심보다 파우스트의 소우주를 밝히려는 토마스 판두르 연출의 탁월한 고전작품 해석 방안의 예시가 아닐 수 없다.

그렇게 하여 파우스트는 개인적으로 악의 패밀리에 둘러싸인 외로운 현대의 개체이면서 창조하는 인격의 의지로 장님이 되어버린 〈파우스트〉 제2부의 정신마저 그려 나가게 된다. 메피스토 일가(一家)로 상정된 악의 환경에서 다수와 대결하는 개체로서의 파우스트는 그의 인격과 품성과 그의 도덕률, 말하자면 관능이라든지 표피의 아름다움이라든지 권력이라는 '세속에 안주하는 만족 본능'을 배제하는 기제(機制)로 그의 소우주를 형성하는 인문학, 정신과 가치와 본질 추구의 인문학적 동력으로 극장 무대를 완전히 장악한다. 물에 떠 있는 소우주 구성의 행성으로서의 지구라는 착상이 무엇보다 탁월하다. 극장 바닥 전면은 수조(水槽)이다. 배우들과 관객들은 물방울 떨어지는 소리와 차가운 수면을 걷는 배우들의 걸음걸이에 계속 깨어 있어야 한다. 단색 톤의 무대 색은 전체적인 〈파우스트〉의 주제와 아주 잘 어울린다. 어둠과 빛에 대한 이해 사이를 오가며 서재, 현실 세계, 궁정과 장님 파우스트의 환상에 나타나는 공사 현장 등 형상화된 시각적 비디오 영상의 활용도는 아주 예각적이다.

퍼포밍 댄스의 원시와 문명의 초장르적 연대기
─ 서울국제공연제, 빔 반데키부스 안무의 〈Speak low─〉

8명의 무용수들과 4명의 스태프들이 관중석에 그물을 던져 고기를 잡듯 원시의 잠재의식을 건져 올린다. 문명의 무용 육체에 대응시키며 원시의 알몸과 신체와 육체의 감응을 무용미학으로 풀어내는 거진 2시간짜리의 이 대작은 〈사랑을 말하려면 나즉히─〉 말하라면서 결코 나직하지 않은 생음악 밴드와 노래와 구음 외 온갖 소리 리듬과 몸의 리듬이 어우러지는 복합무대의 많은 에피소드와 스토리텔링의 묘미와 갖가지 극장 테크닉의 조화를 발휘한다. 벨기에의 빔 반데키부스는 1986년 창단한 울티마 베즈무용단의 안무자이고 다양한 장르의 아티스트들과 공동 작업하는 것으로 알려져 있어서 이번 작품도 나에게 '퍼포밍 댄스의 초장르적 연대기'로 각인된다.

나직한 음악으로 달랠 수 없는 몸의 리듬은 리듬이 함축하고 있는 모든 활화산의 마그마를 적극적인 시각 효과로 표출한다. 그런 측면에서 시험적인 라이브 음악과 고전이 같이 어우러지면서도 대중음악적인 오페라도 아니고 더욱 뮤지컬의 춤사위도 넘어서고 있는 이 공연은 에피소드의 극적 나열과 스토리텔링의 묘미가 갖가지 극장 테크닉과 어우러져 관객들의 체험 세계를 확대한다. 그런 측면에서 폰 덴 호벤의 '커팅 엣지 댄스'라는 표현이 적확하다. 누구는 그의 작품에서 빠지지 않는 공통된 맥락은 음악과 사운드라고 했지만 흐르는 이미지의 강물에 살아 숨 쉬는 반짝이는 생선의 율동감 같은 무용수들의 스토리텔링적인 극적 연결성이 이 무용단의 뛰어난 재능일 것이다.

잠재적인 무용 율동의 원초적 충동을 무대 위로 끌어 올리고 그 충동적 열정을 사상이나 미학적 표현으로 논리화하려는 빔 반데키부스의 '상반된 요소들의 충돌'이 현대문명에서 약화된 예술의 혼을 치열하게 만든다(10.25-26. 아르코대극장).

판소리 창극단의 과감한 양식 개혁, 서양고전의 패러디와 오마주 — 〈오르페오전(傳)〉

최근의 국립극장은 편협한 전통 지향성을 지양하여 전통무용의 국립무용단도 그렇고 창극단도 현대무용의 안무자와 오페라 안무자 영입 등을 통해 과감한 양식 파괴, 아니면 양식 개혁의 실험을 하고 있다. 때로는 의표를 찌르는 시도가 감탄을 불러일으키기도 하고 느닷없는 고정관념과 이미지 단절에 혀를 차는 경우도 있지만 실험과 개혁 시도는 정체보다는 낫다.

이번 〈오르페오전〉도 그리스 신화의 오르페우스와 에우리디케 이야기를 〈올페전(傳)〉 같은 전통적인 판소리 흐름으로 싸안았다. 오페라 같은 현대예술 장르에 전통예술을 번안, 내지 오마주화해서 서양을 한국에 가깝게, 아니면 한국을 서양에 가깝게 유인하고자 하는 그런 시도는 장르 해체, 내지는 융통합의 세계적 예술사조와 맞아떨어져 어떤 성공적인 결실을 낳게 되는지 아무도 그 결말을 단정 지어 말할 수 없다.

오르페우스 신화는 이승과 저승 사이를 오가는 '경계'에 대한 철학이고 그것은 바로 삶과 죽음이라는 인간의 근원적 물음을 담고 있다. 피리의 명인, 곧 예술의 달인 정도면 그 삶과 죽음의 경계 정도를 초월할 수도 있지 않을까 하는 고대 그리스 신화의 핵심을 이번 한국판 오페라 〈올페전〉, 〈오르페오전〉은 판소리 정신으로 오마주한다. 그러니까 삶과 죽음의 경계에서 죽은 아내 에우리디케를 명계(冥界)에서 빼내어 오던 오르페우스는 그 흔한 뒤돌아보지 말라는 터부를 범한 여인을 결정적으로 잃는다는 기본적 극본 구성에서는 크게 어긋져 있지 않다.

그러나 신화적 모티브를 오페라적 발상으로 확산하는 가운데 판소리 가락과 창극이라는 한국 고유의 예술적 진동으로 갈아 끼우는 과정에 인간관계의 '인연'이라는 실로 모티브를 민간신앙화했다는 점에서 논란이 일어날 소지가 있다. 삶과 죽음이라는 철학적 신화적 명제가 인간관계의 인연으로 전이되는 과정에는 죽음조차 '인연'이라는 실타래로 기정사실화되어 있는 운명론이 전제되어야 할 것이다. 그런 운명론이 실타래 인연론의 민간신앙적 모태인 데 비하면 죽음의 경계를 넘는 철학적 신화적 모티브는 너무 고답적이다.

그런 측면에서 신화소(素)를 신앙 차원으로 끌어내린, 혹은 끌어올린 작의(作意)가 돋보인다. 모든 회상과 기억은 시간과 더불어 가루가 된다. 오페라 연출가 이소영은 그리스 신화의 명제를 한국적, 동양적 인연의 실타래로 명제화했고 이 점에서 그냥 단순히 서양 고전을 번안하거나 오마주하지 않은 독창성을 발휘한 셈이다. 회전무대를 활용한 무대는 하늘과 땅으로 극대화되었고 판소리의 절창미(絶唱美)를 뽑아낸 김준수의 끊어질 듯 끊어지지 않는 실 같은 인연의 강조는 서구적 모티브를 한국적으로, 동양적 모티브를 세계적 보편성으로 전환시켜 낸 큰 힘이 아니었을까 생각해 본다.

서사(敍事)와 기술의 결합 현장 — 〈유어 라스트 브레스〉

한국콘텐츠진흥원의 소극장 cel스테이지를 아는 사람들은 별로 많지 않을 것이다. 콘텐츠진흥원에서 운영하는 융복합 공연장 cel스테이지는 최신 공연 트렌드를 잘 반영하고 있는 해외 우수 공연콘텐츠를 전략적으로 기획초청하는 첫 프로그램으로 최근 주목받고 있는 영국의 큐리어스 디렉티브 극단의 〈**마지막 숨결(Your Last Breath)**〉을 선보였다.

예술과 과학기술을 결합시키는 공연 형식은 이제 어쩌면 진부한 기획일는지 모른다. 그러나 제대로 된 해외의 우수 융복합 공연을 보고 싶은 공연 마니아들은 그쪽의 최근 경향과 IT산업의 선진국 한국과의 질적인 콘텐츠 실물 비교를 체험해 보고 싶어 한다. 그런 기대가 큐리어스 디렉티브 극단의 〈마지막 숨결〉의 무대 전개 방식에 관심을 갖게 만든다. "과학적인 사실과 최신 기술을 철저히 연구해 이를 극장 무대 위에 '서사적'으로 풀어내는 작업을 통해 섬세하고 치밀한 구성의 공연"을 만들어 낸 이 젊은 영국의 극단은 "과학이라는 렌즈로 인생을 탐구"한다.

이런 방식은 바로 인문학적인 연구 방식이다. 과학이 인문학에 밀리는 것은 인생 탐구의 측면에서 너무 피상적이기 때문일 것이다. 그 인생 탐구의 좁은 창을 과학의 렌즈가 확대한다. 렌즈를 확대시키는 작업을 공연예술에 종사하는 인문주의자들이 공동 작업으로 펼쳐 놓는다. 처음 관객들은 노르웨이의 얼음 구덩이에 빠져 죽어 가는 사람의 생명 연장을 걱정한다. 그런 현재적 상황이 1876년 지도를 만들기 위해 노르웨이로 떠나는 크리스토퍼의 '사실(fact)'과 맞닿고 1999년 스키 사고로 얼음에 갇힌 안나의 생사의 위기에 겹쳐 오늘 현재(2016) 아버지의 유해를 거두러 가는 프레이아 이야기와 2036년 가사 상태를 이용한 치료법으로 살아나는 잉그리드 이야기로 서로 연계시킨다. 노르웨이의 얼어붙은 산에 담긴 '인간의 삶과 죽음의 드라마'를 짚어 보는, 글자 그대로 '과학과 인문학의 협업'이 이루어진다. 무대공간에서의 작업이 창조적이라면 죽음에 관여하는 신경과학과 의료 보조 과학기술과 우주생물학 등 전반적인 전문

과학자들과의 협업이 융복합예술이자 융복합과학의 연구 진행을 여실히 펼쳐 보여 준다.

그렇지 않아도 어려운 과학적 이해를 위한 언어적 장벽은 소통의 문제이다. 퍼포먼스 언어의 개발과 도입이 필수적인데 그런 심도 있는 공연의 깊이를 따라가기가 쉽지 않은 차제에 관심을 가지고 그런 트렌드의 공연을 지켜보는 세대들이 cel스테이지의 해외 초청 작품을 통해 말없이 조성되고 있다는 사실이 반갑다.

'기억흔적-engram'이라는 안개 같은 미세한 감성의 차원
― 이나현 안무

'기억의 흔적'이라면 몰라도 '기억흔적'이라는 말이 도대체 있기나 한 것인가. 국어사전을 찾고 영어사전의 engram 항(項)을 찾아 보아도 나오지 않는 '기억흔적'은 아주 특수한 심리학이나 뇌의학 전문 용어일 것 같다는 느낌이 든다. 그런 미세한 감성의 흔적을 찾아 노니는 이나현 안무의 유빈댄스 공연은(11.4-5, 남산한옥마을 국악당)은 아주 먼 기억의 파편들, 기억으로 형성되기 이전의 안개 같은 원초적 형상들을 더듬으며 막연한 기억의 실마리를 풀어 나간다.

어쩌면 프로이디언들이나 융이언들의 전문용어들을 인접 학계나 예술계가 받아들인 잠재의식, (오이디푸스) 콤플렉스, 아카이즘 등 언어의 외연으로 확대되던 당대의 당혹감이 일상의 말이 되어 유통되는 스트레스처럼 어쩌면 engram도 기억세포의 생리학적 해부학적 결론이 정착될 때까지는 '기억' 장치의 미로를 헤매게 될 것이다. 그

모나지 않은 집

러니까 이 안개 같은 〈기억흔적〉이 안개의 모호한 기류에서 하나의
이미지로 구체화되어 안무가 이나현이 의도했던 모습을 드러내고
형상으로 잡힐 때까지는 어느 정도 안무가의 해설이 필요해진다.

무대에는 네 개의 육체가 하나로 얽혀 있다. 말하자면 하나로 얽
혀 있는 네 개의 개성이 기억의 집단이고 그 기억의 집단은 그 원초
적 근거를 좇아 솔로가 되고 듀엣이 되고 삼인무, 사인무가 된다.

그러나 무대 위에 보이는 것은 흔적일 뿐, 안개일 뿐, 어떤 구체적
기억 형태로 성장해 있지 않다. 이미지들이 몸의 움직임으로 구체
화될 때까지 다수와 소수의 길이 나누어지고 정상과 비정상의 경계
가 만들어진다는 것이 무용예술가 이나현의 신념인 모양이지만 그
설득력이 무대 위에 작품으로 만들어졌느냐는 의문으로 남는다. 그
런 흔적을 남기기 위해서 이나현의 10년 행적이 사진 전시로 극장
로비에 마련되어 있다. 그러나 사진 영상보다 구체적 실증을 확보
하는 것이 무대 위의 형상이다. 그런 미세한 감성의 차원에서 노는
댄서들(김윤아, 김수진, 박성현, 최희재, 전건우, 하권재)의 몸의 전략은 관
객들 각자가 그 안개 같은 파편 조각 하나씩을 얻어서 자기의 추억
으로 형성해 내어야 할 가제를 얻고 돌아가게 하는 것이다.

한국무용의 기본이 해체된 전통의 재구성
— 예종 무용원 20주년 기념공연 조주현 〈Love or Hate it〉

K-Arts 무용단 36회 정기 공연 프로그램 1, 2, 3은 한국예술종합
학교 무용원 개원 20년을 축하한다. 자축이 되는 것인지 제3자가 축

하해 주는 것인지 나는 모른다. 우선 K-Arts 탄생을 모르면 그 36회 정기 공연의 역사도 알 수가 없다. 예종 무용원 출신의 무용단이 몇 개나 되는지를 모르는 방계(傍系)에서는 프로그램 1, 2, 3에서 발레 조주현의 〈Love or Hate it〉, 현대무용 안성수의 전통의 재구성(방아타령 편), 그리고 현대무용 전미숙의 〈A trip to nowhere〉 등으로 해서 안무자들이 무용원 교수이므로 자축의 자리에 동석한 사실을 확인한다. 자축이자 동시에 작품 공개를 통한 평가를 묻는 프로그램 가운데 굳이 안성수의 전통의 재구성을 뽑는 까닭은 발레 조주현의 모던발레가 현대판 로미오와 줄리엣의 테마이고 거기에 무작정 열정의 사랑과 미움은 스스로의 목숨을 단절시킬 정도의 젊은 세대, 곧 한예종 무용원 발레 전공자들의 발랄한 기상과 테크닉이 그만한 작품을 소화할 수 있으리라는 기대치를 이미 넘어섰으리라고 예감하기 때문이다. 현대무용 전미숙의 오랜 공백이 어떤 작품으로 형상화될 것인가에 대한 기대도 그의 수준을 알고 있는 입장에서는 그의 변신이 관심거리다. 어쩌면 그의 작품은 그의 삶에 대한 물음 같아 보인다. 특히 'nowhere'는 복합적인 상징성을 담고 있어서 아무 데도 갈 데가 없는 절망감이 감도는가 하면 지금 여기라는 단단한 현실감을 담보하기도 한다. 아이들의 성장기?는 어쩌면 no-where가 되기도 하고 now-here가 되기도 할 것이다.

안성수의 전통의 재구성은 위험하지 그지없다. 그가 최근 들어 국립무용단의 한국무용 전공자들을 데리고 몇 편의 현대무용 기법을 활용한 작품을 선보이고 나서 국립무용단장을 노린다는 소문에 시달리는 가운데 바야흐로 방아타령 편으로 전통을 재구성한다. '음

모나지 않은 집

악의 시각화'—그런 시도는 푸가 음악의 시각화를 모색한 나초 투아토의 〈멀티프리시티〉와 정영두의 〈푸가〉에서 음악의 시각화를 노리는 것과 어느 정도의 차별화를 노리는지 알 수가 없다. 음악을 시각화한다는 것은 음악에 맞춘 무용이라는 말 외에는 별 뜻이 없다. 그러니까 방아타령조에 맞추어 춤이 만들어질 수 있다. 그러나 한국음악에 맞춘 한국적 춤사위 대신 현대무용의 어떤 요소가 대입될 것인지 알고 싶다. 1960, 70년대 창작무용연구회의 모험은 한국적 춤사위의 발견을 위해 재래의 작태를 벗어던지려고 했다. 안상수도 한국무용과 현대무용이 몸의 리듬이 전혀 다르다는 사실쯤 알고도 남을 것이다. 고유한 리듬에 현대적 춤사위를 입혀 한국무용의 팔 사위와 호흡을 이용한 무게 이동이 그가 노리는 주된 움직임이다. 그런데 그 무게 이동이 집단 군무 형식으로 카무플라지화되어 있어서 하나하나의 개인적 움직임에서 몹시 단조로워진다.

무대 활용 능력이 탁월한 사마르 킨 안무감독의 〈경계〉
― 한국 최초의 팔레스타인 작품

2015 SIDance의 마지막 폐막작품 〈경계〉는 어쩔 수 없이 움직이는 사색을 강요했다. 경계, Bound는 두드려도 침묵뿐인 벽일 수도 있고 싸움터의 점령 지역을 표시할 수도 있으며 국경선일 수도 있고 그저 두 지역을 나누는 단순한 선(線)일 수도 있다. 개막 벽두에 유럽 중심부로 밀려드는 아프리카 난민들과 이슬람 난민들로 북적대는 화면이 객석에 구원을 요청하듯 한다. 바로 오늘을 사는 우리

의 지구촌 공동체 감정을 자극하지 않을 수 없다.

이제 이스라엘과 팔레스타인 국경선 아닌 국가 간의 경계에 우리의 연상이 이어지게 되고 DMZ의 국경 아닌 경계를 떠올리게 되면 말썽 많은 국경선 충돌과 평화로운 국경선에 대한 움직이는 사색이 시작될 수밖에 없다. 그렇게 〈경계〉는 우리로 하여금 움직이는 사색을 하지 않을 수 없게 만든다.

무대는 아주 단순해 보인다. 무대 가운데 한 줄로 스크린이 쳐져 있는데 그 스크린을 두드리는 소음이 커져 가기 시작한다. 경계가 말썽나기 시작하는 조짐인 것이다. 이 스크린은 세 파트로 나누어져 있다. 그 세 개의 작은 스크린이 변화무쌍하게 '야 사마르 댄스 시어터'의 무대 지배력을 과시한다. 그 지배력을 통해 세 파트의 작은 스크린들 조합을 가능하게 하는 것은 잠시도 쉬지 않는 퍼포머들의 발 빠른 움직임들이고 그 움직임이 공간과 인간의 한계를 무용 서사시로 엮어 내면서 우리로 하여금 움직이는 사색을 강요한다. 사색은 잘못하면 관념적인 차원에 머물기 쉽다. 관념성을 깨뜨려 주는 것이 바로 〈경계〉의 대본에 나오는 간략한 대사이며 그 대사는 벽면에 비치는 투사 문자로 방해를 받으며 이미지를 이어가고 퍼포머들의 이동하는 스크린의 진화 과정에 따라 라이브 액션 사이로 이야기들을 펼쳐 관념을 밀어낸다. 핵심은 인위적인 경계를 통해 떨어져 살아야 하는 비극의 인간들이 분리된 공간으로 처형되어도 달라지지 않는다는 신념일 것이다.

장르 사이를 오가며 거기에 문화 지형의 해석학을 더하고 물리적 경계를 넘나들며 공연을 창조하는 예술감독 사마르 하다드 킹과 팔

　　　　　　　　　　　　　　　모나지 않은 집

레스타인들의 경계에 대한 사색이 우리의 편협한 경계 관념을 확대해 주었으면 한다.

조형준 〈Project Move〉의 현대무용, 〈미친광장〉 페스티벌 284

서울문화역의 〈미친광장〉 페스티벌 284에는 예기치 않은 프로그램들이 선을 보인다. 광장에서는 홈리스들과 부흥회의 냉온 기류가 흐르는 틈새를 문화예술의 전시미술과 야외 밴드의 선율, 그리고 각종 퍼포먼스와 공연들이 서울역 문화재를 정화시킨다. 정화시키는 데는 시간의 물결이 때자욱을 씻어 낼 의식(儀式)이 필요하다. 그런 의식의 한 커트 한 커트들이 쌓여 나가며 다시 역사를 만들어 낸다.

조형준의 〈Project Move〉도 그런 단편 가운데 하나이다. 무대는 옛 그릴의 공간이고 그 공간 한가운데 설치미술의 플라스틱 사각탑이 서 있다. 탑 구조물 사이, 사이로 틈새가 나 있고 그 안에서는 한 여인이 선녀처럼 춤을 추고 있다. 그녀를 보려면 자유롭게 들어온 관개들이 자유롭게 플라스틱 탑 사이 틈새로 그 안을 들여다보아야 한다. 누구는 발돋움을 해서 내려다보거나 틈새로 키를 맞추고 아예 드러누운 자세로 안을 올려다보기도 한다. 그렇게 사면에서 각자 자유롭게 춤추는 여인을 들여다보며 돌고 있으면 구경꾼들이 바로 춤꾼처럼 보인다. 뒤에서 선 채 혹은 앉아서 보는 관객들은 설치 장식(그것을 미술이라고 부르기에는 구조물이 너무 엉성하다) 주변의 관객 퍼포머들 사이의 구조물 틈새에 비치는 무용수(손민선) 보기가 궁금

하면 가까이 구조물로 다가가 내부에서 춤추는 모습을 들여다보도록 안무한 것이 보는 즐거움이다.

드러나는 춤사위는 굳이 현대무용이라고 할 것도 없다. 그녀는 자기가 갇혀 있던 공간을 해체하기 시작한다. 집, 혹은 자기 공간의 해체는 사회 공동체 해체처럼 자유 추구의 모티브가 될 것이다. 지난봄 현대미술관 서울관에서 보여 주었던 독일의 바우하우스 100주년 기념 공연에서 보았던 강낙현의 이기적 공간의 해체처럼 차츰 공간은 무너지고 그 안에서 순수한 움직임의 질서가 드러난다.

움직이지 않고 앉아서 보거나 서서 보던 관객들에게는 구조물 틈새로 움직이는 춤이 희랍 조각의 토르소처럼 느껴지고 이윽고 깨어진 조각의 토르소가 살아서 움직인다는 사실에 명품 토르소의 감동은 배가가 된다.

안토니오 타글리아리니의 디바이징 — 춤의 일인다역

연극에 있어서의 일인다역은 즉흥극의 묘미다. 동시에 소극장의 일인극에서는 성격, 역할만이 아니라 노래와 춤으로 다양한 등장인물들을 만들어 내기 위해 일인다역 수법을 연출해 낸다. 그러나 무용 장르에 있어서는 무용가의 유연성이 무용 영역에 집중되고 여러 인물 창조 면에서는 거의 도외시되는 경향이 있다. 그런 점에서 이탈리아에서 초청된 다재다능한 안토니오 타글리아리니의 현대무용은 무용의 영역을 다양한 쇼/볼거리 경지로 확대한다. 그가 작년 영국 BE 페스티벌에서 최우수상을 탄 까닭을 알 만하다.

모나지 않은 집

몸매를 과시할 때까지 그도 무용가이고 안무자였다. 그러다가 그는 연기자가 되어 테이프 줄을 거두어 내며 즉흥적인 가면을 얼굴에 덮어쓰고 입고 있던 옷을 껍데기처럼 가지런히 거둬 내 무대에 눕혀 놓고 무대 뒤로 들어가면 목소리까지 가냘픈 여인이 되어 관객들의 상상력을 자극하다가 그녀가 무대 정면으로 나서 2부를 선도한다.

　안토니오가 일인이역의 남자였다가 여인으로 둔갑하는 변신은 기본적으로 환상의 무대 기술이다. 이 부분에서 나는 우리의 무용예술가들이 변신술에 취약하다는 사실을 안타까워한다. 무대교실, 혹은 연극학교가 이런 연극과 무용과 음악 등 여러 예능의 연계된 테크닉을 유의하지 못하고 한 고유 장르만 예술로 가다듬다 보니까 실제로 유연하게 넘나들게 될 무대 요소들이 분리되어 버리고 각 장르의 개성만 강조되는 것이다. 이제 겨우 융복합의 컬래버레이션 이름으로 현대적인 종합예술 형태가 갖추어져 가고 있지만 그런 다양한 종합 형태는 우리의 고유한 전통 예능의 기본이었던 것이다. 거기에 어떻게 현대 의식과 현대적 감각을 폭넓게 짜 넣느냐가 우리에게 남은 숙제임을 새삼 깨닫게 한 타글리아리니의 디바이징/현대무용이었다.

곽
광
수

프랑스 유감 IV

프랑스 유감 IV[1]

　장 피에르네 집, 그의 방에서 하룻밤을 나고 이튿날 새벽에 우리들은 일어났는데, 출발 준비를 끝낸 뒤 집 밖으로 나와 내가 집 앞에서 기다리는 것을 버려 두고 장 피에르는 집 뒤로 돌아 사라졌다. 조금 후 그가 다시 나타났을 때, 그의 옆에는 둔중해 보이면서도 멋진, 빨간 오토바이가 그에게 끌려 나오고 있었는데, 윤이 나 번들거리는 것으로 보아 그 주인에게 얼마나 닦이며 잘 건사되었는지 알 만했다. 그 상표가 무엇인지, 배기량, 마력 등, 그 능력이 어느 정도인지, 그는 신나하며 말을 늘어놓았지만, 나는 그런 데에는 전혀 문외한이라 그 내용이 내 기억에 전혀 남아 있지 않다. 다만 그가 그

1　이 글은 『지난 지난 세기의 표정으로』(숙맥 9호)의 「프랑스 유감 IV」을 뒤잇는 것이다. 내용상으로는 마르세유의 장 피에르네 집에 초대되어 갔을 때의 이야기 다음의 이야기이다.

것을 구입하기 위해, 아르바이트로 벌어 저축한 상당한 금액을 치렀다고 한 말만 기억난다. 그는 고글을 썼지만, 내게는 그의 뒤에 붙어 앉아 얼굴을 옆으로 그의 등에 밀착시키고 그의 가슴을 꽉 껴안으라고 했다. 그렇게 우리들은 칼랑크로 출발했던 것이다. 장 피에르가 오토바이를 서서히 출발시켰을 때, 나는 바슐라르도 인용한, 생텍쥐페리의 『인간의 대지』에 나오는 수상비행기의 이수 장면이 머리에 떠올랐다. 그 육중한 비행기의 떨림과 같은 그 둔중한 오토바이의 떨림을 통해, 생텍쥐페리가 그 텍스트에서 전달하려고 한, 무거움이 느끼게 하는 가벼움이 실감되는 듯했다. 오토바이는 제 둔중함에 오히려 가볍게 튕겨 나가듯 요란한 굉음과 함께 새벽의 조용한 거리를 총알처럼 달려가기 시작했던 것이다…… 생텍쥐페리의 그 텍스트를 읽어 보면, 그때의 내 느낌을 전달받을 수 있을 것이다:

이수하려는 비행사가 처음으로 접하는 것은 물과 공기이다. 비행기의 모터가 가동되었을 때, 그리하여 비행기가 벌써 바다를 가르기 시작할 때, 억세게 철썩이는 파도를 맞받아 비행기의 동체는 징처럼 운다. 비행사는 이 움직임을 그의 허리가 떨려오는 것으로 알 수가 있다. 그는 비행기가 속도를 점점 얻어 감에 따라, 순간순간 그 속에 힘이 차 올라감을 느낀다. 그는 그 십오 톤의 물질 속에 비상을 가능케 할 힘의 성숙이 준비되어 감을 느낀다. 비행사는 조정간을 감싸쥔다, 그러면 그는 손바닥을 통해 조금씩 조금씩 비행기의 선물인 양 그 힘을 감지한다. 조종간의 기계 장치는 그 선물이 비행사에게 주어지는 데에 따라, 그 힘의 전달자가 된다. 그 힘이 마침내 완전히 성숙되었을 때, 무엇을 따내기보다 더 단순한 동작으로 비행사는 비행기

모나지 않은 집

를 물에서 선뜻 떼내어 공기 속에 떠올리는 것이다(필자 역).

　그때의 그 오토바이 탑승 경험이 내게 이처럼 인상적으로 남아 있는
것은, 그것이 지금까지의 내 평생에서 처음이고 마지막인 것이었던
때문이기도 할 것이다…….

　　내가 프랑스에서 공부하던 1970년 전후의 시기는, 프랑스의 자
동차 양산이 크게 늘었던 때이다. 내가 엑스에 갓 도착했을 때에 문
과대학 도서관 앞의 넓은 교정에 드문드문 보였던 학생들 자동차들
이, 내가 떠날 때쯤에는 그 교정을 거의 뒤덮고 있었다. 조엘이 언
젠가 한 말로는, 자동차 생산 대수에 있어서 프랑스가 "마침내" 영
국을 앞질렀다는 것이었다(여러 가지 역사적인 이유들로 이해되는 바이지
만, 프랑스인들은 언제나 영국을 라이벌로 의식한다). 학생들이 주로 가지
고 있던 차는 시트로엥 회사에서 만든, 2마력짜리 되 슈보라는 차였
는데(되 슈보라는 명칭 자체가 2마력이라는 말이다), 너무나 약해 보이는
차체에, 낮은 가격의 차인 경우 윗부분은 천막 천으로 갈음되어 있
었다. 이 천막 천장의 되 슈보가 대부분의 학생들의 차였다.

　　학생들의 경우, 오토바이는 바로 이와 같은 자동차 시대가 도래하
기 전에 그들의 호사품이었던 것이다. 하기야 그러한 자동차 시대
에도 그것은 여전히 호사품일 수도 있었을 것이다. 그러나 호사품
인 만큼, 장 피에르처럼 그것을 가질 마음을 먹고 우정 아르바이트
로 돈을 벌지 않는다면, 당연히 아무나 가질 수 없는 것이었다. 자
동차 시대 이전에 학생들이 엑스처럼 조그만 도시에서 교정에서나
시내에서나 많이 이용했던 교통수단은, 모빌레트라는 상표의 모터

사이클이었다. 이 모터사이클은 너무나 많이 퍼져 있어서, 그 상표 명칭이 그냥 보통명사로 쓰였다. 내가 도착했을 무렵, 엑스의 고등 교육기관들에는 여기저기 모빌레트들이 세워져 있는 것을 볼 수 있었다.

조그만 지방 대학도시에서의 학생들의 교통수단에 관한 이와 같은 상황(파리를 위시한 대도시들에서는 꼭 이렇지는 않았겠지만)은, 장 피에르의 제 오토바이에 대한 자랑 섞인 자부심과, 그런 오토바이로 나를 아름다운 관광지로 데려가려 한, 내게 대한 그의 살가운 마음 씀씀이를 내게 잘 상상시켰던 것이다…….

내가 장 피에르에게 보낸 편지에 언급된 대로 그날 그가 나를 데려가려고 한 칼랑크(calanque)는 그 명칭이 기실 고유명사가 아니라 "지중해에서 볼 수 있는, 암벽으로 둘러싸인 작은 만(灣)"(『로베르 사전』)이라는 뜻의 보통명사이다. 그러므로 지중해에는 하나의 칼랑크가 아니라 많은 칼랑크들이 있다. 특히 마르세유에서 동쪽으로 멀지 않은 카시스(Cassis)에 이르는 해안에 아름다운 칼랑크들이 몰려 있어서, 이 지역을 마시프 데 칼랑크(Massif des Calanques, 칼랑크 밀집 지대라는 뜻)라고 부른다. 카시스는 마르세유에서 이탈리아와의 접경 도시 망통까지 이어지는 아름다운 코트다쥐르를 따라갈 때, 처음 마주치는 어촌이다. 관광지로 유명한, 고유명사를 가진 칼랑크들이 있고, 그런 칼랑크들을 보여 주는 선편 투어도 있지만, 일반적으로 학생들이 코트다쥐르의 관광지들을, 세계의 돈 많은 부르주아 스놉들이 찾는 곳이라고 하여 혐오의 대상으로 삼고 있던 만큼, 게다가 장 피에르가 골라서 간 칼랑크였으니, 지금 내 기억에는 그 칼랑크에는 만의 굽이에 조그만 모래사장도 없었던 듯하다. 암벽으로 둘러싸인 작은 만이라고 하지만, 선편 투어가 언급된 것으로 알 수 있듯이, 굽이 쪽에 배들이 정박하고 모래사장이 있는 곳이 많은 것이다. 우리들의 칼랑크는 잔솔들을 머리에 인 높이 솟은 좌우의 암벽으로 이루어진 좁은 계곡 같은 곳이었는데, 커다란 바위들이 흩어져 있는 사이로 샘물처럼 맑은 바닷물이 찰랑대고 있어서, 저 앞쪽으로 암벽 사이에 좁게 나타나 있는 바다가 보이지 않는다면, 바로 산간의 물 흐르는 골짜기에 다름없었다. 여느 유명한 칼랑크들과는 달리 드물게 흩어져 있는 수영복 입은 피서객들이 드문드문 보일 뿐이었다. 그때 찍은 사진을 아무리 찾아도 헛수고만 했는데, 내 기억 속의 그 사진에는 푸른색 바탕에 큰 흰 줄무늬 두세 개가 세로로 들어간 수영복에, 어디에서 샀는지 기억에 없는 흰 수부 모자를 쓴 내가, 사진 전면 오른쪽에서 펀펀한 바위 위에 무릎을 두 팔로 끼고 옆으로 앉아 사진 왼쪽 위를 향해 머리를 들고 웃고 있다…… 내 온몸으로 쏟아지는 따가운, 찬연한 지중해의 햇살!…… 그 햇살의 그 찬연함이 지금도 보이는 듯하다! 그리고 그것은 찬연한 꿈에 차 있던 내 젊은 시절을 보여 주는 이미지의 하나가 아닌가?…… "잃어버린 시간"을 찾으려 한 프루스트는 한 세계 전체가 망각에서 벗어나 자신의 내부에 영원히 살아 있다는 것을 보여 주었지만, 거기에까지는 미치지 못할지라도 그렇게 영원히 살아 있는 것 같은 생생한 이미지들이 얼마간은 누구에게나 있는 법이다. 그날의 그 찬연한 지중해의 햇빛은 내게는 그런 이미지의 하나이다. 장 피에르와의 그 칼랑크 여행은 그에게는 외국인 친구에 대한 특별한 호의에 지나지 않았던 것일 테지만, 내게는 그러한 영원한 순간을 선사한 것이었음을 그러므로 그는 알지 못했을 것이다.

　기이한 일이지만, 그날의 기억으로는 그 찬연한 여름날 오후의 칼랑크와, 그곳을 찾아가는 우리 둘이 함께 탄 오토바이가 굉음과 광속으로 따라 오르내렸던, 카프 카나유 근방의 산간 비포장도로—지금 인터넷으로 검색해 보면 포장이 된 모양이지만, 내 기억에 그 당시 비포장이던 그 그리 넓지 않은 도로가 잔솔들이 드문드문 깔린 삭막한 산허리를 사행(蛇行)으로 휘감아 올라가는 것이 카프 카나유 밑에서 까마득히 올려다보았다—, 그리고 새벽에 장 피에르네 집에서 살그머니 빠져나왔던 광경, 이것이 전부이다. 아무리 그 집이 마르세유 교외에 있었을지라도, 우리들이 외곽 너머 도로에까지 이르려면 얼마간 시가지를 거쳐야 했을 텐데, 오토바이 속도로 뒤로 밀려나는 그런 시가지가, —그리고 틀림없이 장 피에르의 어머니가 만들어 주었을 샌드위치를 칼랑크에서 어떻게 먹었는지, —그리고 또 귀로가 어떠했는지, 기숙사에 들어와 어떻게 우리들이 헤어졌는지, 이런 것들이 전혀 기억나지 않는 것이다. 바로 그 망각의 어둠이 위의 이미지들을 더욱 아름답게 반짝이게 하고 있는지도 모른다…….

　칼랑크의 추억이 이렇듯 그리로 가는 행정과, 그 행정의 대단원이 되는 이름다운 칼랑크의 이미지로 이루어져 있다고 한다면, 생트봄(Sainte-Baume)의 추억은 그 반대의 경우여서, 마치 신이 우정 그렇게 짜 놓은 것 같아, 지금 글을 쓰면서 새삼 재미있어한다: 생트봄의 경우는, 그리로 가는 행정은 전혀 기억나지 않고, 비가 내리는 회색빛 오후에 나 혼자 버스를 타고 엑스로 돌아온 서글픈 귀로가 떠오른다.

칼랑크에 다녀온 그해이던가, 그 전해이던가, 여름 바캉스의 긴 여유 시간을 이용하여 아르바이트를 해 보지 않겠느냐고 장 피에르가 제의해 왔다. 생트봄이라는 시골 마을에 있는 수도원의 주방에서 주방장 보조와 설거지가 우리들이 할 일이고, 보수 이외에 숙식이 물론 제공된다는 것이었다. 나는 그 제의에 즐겨 응했다. 돈이 아쉬웠던 것은 아니다. 내가 프랑스로 떠났던 1968년 당시는 우리나라가 외환 규제를 하던 때여서, 유학생의 경우 출국할 때에 지참할 수 있는 외환 상한액이 100달러였는데, 아버님 사업의 부진으로 우리 집 형편이 그 규제를 어길 욕심을 낼 정도가 아니었다. 그 당시 많은 유학생들은 암시장에서 달러를 사서, 예컨대 고춧가루를 담은 자루 속에 숨긴다든가 하는 방법으로 100달러 이상을 가지고 공항을 빠져나가곤 했다. 나는 단 100달러를 가지고 프랑스에 왔지만, 그 전해에 체결된 한불 문화 협정에 의해 처음으로 주한 프랑스 대사관에서 실시한 프랑스 정부 장학생 선발 시험에서 뽑힌 10여 명의 유학생들 가운데 한 명이었으므로 모든 것이 프랑스 정부에 의해 확보되어 있었다. 그 당시에 서울에서 파리로 가는 여정은 서울에서 동경으로 가, 거기에서 파리행 비행기를 타는 것이었는데, 프랑스 대사관에서 서울-동경 간의 대한항공 티켓과 동경-파리 간의 에어프랑스 티켓을 교부했고, 지금 정확한 기억이 없지만, 파리에서 마지막 목적지인 엑상프로방스까지의 기차표도 파리에서 프랑스 외무성의 정부 장학금 담당 부서에 마련되어 있었던 것으로 기억된다. 그때에 비행기 티켓들과 함께 받은 프랑스 정부 장학생 안내 팸플릿에는, CROUS에서 장학생이 매달 받는 생활비가 어떻게 산정되었는지를 보여 주는 계산표가 나와 있었는데, 맙소사(!) 담뱃값까지 계상되어 있던 것이다. 그래 나는 가지고 간 그 조그만 금액 100달러도 여행 동안 쓴 소액 이외에는 아주 오랫동안 지니고 있었으니, 돈이 아쉬울 것은 없었던 것이다. 장 피에르의 제의가 내 흥미를 끌었던 것은, 엑스의 좁은 학생 사회와는 다른 환경을 체험해 보고 싶어서였다.

위에서 말한 대로 생트봄까지 우리들이 어떻게 갔는지, 앞서처럼 장 피에르의 오토바이를 이용했는지 버스 편으로 갔는지 전혀 기억나지 않는데, 흐릿하게나마 기억나는 것은, 우리들이 많지 않은 짐을 푼 우리들 방, ─침대 두 개, 탁자 한 개, 의자 두 개가 놓여 있는 그리 좁지는 않은 우리들 방의 광경이다. 우리들이 짐을 풀고 잠시 의자에 앉아 있을 때, 장 피에르가 이렇게 말했다:

"힘들겠지만, 하루에 두 시간의 여유는 만들 수 있을 거야. 하루에 두 시간 집중해서 책을 읽을 수 있다면, 그건 괜찮지."

그 이유를 금방 말할 수 없지만, 그날 생트봄으로 가는 행정에서 유일하게 뚜렷하게 머리에 남아 있는 것은, 장 피에르의 그 말이다.

도착 당일이었는지, 그 다음 날이었는지, 어쨌든 우리들의 일은 시작되었다. 장 피에르는 식사 찌꺼기들이 남아 있는 식기들이 산처럼 쌓이리라고 상상하고, 나를 염려해서 자기가 설거지를 맡겠다고 하고, 내게 주방장 옆에서 그의 잔심부름을 하는 주방장보를 하라고 했다. 그런데 일을 시작하고 보니, 주방장보 일은 설거지보다는 힘이 덜 들긴 하지만, 일이 제한되어 있지 않았다. 예컨대 주방에는 또, 식자재들을 다듬는 아주머니 두 명이 일했는데, 일이 많다든가, 시간이 급하다든가 하면, 나는 그녀들의 일도 돕지 않을 수 없어서, 감자 껍질을 벗긴다든가, 양파를 깐다든가 하는 일들이 흔히 돌아왔다.

지금 그 이름이 기억나지 않는 주방장은 50대 중반의 나이로 보였는데, 나는 그를 처음 보았을 때, 금방 프랑스 배우 알랭 퀴니(Alain Cuny)를, ―다른 알랭 퀴니가 아니라, 루이 말(Louis Malle)의 저 도발적인 영화 〈연인들〉에서 잔 모로가 분한 아내 잔에게 버림받는 남편 앙리 역을 맡았던 그 알랭 퀴니를 연상했다. 다른 곳도 아닌 바로 남편의 대저택에서 젊은 남자와 애욕을 불태운 밤을 지새우고 이튿날 새벽에 잔이 집을 떠난 후, 어스름이 아직 걷히지 않은 그 드넓은 정원에서 그 대저택을 배경으로 멍청하니 서서 오랫동안 머뭇거리는 앙리⋯⋯. 대학 시절 그 영화를 보았을 때, 나는 이것저것 그 작품의 의미를 듣기도 하고 생각해 보기도 했지만, 아무래도 그렇게 어처구니없이 아내에게 배신당하는 그 멍청함이 우스꽝스럽고 가엽고, 아니 괴기스럽게 느껴지던 것이었다. "괴기스럽[다]"는 표현에 선뜻 동의하지 못할 관객들이 많겠지만, 감독이 그 역을 알랭 퀴니에게 맡겼다는 사실이 내 느낌을 확인해 줄지 모른다: 알랭 퀴니의 못생긴 얼굴은 약간 권위적인 면을 가지고 있어서, 그것이 열없이 큰 키와 어우러져 심하게 말하면 무슨 귀신스러운 모습을 만드는 것이다. 그리고 우리나라 관객들에게 잔 모로를 벗기 잘 하는 여우로 각인시키며 상당히 오랫동안 지속되는 그 두 연인의 사랑 신은, 지난 세기 60년대 초의 상당수의 한국 남자들의 관음증을 충족시켰고, 영화관의 통로의 입석까지 꽉 채웠던 그 상당수의 남자들 가운데 나도 끼여 있었으니, 그 작품의 의미는 관념적인 차원에 머물러 있었을 뿐이다……. 주방장은 적어도 내게는 약간은 바로 그 알랭 퀴니의, 그 앙리의 괴기스러움을 느끼게 했는데, 무엇보다도 인상이 알랭 퀴니와 비슷하고 키도 컸던 것이다. 게다가 말소리가 둔탁하고 웅얼거리는 소리여서, 그 괴기스러움을 더했다고까지는 하지 않더라도, 그것을 깨트리지 않았다.

요리는 각 단계가 제때제때에 이루어져야 하고, 거기에 맞춰 필요한 식자재들이 바로바로 제공되어야 한다. 주방장이 그런 절차를 따라가는 데에 차질이 없도록 그를 돕는 것이 주방장보로서의 내 일이었다: 식자재이든 요리 용구이든, 그가 원하는 것을 금방 그에게 가져다 줘야 하고, 치우라는 것은 금방 치워야 했다. 이를테면 주방장보는 주방장 자신의 손발처럼 움직여야 하는 것이었다. 쉬운 일이란 없는 법이지만, 그것이야말로 잘하려면 정녕 쉽지 않은 일이다. 나는 학보병으로 군 생활을 할 때, 배속된 야전포병 포대에서 함께 배속된 여남은 학보병들 가운데 마침 제대하는 교육계 후임으로 선발되어 들어간 포대본부에서 근무하던 시절이 생각났다. 나는 포대본부의 말단 사병으로 포대장을 위시한 서너 명 상관의 손발 노릇을 동시에 해야 했는데(적어도 내 단순한 판단으로 그렇게 해야 하는 모양이라고 생각했는데), 그런 불합리한 일에 성공할 리 없었고, 그래나 스스로 모든 사병들이 그토록 갈망하는 본부 근무를 버리고 나왔던 것이다……. 그러나 여기 주방에서는 손발 노릇을 해줘야 하는 상관이 세 사람이 아니라 한 사람이니, 전적으로 불합리한 상황은 아니지만, 내 일의 초기에 주방장의 둔탁하고 웅얼거리는 말소리가 신경질적으로 터져 나오는 경우가 많았던 것은 당연하다. "초기"라고 할 것까지도 없다. 초기라고 할 만한 기간이 지나가기 전에 나는 일을 그만두고 말았던 것이다……. 그러니 포대본부에서나 주방에서나 나는 손발 노릇의 내 임무를 다하지 못한 셈이지만, 전자에서의 상관들 호통의 불합리함에 비하면, 후자에서의 주방장의 신경질적인 독촉은 충분히 이해되던 것이었다. 사실이지, 내가 생트봄을 떠난 것은, 주방장이 나를 혹사했기 때문이 아니다. 다만 그의 손발 노릇을 제대로 하려는 노력으로 나는 심리적으로 긴장되어 있었고, 그래 저녁에 일이 끝나면, 나는 육체적으로나, 그보다는 심리적으로 더, 여간 피곤하지 않았음은 사실이다. 그런 데다 장 피에르가 틈을 타 책을 읽는 것을 보면, 도저히 그러지 못하는 나는 내가 왜 여기서 이러고 있는가라는 생각에 사로잡혔던 것이다: 풍족하지는 않지만, 충분한 장학금을 받는데, 이런 고생 하지 말고 기숙사로 돌아가 그냥 공부만 하자는 결론이 내려졌던 것이다.

장 피에르가 세운 계획은 3개월, 즉 바캉스 기간 전체를 생트봄에서 일하며 보내겠다는 것이었는데, 겨우 두 주도 못 되어 내가 돌아갈 결정을 한 것은 위의 결론이 이끈 것이었지만, 그 결론 말고 또 그 결정에 개입한 것이 있다. 그리고 생트봄 이야기의 동기는 기실 거기에 있는 것이다.

어느 날 오후 내가 일을 끝내고 주방을 나가는데, 주방에서 일하는 두 마담과 원장 신부님의 비서 같은 일을 하는 마드무아젤이 주방 출입문에서 멀지 않은 곳에서 수다를 떨고 있었다. 그녀들은 이야기에 빠져, 내가 주방을 나와 그녀들로부터 멀지 않은 곳을 지나가고 있는 것을 모르는 것 같았다. "머시외 곽"이라는 말이 귀에 들어온 것 같았다. 나는 걸음의 속도를 늦추었다. 한 마담이 말했다:

"가여운 머시외 곽! 주방장이 제멋대로 부려먹어!"

"그러게 말이지. 글쎄 요리를 하는 중에도 줄담배를 피우니, 머시외 곽이 다 안 할 수 있겠어?" 하고 다른 마담이 말을 받았다.

"사실, 주방장님, 담배라도 좀 덜 피웠으면 좋겠어요." 마드무아젤이 말했다.

나는 더 이상 머뭇거리지 않고, 재빨리 그곳을 지나왔다.

나는 난감했다. 아닌 게 아니라 주방장의 끽연은 과하다고 할 만해서, 요리를 하면서도 담배를 피우니 무엇보다도 주방에서 불결해 보이는 것이었다. 그렇다고 그가 담배를 피우려고 자기가 할 일을 내게 미룬 적은 한 번도 없었다. 어느 때부터인가, 마드무아젤이 나를 만날 때에 그냥 "봉 주르"로 끝내지 않고 "코망 사 바(어때요)?"를 덧붙이는데, 진정으로 걱정하는 눈빛이 되던 이유를 깨달았다…….

주방장이 이런 분위기를 못 느꼈을 리 없다. 아니 나처럼 그녀들의 뒷말들에서 몇 마디라도 주워듣지 못했을 리도 없는 것이다. 어느 날 오후 휴식 시간이 지나고 저녁 준비를 위해 주방 인원들이 다시 모여들 때, 주방장이

"곽, 이리 좀 와." 하고 나를 불렀다. 나는 세 여인들의 뒷말들을 떠올리며 약간은 거북한 감정으로, 주방에서 조금 떨어져 있는 나무(무슨 나무인지 기억에 없지만)까지 가서 손을 나무 둥치에 대고 서 있는 주방장 앞으로 갔다. 그가 말했다:

"힘들지? 넌 몸도 약해 보이고, 이런 일을 할 사람은 아닌 것 같

모나지 않은 집

아. 하지만 너 스스로 일을 찾아 왔으니……. 내가 소리친다고, 당황해서 일을 힘들게 할 필요는 없어. 차츰 나아질 거야. 그러니 너무 신경 쓰지 말고, 우리 잘 해보자고."

"…………."

주방장이 나를 불렀을 때, 나는 그가 어떤 말을 하리라고 예상했던가? 어쨌든 그의 말이 내 예상 범위를 완전히 벗어났다는 것은 틀림없다. 나는 잠시 말이 막혀 있다가:

"제가 일을 잘 못해서 죄송해요. 그런데도 용기를 주는 말씀을 해주시니 감사합니다."라고 말했다: 진정이었다: 나를 두고 그 세 여인들이 그를 부정적으로 판단하는 것이 부당하다는 것을 나 스스로 잘 알고 있지 않은가? 그녀들의 말에서 비롯된 난감함이 그냥 적당히 다스릴 만한 정도였는데, 주방장의 말에서 엄청 보강되어 나를 괴롭히기 시작했다. 일순 나는 그녀들에게 그와 나의 관계에 대한 그녀들의 생각이 오해라고 해명해 볼까 하는 생각이 들었지만, 그녀들의 편향된 감정 가운데서는 그런 해명 자체가 나의 착한 이미지와 그의 나쁜 이미지를 더 강화할 것 같았다. 그렇다고 일을 잘하게 되기까지 열심히 노력하여 우리 둘의 훌륭한 파트너십을 그녀들에게 실제로 보여 주자는 마음이 들기에는, 빨리 기숙사에 돌아가 공부나 열심히 하자는 결정이 이미 그 앞을 가로막고 있었다……

돌아가자는 결정을 품고도 머뭇거리고 있던 나는 그 난감함의 괴로움에서 순간적으로 추동력을 얻었다. 나는 틈을 타, 마드무아젤에게 떠나고자 한다는 내 뜻을 원장 신부님께 전해 드려 달라고 했다. 주방장과 이야기를 나눈 바로 이튿날 오후 휴식 시간에 원장 신부님이 나를 부르신다는 마드무아젤의 전갈이 왔다. 나는 원장실 문을 열어 준 마드무아젤을 뒤로하고, 큼직한 책상 뒤에 의자에 앉아 있는 원장 신부님 앞으로 나아갔다. 50대 후반의 나이로 보이는 원장 신부님은 큰 키에 준수하고 단정한 용모를 가진 분이었는데, 프랑스인답지 않게 조용하고 몸짓이 거의 없는 모습은 장 피에르의 아버지와 닮았다. 신부님은 내게 책상 앞에 의자를 끌어와 앉게 하고는, 온화하게 이렇게 물었다:

"머시외 곽, 당신의 결정은 최종적인 것인가요?"

"네, 신부님. 너무나 죄송합니다. 아무래도 제 힘에는 부치는 일인 것 같습니다."

신부님은 인자한 미소를 빙그레 지었지만, 그러나 나는 그 미소에서 알 만하다는 뜻을 간취했다고 생각했다. 아니면 내가 당사자이니까, 그런 생각이 들었던 것일까? 신부님이 다시 말했다:

"머시외 르 셰프(주방장)가 신경질이 많지요? 담배는 자기 건강을 생각해서라도 좀 덜하면 좋을 텐데……."

신부님의 그 말에 나는 즉각 반응했다:

"제가 그만두겠다는 건 주방장님 때문이 아닙니다, 신부님. 정말 그건 오해입니다."

신부님마저 주방장이 나를 혹사하고 있다고 생각한다!……. 나는 그 수도원의 수장인 원장 신부님에게만은 정녕 그 오해를 풀어 드리고 싶었다. 그래 더듬거리면서도 뭐라고 열심히 이야기했던 것 같다. 나의 갑작스럽게 열띠고 날카롭게 된 말에 그는 약간 놀란 듯했지만, 사려 깊은 시선으로 말없이 내 말을 끝까지 들어 주었다.

모나지 않은 집

내가 느닷없이 그만두면 주방 일에 차질이 있지 않겠는가 하고, 내 후임 걱정을 하니, 그제서야 그는

"그런 건 걱정하지 말아요. 어서 엑스로 돌아가 공부 열심히 하기 바라겠어요. 그럼 언제든 떠나도록 해요."라고 말했다.

"신부님, 감사합니다. 그럼 신부님께는 여기서 작별 인사를 드립니다."

나는 우리나라식으로 공손히 몸을 굽혔다가 편 후, 동정적인 표정으로 나를 바라보고 있는 신부님의 얼굴을 마지막으로 살폈다가 원장실을 나왔다. 지금도 나는 신부님이 내 말의 진정성은 느꼈으리라고 생각하지만, 그것으로 주방장에 대한 자기의 견해를 바꾸었는지에 대해서는 물론 알 수 없다.

그 이튿날 아침 식사를 한 후, 나는 장 피에르와 마드무아젤의 배웅을 받으며 버스를 타러 마을로 내려왔다. 장 피에르는 팔을 두어 번 흔들고는 이내 들어갔지만, 마드무아젤은 오랫동안 나를 바라보고 서 있었다. 몇 번째인가, 되돌아보니 그제서야 그녀도 보이지 않았다…….

그날은 아침부터 흐려 있었는데, 마르세유를 거쳐 엑스로 돌아오는 어느 때부터인가 비가 추적추적 내리고 있었다. 빗물이 흘러내리는 버스 차창 밖으로 희뿌옇게 보이는 빗속 풍경이 우수로웠던 것은, 물론 내가 서글펐기 때문이었고, 또 서글펐던 것은, 이유야 어쨌든 생트봄으로 떠날 때의 계획을 이행하지 못했기 때문이기도 했고, 또 그 전날 잠자리에 들 때부터 몸이 찌뿌듯하더니 귀로의 버스 안에서 본격적으로 쑤시기 시작했기 때문이기도 했다.

기숙사에 돌아와 나는 2, 3일간 몸살로 되게 앓았다. 우리나라에서 준비해 가지고 온 감기몸살약을 회복될 때까지 내리 먹었다. 그 이후 공부를 끝내고 귀국할 때까지 더 이상 앓아누운 적은 한 번도 없었다…….

　가톨릭 신자 독자들 가운데는 생트봄이라는 지명을 잘 알고 있는 이들이 있을 것이다. 장 피에르가 처음 아르바이트를 제의할 때, 수도원과 관련하여 무슨 기독교 성녀 이야기를 했었는데, 나중에 나는 그 성녀가 막달라 마리아이며, 그녀의 조상이 있는 동굴이 있다는 것을 알게 되었다. 지금 구글 프랑스에 들어가 생트봄을 찾아보면, 드미니크회 수도사들의 그 수도원이 거기에 들어선 것도 바로 막달라 마리아의 전설적인 행적을 기리기 위해서였던 모양이다. 전설에 의하면 기독교 박해가 시작되었을 때, 막달라 마리아를 포함한 몇몇의 무리가 돛대도, 키도 없는 작은 배로 지중해를 거쳐 남불 해안으로 흘러 들어왔다는 것이다. 막달라 마리아는 생트봄의 암산의 동굴에서 기도와 묵상으로 오랜 세월을 보내다가 삶을 마쳤다고 한다. 그 동굴에는 그녀의 조상뿐만 아니라 예수의 십자가 고상(苦像)도 있고, 성단도 차려져 있음을 이미지들이 보여 주고 있다. 그래 생트봄은 카톨릭 신자들의 유명한 순례지의 하나이다. 그런데도─위에서 읽은 바로써 독자들은 이해하겠지만─당연히 나는 그 동굴을 순례할(관광으로!) 생각을 하지도 못했다……. 남불을 사랑하는 나라면, 언제고 한번, 그때에는 관광객으로 생트봄을 찾아가 막달라 마리아의 그 동굴에 올라가 보려고 한다.

　장 피에르뿐만 아니라, 「프랑스인들의 추억」에 언급된, 엑스에서 알게 된 프랑스인들 모두에게 해당되는 사실이지만, 나는 귀국 후 3년가량 그들 모두와 연말 인사 카드를 통해 교신을 하다가 그것이 끊어지게 된다: 아버님 사업의 파산으로 내가 정신없이 돌아다니느라 마음의 여유가 없어서 그해에 그들에게 연말 인사 카드를 보내지 못했고, 그 이후로 서로 연락이 끊어져 버렸던 것이다.

그러다가 내가 장 피에르를 다시 만난 것은, 내 질문 편지에 대한 그의 답신에 의한다면, 센 강변의 그의 헌책 가판대에서 우연히(그야말로 천우신조의 우연이지!) 우리들이 서로를 발견했다는 것이다. 우리들의 그 극적인 해후 장면이 전혀 기억나지 않으니, 기억이란 사실을 왜곡하기도 하지만, 뚜렷할 수 있는 여건에도 숨어 버리기도 하는 모양이다. 어쨌든 그때가 한겨울이었으니, 내가 유학에서 귀국한 후 10여 년 만에 문예진흥원 일로 첫 프랑스 여행을 한 1985년 정월이었을 것이다: 겨울에 프랑스에 간 적은 그 첫 여행 이외에는 없기 때문이다. 그날은 문예진흥원을 위해 내가 해야 할 임무인 우리나라 문학작품들의 불역 원고의 출판 섭외를 위해 파리의 출판사들과 약속된 면담이 하나도 없었던 모양으로, 나는 오전에 내 숙소인 파리국제학생기숙사촌에서 나와, 지하철로 뤽상부르역까지 와서, 생미셸로를 따라 걸어 센강까지 산책을 하듯이 천천히 내려갔을 것이다. 그 일대에는 널리 알려져 있는 서점들이 있어서 서점마다 들어가 책 구경을 하는 것이다. 센강에 이르러 왼쪽으로 방향을 잡고 강변을 따라갔을 것인데, 거기서는 또 헌책 가판대들이 거의 촘촘하라고 할 만큼 연이어 있다. 이젠 파리 여행을 한 우리나라 사람들이 아주 많으니 말할 필요가 있을까만, 앞서 한 번 언급한 바 있듯이, 파리의 모든 것이 심미적인 고려가 우선되어 있는 것처럼 보이는 것이 여기에도 해당되는 듯, 그 촘촘한 가판대들이 한결같은 크기와 모양으로 되어 있고, 또 같은 초록색으로 도색되어 있다. 거기를 기웃거려 보면, 아주 넓은 가판대들은 아니지만, 거기에는 헌책들―그 사이에 가끔씩은 새 책들도 끼여 있는―만 있는 게 아니다. 여행 기념품이 될 만한 A4 용지 두 배 정도 크기의 종이 그림들이―거기에는 노트르담 성당 같은 아름다운 파리 풍경들이 파스텔이나 수채로 그려져 있는데―, 커다란 상자 같은 가판대의 세워진 덮개에 걸려 있기도 하다⋯⋯. 그러다가 내가 장 피에르의 가판대에 이르렀을 때, 둘 가운데 어느 누구랄 것 없이, 속으로 어! 저게 누구야? 하며 놀라고, 다음 순간 장 피에르? 광수? 하며 서로 눈이 휘둥그레져서 서로 껴안고 비즈(bise, 뺨에 뽀뽀하는 것)를 했으리라⋯⋯.

우리들의 그 극적인 해후의 그날에 대해 기억나는 것은, 내가 점심때에 그를 데리고 뤽상부르 공원 근방에 있는 중국 식당, 천하낙원에 가서, 웬만큼 값나가는 맛있는 식사를 함께 한 것과(문예진흥원에서 받은 50일간의 출장비는 내게는 충분하고도 남을 액수였다), 식사 후 그가 지붕 밑층에 가까운 그의 아파트로 나를 데려간 것이었다. 뤽상부르 공원 근방에 있는 그만그만한 수준의 중국 식당 몇 개 가운데 하나인 천하낙원은, 좁은 골목 안에 있는데, 파리의 옛 한국인 친구들과 만났을 때에 그들이 그곳을 약속 장소로 정해 주어 알게 된 식당으로, 앞서 몇 번 온 적이 있었다. 그의 가판대에서 아까 내가 걸어 내려간 길을 되올라오며, 또 천하낙원의 그리 넓지 않은 어둑한 식당 홀 식탁에서 식사를 하며, 우리들은 오래도록 끊겨 있던 서로

모나지 않은 집

의 소식들을 주고받았다. 내가 서울대학교에서 일하게 되었다는 것은 이미 귀국 후 서로 교신하는 과정에 알려 준 바 있었지만, 그가 파리에 올라와 헌책 장수가 되었다는 것은 내게는 약간은 충격적이었다: 조엘이나 미셸 부르들랭만큼 뛰어나지는 않아도, 나는 그가 교직에 있으리라고 상상하고 있었던 것이다. 그는 말하기를, 엑스의 법과대학을 나온 여변호사와 결혼했다가 헤어지고, 고등학교에서 철학과목의 대리교사(프랑스는 교육부의 재정이 엄청나기에 예산이 그것을 충분히 밑받침해 주지 못하면, 프랑스에서도 대리교사가 동원되기도 한다)를 하다가 헌책 장수가 벌이가 훨씬 나은 걸 알고 이 일을 하게 되었다는 것이었다. 그런데 일이 잘 되어 아파트도 구했고, 가판대의 책들 말고 아파트 지하실에 구입가로 만여 프랑어치의 책들이 쌓여 있다는 것이었다. 하기야 모르긴 하되 센강의 모든 헌책 장수들 가운데 장 피에르만큼 책을 알아서 판단하여 구입 결정을 할 만한 사람이 드물 것이다. 그러니 매도자들이 꼬이고, 특히 매수자들 가운데는 단골들이 많을 것이다: 나중에 내가 파리에서 연구년 일년을 보낼 때, 철학교수인 친구 L이 서울대학교 본부 일로 출장을 와, 파리에서 공부하고 있는 그의 제자와 그와 나, 이렇게 셋이서 식사를 하는데, 그 제자가 나한테 하는 말이, 센강 헌책 가판대들 가운데 한 가판대의 주인이 머시외 곽을 안다고 하는데, 자기가 그의 단골이라는 것이었다. 철학에 대해 아는 것이 많은 것 같고, 원하는 책을 부탁해 놓으면, 틀림없이 구해 놓는다는 것이었다. 그래 내가 "그 친구 철학박사예요"(그의 답신으로 그렇지 않다는 것을 알게 되었지만, 그 이전에는, 그러니 그 당시에, 당연히 나는 그렇게 알고 있었다)라고 했더니, 그는 "아, 그랬군요!" 하며 고개를 끄덕였던 것이다…….

나는 나대로 우리들 사이에 소식이 끊어지게 된 계기가 되었던 아버지 사업의 파산, 나의 결혼, 이번에 파리에 오게 된 사연…… 등등을 이야기해 주었고, 그는 마지막 이야기 즉 우리나라 문학작품들의 불역 원고 출판 섭외 건이 화제에 오르자, 자기 친구 한 사람이 출판을 하는데, 최근에 한 아일랜드 작가의 한 소설 불역본을 간행하여 성공했다는 이야기를 했다: 만여 부가 나갔다는 것이다. 프랑스에서도 만여 부가 팔리면, 출판사가 돈을 버는 모양이다. 그리고 그 친구가 그 소설 한 부를 준 게 있는데, 그걸 찾아내어 내게 주겠다고 하며, 한국으로 출발하기 전에 다시 한번 가판대로 들르라는 것이었다: 한번 읽어 보고 내가 가지고 간 불역 원고들의 성공 가능성을 가늠하는 데에 참고하라는 것이겠지. 지금도 내 서가에 꽂혀 있는 그 책은 포켓북 형태이나, 그보다 판형이 큰, 500페이지 가까이 되는 두툼한 것으로, 라이엄 오플레허티(Liam O'Flaherty)라는 작가의 『기근』이라는 작품인데, 표지 광고문이 할리우드의 영화화가 예정돼 있음을 알리고 있다. 앞표지를 열어 보면, 장 피에르에 대한 헌사가 쓰여 있다: "장 피에르에게. 이 소설로 깊은 아일랜드를 이해하게 되기를 희망하며"…….

물론 나는 어느 순간 조엘과 미셸의 소식을 물었다. 조엘은 여전히 CNRS의 연구원으로 일하고 있다는 대답이 돌아왔고, "그러나 미셸은" 하고 그는 말을 다시 시작하다가 잠시 멈추더니, 약간 언짢은 표정으로, 이렇게 말했다:

"그 친구 자살했어! 강물에 몸을 던졌지."

　　　　　　　　　　　　　　　　　모나지 않은 집

"…………."

나는 일순 말을 잊고 멍청해 있었던 듯싶다. 그는 앞서의 편지에서 그 이야기를 되풀이하고 있지만, 사실은 우리들의 그 첫 만남 때에 미셸의 자살 소식을 내게 말해 줬던 것이다. 순간적인 멍청함에서 빠져나온 내가 놀라움에 차 "푸르쿠아(왜), 푸르쿠아?" 하고 외치듯이 질문하자, 그는 짧게, 던지듯이,

"조현병이야." 했다…….

미셸 이야기는 제자리에 이르러서 하겠지만, 그가 뛰어난 머리의 소유자였다는 것은 "비상한 수재"라는 장 피에르 편지의 표현이 아니더라도, 이야기를 나누어 보면 알 수 있었다는 내 기억이 있다. 그래 나는 편지로 그에게 철학에 관해 이것저것 물어보기도 했고, 그것에 그는 장문의 답장을 보내 오기도 했던 것이다.

장 피에르의 첫 아파트에 대한 내 기억은 다소 스산하다. 그해에 파리의 겨울은 20년래의 −20℃라는 혹한이 몰아쳤기 때문이기도 했겠지만, 전기난로가 덩그렇게 놓인 주방 겸 거실은 온기가 없었다. 그 건물의 난방 시스템이 어떠해서 사정이 그런지 물어보지 않았다기보다는, 그의 자긍에 찬 아파트 소개를 들으며 함께 기뻐하기만 했다고 할까?……

그 후 장 피에르는 내가 파리에 갈 때마다 만났다: 그의 헌책 가판대에 가기만 하면 되었으니까. 그러다가 언제였던가, 내가 그의 가판대를 찾았을 때, 우리들이 반갑게 인사를 나누자마자 그는 나를 데리고 내가 방금 지나온 여러 가판대들 가운데 하나로 되올라가는 것이었다. 그의 가판대에서 너댓 개쯤 떨어져 있는 그 가판대로 올

라가면서, 그는 재혼했으며, 아내도 헌책 장수라고 말했다. 그녀의 가판대에 이르러 그의 소개로 나는 그녀와 인사를 나누었는데, 둔탁한 목소리가 가중시키는 투박한 인상의 그녀는 힘든 삶을 헤쳐 나온 여자 같았다……. 그의 가판대로 되돌아오면서, 물론 나는 그녀에 관해 어떤 것도 묻지 않았다. 센 강가의 같은 헌책 장수들로서 우연히 서로가 홀몸이라는 것을 알게 되고, 그런 다음에는 그렇고 그런 사연을 거쳐 결혼에 이르렀으리라 하고 나는 상상했을 뿐이다.

그 다음번에 파리에 갔을 때, 나는 그의 가판대를 찾아가며 그전에 마주치게 될 그의 부인의 가판대를 찾았으나, 그것이 있을 곳으로 내가 어림한 데에 그것이 있기는 있었지만, 그것의 닫힌 덮개에 자물쇠가 채워져 있고 주인은 없었다. 그의 가판대에서 우리들이 우리들의 또 한 번의 재회를 수선스럽게 기뻐한 후, 내가 그 이야기를 했더니, 그는 되게 만족스러운 태도로,

"집에서 아이들을 보고 있어. 쌍둥이를 낳았거든. 애들, 이제 겨우 한 살 조금 넘었는데, 너무 예뻐!"라고 하는 것이었다.

나는 축하한다고 말했다. 그리고 그들 부부의 그 행복한 사건을 말만으로 축하할 게 아니라 그들을 한번 좋은 한식당에 초대해야 되겠다고 생각하고, 그 내 생각을 알리면서 두세 시간 아이들 문제를 해결할 수 있겠느냐고 물었다. 그럴 수 있다고, 그가 대답했다.

우리들은 약속을 정했고, 약속한 날 그들 부부와 나, 이렇게 우리들 셋은 우정이라는 한식당에서 점심식사를 했는데, 한식을 한 번도 맛본 적이 없는 그들은 이런 경우 그럴 수 있듯이, 메뉴판에 나와 있는 요리 설명을 읽으려고 하지도 않고 내게 주문을 일임했다. 우정

모나지 않은 집

은 좋은 프랑스인 남편을 만나 파리에 정착한 내 제자가 나를 한 번 초대해 준 적이 있는 식당이었는데, 주 고객층이 동포들이었던, 일반적인 초기의 파리 한식당들의 풍경이 어느 정도 지난 일이 된 그때였지만, 제자와 그 식당에서 식사를 하며 나는 프랑스인들을 위시한 동포 아닌 사람들이 고객들의 거의 4분의 1가량을 이루고 있는 것을 보고 놀라워했던 것이다⋯⋯. 나는 우리나라 사람들이 외국인들을 대접할 때에 거의 예외 없이 그리하듯, 우선적으로 불고기를, 그 다음, 주문받으러 온 한인 웨이트리스와 상의해 몇 요리들을 주문했다. 음식들이 나오고, 내가 불고기가 어떤 요리인지 설명하고, 우리들이 불고기를 들기 시작한 후, 나는 두 사람의 "세 델리시외(정말 맛있네)!"라는 감탄을 당연히 예기하며 "어때?" 하는 눈길을 던졌는데⋯⋯. 나는 지금도 이 장면이 떠오르면, 김빠진 기대가 우스우면서도 궁금함을 떨치지 못한다: 그들은 불고기를 처음 맛보는 음식으로서 음미하듯 먹는 것처럼 보였지만, 범상한 식사 시간을 보내는 것과 같이 음식에 대해서는 어떤 말도 하지 않았다. 초대객이 초대인이 대접하는 음식을 반드시 상찬해야 하는 것이 예의인 것은 아니겠지만(하기야 나도 그 후 그들의 집에 초대되어 저녁을 들었을 때, 음식이 맛있다는 말을 하지 않았던 것 같다), 그렇더라도 친한 한국인 친구가 대접하는, **처음 맛보는 한국 요리**를 두고 아무 말도 없으니, 그것은 가벼운 흥미를 일으키는 의문이 되는 것이다. 그때만 해도, 한류에 열광해 한국어를 배우려고 한국문화원의 한국어 강좌의 각급 반 정원에 들기 위해 프랑스인들이 문화원 앞에서 열을 서서 번호표를 받는 풍경은 아직 가까운 장래의 일이 아니었고, 장 피에르가 내게 김기덕 감독의 〈봄, 여름, 가을, 겨울〉을 봤다며 너무나 아름다운 영화라고 말한 것이 한참 후의 일이었을 때였으므로, 그가 한국 문화를 접한 것이라고는 기껏 내가 보내준 연하 카드들을 통해서였을 뿐일 것이다. 그러니 문화 가운데 타자성을 가장 직접적으로 느끼게 하는 것이라고 할 음식, 친구의 나라이나 모든 면에서 프랑스보다는 낙후해 있다고 여길지도 모르는 그런 나라의 음식을 접하고, 약간 멈칫했던 것은 아닐까?…… 더 솔직히 말해, 일종의 거부감 같은 것을 느꼈던 것은 아닐까?…… 하지만 이런 생각은 내가 민감하게 너무 멀리 상상해 나간 결과는 아닌가?…… 지난 세기 60년대 종반, 70년대 초반에 내가 엑상프로방스에서 공부하고 있었을 때, 내 논문 지도교수였던 샤보 선생님과 조엘과 장 피에르를 위시하여 내 주변의 어떤 프랑스인도 한국에 관해서 아는 것이라고는 한국전쟁과, 그리고 한국이 베트남(그들이 너무나 잘 아는!)보다도 더 멀리 있는 극동의 조그만 나라, 그것도 분단국가, 또 그것도 양쪽에서 강압적인 독재가 지배하고 있는 분단국가라는 사실, 이런 것들 이외에는 아무것도 없었다. 그러고 보면, 처음 맛보는 한국 요리를 두고 아무 말도 없는 그들 부부가 내게 불러일으키는 의문은 기실, 옛날 내가 느꼈던 조국에 대한 열등 의식을 드러내는 것 같기도 하다…….

"(…) 같기**도** 하다": 사실 그것은 내 잠재의식 속에 숨어 있던 그 열등의식에서 찾을 수 있는 그런 해답 말고 다른 해답으로 설명될 수 있을지도 모른다: 앞서 「프랑스 유감 III」에서 말한 바 있는, 외국인들에 대한 불친절로 오해되는 프랑스인들의 그들에 대한 무관심이 그것이다. 내가 거기에서 말했던 것은, 그 무관심도 두어 가지 원

　　　　　　　　　　　　　　　　　모나지 않은 집

인이 있는데, 그 하나가 17세기에 형성된 그들의 중화사상이고 다른 하나가 개인주의이다. 여기에서 문제될 수 있는 것이 전자인데, 그것이 담고 있는 프랑스가 세계의 중심이라는 생각 때문에, 세계 만방의 사람들이 찾아오는 곳이 프랑스이니 어떤 기이한 이국적인 모습도 프랑스인들에게는 그리 이채롭게 보이지 않고, 따라서 그들의 흥미 있는 관심의 대상이 되지 않을 수 있는 것이다. 그 중화사상은 이제, 프랑스인들 스스로 '배꼽(nombril)'에서 파생시킨 '배꼽주의(nombrilisme)'라는 신조어(내가 『르 몽드』지(紙)에서 한 번 본 적이 있는 이 단어는 지금 『라루스 대사전』에서 찾아보니 아직 올라 있지 않다)를 만들어 비아냥거리게까지 될 정도로 많이 바래지기는 했지만(이제 누가 미국이 아니라 프랑스를 세계의 중심이라고 생각하겠는가?), 그런 신조어를 생각해 낼 토대가 될 정도로는 여전히 단단하다.

그 첫 무반응에 대한 설명이야 어쨌든, 만약 장 피에르의 한국 관광 여행이 이루어진다면, 그를 조금 이름 있는 한정식 식당에 데려가 그 무반응을 깨트려 주자고 마음먹고 있다.

그 후 그의 초대가 있어서, 제법 잘사는 구역이라는 데에 있는 그의 아파트에 포도주 한 병을 사 들고 갔다. 물론 저녁이었는데, 최근에 이사를 했는지, 아니면 최근에 공사를 시작했는지, 인테리어 리모델링이 한창인 모양으로 여기저기 공사 자재들이 쌓여 있었다. 그가 안내하는 대로 따라 들어간, 그런대로 깨끗하게 치워진 식당 테이블 주위에 정말 "너무 예[쁜]", 똑같이 생긴 얼굴에 똑같은 배내옷을 입은 아기 둘이 똑같은 아기 의자에, 파란 눈을 동그랗게 뜨고 앉아 있었다. 나는 요리대에서 저녁을 준비하고 있는 부인과 떨어진 거리에서 인사를 나누고, 그 예쁜 아기들에게 진정 어린 탄성을 발했는데, 그 옆에 중년의 여인 한 사람이 내게 알은체를 하며 목례를 보내는 것이었다. 장 피에르가 말했다:

"내 누이야, 크리스틴."

"아! 크리스틴!" 내가 마르세유 장 피에르네 집에서 만나 시몬 베유 같은 철학자가 되라고 했던, 그 크리스틴이 이렇게 어른이 된 모습을 어떻게 알아보겠는가? 대학을 나온 후 결혼하고 마르세유에서 아직 산다는데, 무슨 일로 잠시 파리에 올라와 있다는 것이다. 이 의외의 해후도 있고 해서, 그날 저녁 나와 장 피에르가 중심이 되어 활기찬 담소로 옛 추억들을 더듬으며 즐거운 시간을 보냈다…….

앞서 말했듯이 내 질문 편지에 대한 장 피에르의 답신은 상당한 시간이 흐른 다음에야 왔었는데, 나는 그 이전에 답신 지연의 이유를 물으려고 그와 전화 통화를 했었다. 그때 나는 내 편지에서 제의한 그의 한국 여행이 가능한지도 물었다. 그는 당분간은 불가능할 것 같다고 말했다: 그 이유가 나를 상당히 놀라게 했다:

"두 아이가 이제 리세에 다니잖아. 걔들이 영어회화를 배우러 다니고, 또 모두 음악에 재능이 있어서 개인 교습을 시키고 있어. 한 아이는 피아노를 하고, 다른 아이는 성악을 하지. 그러니 아내나 나나 걔들을 챙겨 주느라 좀 바빠!"

예능인 음악이야 싹을 보인다면 그것을 특별 지도로 빨리 키워 줘야 할 테니 그렇다고 하더라도, 영어 교육을 프랑스가 자랑하는 공교육에 맡기지 않는다니!…… 하기야 회화는 학교 교과 프로그램만으로는 부족하다는 이야기인가?…… 영어 습득과 자녀들의 영어

모나지 않은 집

교육에 열 올리는 프랑스인들에 대한 이야기는 「프랑스 유감 III」에서 이미 한 바 있지만, 아메리카 제국주의에 적대적인 장 피에르까지?!…… 하지만 그의 그런 태도는 영어 능력 배양이 어쩔 수 없는, 세계화 추세의 상황을 생각하면, 그나 나나 자식 키우고 키운 입장에서 빙그레 미소를 떠올리며 이해하지 않을 수 없다고나 할까?

이와 같은 아빠, 엄마의 정성에 두 아이가 잘 부응하는 듯, 2016년 지난번 파리 방문 기회에 내가 그를 만나 다시 그의 한국 여행 이야기를 꺼냈을 때, 그는 여전히 아이들 보살핌 때문에 힘들다며 아이들 이야기를 하는데, 무척 자랑스러워하는 것이었다: 성악을 하는 아이가 어느 유명한 합창단에 생긴 결원을 채우기 위한 리허설에 응모해 뽑혔는데, 그때 응모한 지원자가 수백 명이었다는 것이고, 피아노를 하는 아이의 개인 교습 선생님은 한때 상당히 이름 있던 연주자였는데, 이 아이의 재능에 진지한 기대를 걸고 있다는 것이다.

그것은 어쨌든, 그때 내가 본 그의 모습은 실제보다 덜한 나이로 보이게 하는 그의 젊은 분위기에도 불구하고, 처음으로 이 친구 이제 늙기 시작했구나라는 느낌을 주었다. 그렇더라도 앞으로 수년 동안 그가 조엘처럼 건강 때문에(장 피에르 이야기를 끝내고 앞서 중단되었던 조엘 이야기를 다시 이어가면 알게 되겠지만, 그 후 연락이 이루어진 조엘은 처음부터 먼 여행은 건강이 허락하지 않는다고 말했다) 한국 여행을 할 수 없노라고 하지는 않겠지만, 이렇게 미루어지다가는 그 여행은 힘들어질지도 모른다: 내가 그보다 나이가 많으니, 그가 올 수 있다고 할 때에 내가 건강상 자유롭지 못하게 된다면?…… 어쨌든 두고 볼 일이다. 여기서 장 피에르 이야기는 끝내기로 한다. (계속)

이
익
섭

우물 정(井) 자를 누르세요

음악을 보다

최돈춘 할아버지의 옛날얘기
: 개와 고양이, 그리고 여의주

우물 정(井) 자를 누르세요

　어디 서비스 센터나 병원 같은 곳에 전화를 걸면 이제 사람이 받는 법이 없다. 으레 녹음된 기계 소리가 나와서는, 무엇을 원하면 1번, 무엇을 원하면 2번 식이다. 내가 찾는 곳이 몇 번에 해당하는지 쉽게 헤아려지지 않기도 하고, 용케 그것을 알았어도 또 번호를 어디에서 누르는지도 몰라 좌왕우왕한다. 그러며 정신을 못 차리고 있으면 이번에는 "다시 듣고 싶으시면 우물 정 자를 누르세요"라고 한다. 친절하게도 반복을 해 주겠다는 모양인데 '우물 정 자'라는 건 또 무언가. 결국 아이들에게 배워, 이제 이것저것 제법 익숙해졌지만, 오래 살수록 세상은 오히려 점점 낯설어져만 간다.

　그런 낭패를 겪는 중에도 내가 흥미를 느낀 일은 #를 '우물 정'이라고 읽는 일이었다. #는 '우물 정'의 井과는 그 족보부터 다르지 않은가. 말할 것도 없이 #는 애초 악보(樂譜)에서 반음(半音)을 올리라는 기호요, 읽기는 '샤프(sharp)'라 읽는다. 이것이 요즈음 전화며, 컴

퓨터며 온갖 자판에 하나의 아이콘으로 쓰이고 있다. @나 %와 같은 기호가 그렇듯이 말하자면 세계 공통의 문자가 된 셈이다. 그것을 어떻게 '우물 정 자'로 읽을 생각을 했을까?

눈을 좀 돌려 보면, 사실 우리는 오랫동안 '우물 정 자'와 같은 방식을 유용하게 이용해 오기는 하였다. "한 일(一) 자로 입을 꾹 다물고" "여덟 팔(八) 자 걸음으로" "호박을 열 십(十)로 갈라서"와 같은 것을 비롯하여, 바둑에서 행마(行馬)의 종류를 말할 때도 "날 일(日) 자" "눈 목(目) 자" "입 구(口) 자" 등을 일상으로 쓴다. 아라비아 숫자를 활용하여, 가령 꿀벌이 밀원(蜜源)이 있는 곳을 발견하고 벌집에 돌아와 동료들에게 그 꽃의 위치를 알릴 때 "아리비아 숫자 팔(8) 자 모양으로 춤을 춘다"고 하는 수도 있으나, 우리가 주로 이용해 온 방식은 한자(漢字)를 풀어 읽는 방식이었다. '우물 정 자'는 바로 이 전통에서 얻은 발상이었을 것이다.

그렇기는 하여도, 비록 #의 형체가 井과 닮은 데가 있지만(그래서 중국에서도 '井 字' 버튼을 누르라고 한다지만), '아이콘'이란 이름부터가 그렇듯 이 시대가 만들어낸 최첨단의 기호에 '우물 정'이라는, 잘 보아 주어야 19세기쯤 되는 구시대의 이름을 붙인 일은 괴이쩍다 하지 않을 수 없다. 내가 특히 놀라워하는 것은 그것이 무슨 찰떡궁합인 듯 어떻게 그렇듯 빠른 시일 안에 정착할 수 있었을까 하는 점이다. 외래어 하나를 우리말로 바꾸어 보급하는 일을 해 보면, 국어심의회 같은 데서 머리를 맞대고 갖은 묘안을 짜내도 그 성공률은 100분의 1도 되기 어렵다. '노견'이니 '길어깨'니 하던 것을 '갓길'로, '만땅'이라 하던 것을 '가득'으로 정착시킨 것은 어떻게 보면 기적적

모나지 않은 집

인 성공인데, "우물 정 자를 누르세요"의 성공을 보면 그야말로 무슨 기적을 보는 듯한 기분이 든다.

생각해 보라. 세상 일이 될 때는 우습게 잘 되지만 또 안 되려면 얼마나 안 되는가. 당장 젊은 세대들이 '우물 정'이라고 하면, 그것이 어떻게 생긴 글자인지, 아니 그것이 한자의 무슨 글자를 가리키는 말인지나 알까? 또 한자라면 절대로 용납 못 하고 떼지어 나서는 사람들이 #를 '우물 정'으로 읽는 일을 좌시만 하고 있을까? "우물 정 자를 누르세요"를 이 땅에 발을 못 붙이게 할 요소가 여기저기 도사리고 있지 않은가.

궁금하여 대학에 다니는 손자에게 물어보았다. 처음에 '우물 정 자'를 누르라고 하였을 때 #를 누르라는 말인지 알았느냐고. 몰랐다고 한다. 다시 그때 '우물 정'이 어떻게 생긴 글자인지는 알고 있었느냐고 물으니 그것도 몰랐다고 한다. 역시 그랬다. '여덟 팔 자' 눈 목 자'가 아무리 우리에게 친숙한 방식이라 하여도 젊은 세대에게 "우물 정 자를 누르세요"는 "샤프를 누르세요"라고 할 때보다 더 거추장스러울 수도 있을지 모른다. 아니 앞으로 그렇게 바꾸자는 주장이 나올지도 모른다. 촌스럽게 '우물 정 자'가 무엇이냐, '샤프'라면(일본에서는 그렇게 읽는다고 한다) 얼마나 세련되고 간편한가, 그런 주장이 나올지도 모를 일이다. 아니, 지금 세상은 이미 온통 그런 방향으로 선회한 지 오래지 않은가.

그런데 오늘 낮에 운전을 하며 KBS 제1FM을 듣고 있는데, 거기서도 듣고 싶은 곡을 신청하겠으면 9301인가 누르고 "우물 정 자를 누르세요"라고 하였다. 사실 "다시 듣고 싶으시면"이라는 장치는 애초 노인들을 위한 것이었을지 모른다. 신세대는 무엇을 하겠으면 1번, 무엇을 하면 2번이라 하면 척척 다 알아들으니 굳이 "다시 듣고 싶으시면"까지 기다릴 일이 없을 터이니 말이다. 그런데 젊은 층이 애청하는 클래식 시간에까지 "우물 정 자를 누르세요"였다. 세상이 어떻게 바뀌어도 '우물 정'은 그 모든 걸 초월하는 어떤 힘이 있다는 것일까. 그렇다면 그 얼마나 대단한 저력(底力)인가. 그것이 또 나를 자극하였다.

한자(漢字)는, 특히 상형(象形) 방식의 것들은 일종의 아이콘이다. '八자걸음'이라면 그 걸음걸이가 쏙 눈으로 들어온다. '十자'라고 해도 그렇고 '口'라고 해도 그렇다. 한눈에 어떤 모습을 떠올리게 해 주는 힘이 있다. 아라비아 숫자도 이 점에서 한자와 같으나, 다만 '아라비아 숫자 8'이라고 하면 '여덟 팔'이라고 하는 것보다 말이 길어지고 복잡하다. '우물 정'은 바로 한자의 아이콘적인 장점을 활용한 것으로, 그것이 그 성공의 비결이었을 것이다.

우리는 오랫동안 한자는 불편하기 그지없는, 버려야 할 구시대의 유물이라는 생각에 사로잡혀 있었다. 문자 발달의 과정을 보아도 그것은 '표의문자 → 표음문자' 또는 '단어문자 → 음절문자 → 음소(자모)문자'의 가장 초기 단계인 '표의문자'요 '단어문자'다. 모택동 시절 중국에서조차 버리려고 했던 문자다.

한자에 대해서뿐만 아니라 어떻게 보면 우매할 정도로 어느 나라에서나 할 것 없이 문자 이론은 오랜 기간 잘못된 사고(思考)에 갇혀 있었다. 우리가 글을 읽으면 일차적으로 그것을 소리로 바꾸어야만, 그러니까 우리가 평소에 익혀 온 말로 바꾸는 절차를 밟아야만

모나지 않은 집

그 뜻을 알게 된다는 것이 그것이다. 그러니 글자는 되도록 소리를 곧바로 알 수 있게 해 주어야 하고, 그것이 글자에 부여된 임무요, 그것이 글자의 존재 이유라고 믿어 온 것이다. 영어 쪽에서 현행 스펠링이, 발음부호를 따로 달아 주어야 할 정도로 소리에서 너무 멀어져서 나쁜 스펠링이라고 해서 이미 16세기부터 시작하여 20세기부터는 '철자 간소화 학회(The Simplified Spelling Society)' 등등의 학회까지 세우며 줄기찬 운동을 벌였던 것도 그 잘못된 생각 때문이었다.

지금은 다행히 그 미몽(迷夢)에서 벗어나기 시작하였다. 글을 처음 배울 때는 그것을 소리로 바꾸어 뜻을 깨닫는 과정을 밟지만, 글에 익숙해지면 소리라는 다리를 건너지 않고도 곧바로 뜻으로 연결되는 지름길이 있다는 것을 깨닫게 된 것이다. 이를 위해 언어심리학자들이 갖가지 실험을 하기도 하였지만, 사실 우리의 일상 경험에서 이 이론은 쉽게 수긍된다. 미국에 가 차를 몰면서 거리에서 STOP이라는 간판을 보면 그 영어 발음을 환기하여 평소에 들어서 알던 말에 따라 "아, 서!"라는 말이구나 하면서 서지 않는다. 보는 순간 곧바로 그 명령의 뜻을 깨닫는다. 이때 STOP은 도로표지판의 화살표와 거의 같은 기능을 한다. 말하자면 하나의 아이콘과 같은 구실을 한다. 영어 과거형을 나타내는 -ed만 하여도, 그 발음이 놓이는 자리에 따라 -d, -id, -əd, -t 등으로 다르다는 지식의 도움을 전혀 받지 않고도, -ed를 보는 순간 곧바로 그것이 과거시제를 나타내 준다는 것을 안다.

학자들은 의외로 답답할 때가 있다. '어린 백성'들은 직관적으로 아는 것을 엉뚱한 데 가서 헤맨다. 우리가 글을 읽는 것은 그 소리를 알기 위해서이기보다 그 뜻을 알기 위해서다. 글자는 최종적으로는 뜻을 알려 주기 위한 도구인 것이다. 이 간단한 사실을 학자들이 답답하게도 이제야 올바로 깨닫기 시작하였다. 로마자나 한글과 같은 표음문자도, 그 일차적인 임무는 '표음(表音)'이지만 표의(表意) 쪽으로 가는 길이 있으면 그 길도 추구하여야 한다는 것을 뒤늦게 깨닫게 된 것이다. 덕분에 이제는 –ed가 나쁜 스펠링이 아니라고 평가하게 되고, 우리 한글도 '흑땀'이나 '꼰닙' 대신 '흙담' '꽃잎'으로 쓰고 있다. 중국 사람들은 馬를 보면 그 발음이 어떻다는 것을 생각하기 전에, 먼저 그 짐승의 형상부터 머리에 떠올린다고 한다. 표의문자는 곧바로 뜻으로 연결되는 지름길을 태생적으로 지니고 있는 것이다.

이런 것은 우리는 오랜 기간 한자를 써 오면서 저도 모르는 사이에 체득한 일이기도 하다. 나에게 지금도 가끔 연하장도 보내고 카카오톡도 보내는 옛 제자가 있는데, 그들 중 셋은 다같이 '유' 씨들이다. 셋이 다 한글로 '유'라고 적어 보낸다. 그런데 그것을 받으면서 내 머리 속에 이놈은 柳, 이놈은 俞, 이놈은 劉 하면서 구별한다. 당시 출석부는 한자로 되어 있던 때라 그것이 지금껏 머리에 박혀 있다. 친구들이 자주 하는 이야기로 출석부가 나중 한글로 바뀐 다음에는 학생들 이름이 전만큼 외워지지 않는다고 하였다. 한자는 딱 어느 사물 하나를 가리켜 준다는 점에서 표음문자가 넘보지 못할 힘이 있다.

'우물 정'은 바로 사물 하나만을 가리키는 한자를 글자로써가 아니라 입으로 표현하는 방식이다. '정'이라고만 하면 正, 貞, 情, 政,

모나지 않은 집

후 등 숱한 '정' 중 어느 것인지 구별이 되지 않는데, '바를 정'이니, '우물 정'이니 하면 마치 正이나 井이라는 글자를 써 놓은 것과 같은 효과를 얻을 수 있다. 이것은 우리가 "무에서 유를"이라고 하면 머리에 無며 有가 저절로 떠오르고, "극에서 극으로"라고 하면 極이 저절로 떠오르는 원리를 '우물 정'이라는 말로 형식화한 것이라고도 할 수 있다.

나는 "우물 정 자를 누르세요"를 들으면서 우리 현실을 억지로 외면하는 사태를 다시 떠올리지 않을 수 없었다. 일선 행정 부처에서 한자를 전면적으로 쓰지 못하게 하니 어려움이 크다고 해, '정(鄭)' '정(丁)'처럼 괄호 안에 한자를 병기할 수 있는 법안을 상정하였을 때 피켓까지 만들어 흔들며 벌떼같이 몰려가 시위를 한 무리가 있었다. 학교에서 한자를 가르치자고 해도 그들은 역시 과민한 반응을 보이며 한사코 반대하고 나선다. 앞에서 이들이 "우물 정 자를 눌러 주세요"에 대해 좌시하고 있을까를 염려한 것은 이런 일들이 떠올라서였는데, 현실에 대해 왜 그토록 눈을 감으려 하는지 모르겠다. 그것은 이름 그대로 맹목적(盲目的)이라고밖에 달리 표현할 길이 없다.

몇 년 전 도로 공사를 하느라 어지러운 길가에, 자기 집으로 찾아오라는 안내판인 듯 화살표를 크게 한 입간판에 '하누만'이라고 적힌 것이 있었다. 무슨 스페인어인가 이상한 말도 있다고 생각했는데 나중 길 공사가 끝나고 그 집 앞으로 다닐 수 있게 되었을 때 보니 음식점 이름이었다. 자기 집에서는 '한우(韓牛)만' 판다는 뜻이었던 모양인데, 멀쩡한 옷을 찢어 입으며 멋을 부리듯 정형(定型)을 억지로 찌그러뜨려 손님의 눈을 끌려 한 짓이었을 것이다. 그런데 우리는 왜 '하누'는 비틀린 것이고 '한우'가 제 모습이라고 생각하는가. '한옥(韓屋)'도 그렇고, '학원(學院)'도 그렇다. 한자 하나하나가 지금도 엄연히 살아 움직인다. 이것들을 왜 '하녹' '하권'으로 쓰지 않고 받침을 올려 적느냐고 어린 자식들이 물으면 한자 이야기를 하지 않을 수 없다. '동납' '절력'이라 적지 않고 '독립' '전력'으로 적는 이유도 '獨立' '電力(또는 全力이나 前歷 등)'으로 설명할 도리밖에 없다. 우리는 아직도 아이들 이름을 지으려면 항렬자(行列字)를 따르고, '지영'이란 이름을 지어 놓고는 또 무슨 한자를 골라 쓸지를 두고 머리를 짠다. '이상의 이상과 이상'이라는 글을 쓰려면 '李箱의 理想과 異常'처럼 한자를 빌리지 않으면 안 되는 세상에 살고 있다.

"우물 정 자를 누르세요" 하나가 여러 생각들을 불러일으켰다. 좀 과장하면 세상이 온통 광풍에 휩쓸려 길을 잃고 헤매고 있는데 이놈 하나가 당당히 내 자리를 지키겠다고 버티고 있는 모습으로 다가온 듯도 하다. 세상은 가끔 엉뚱한 일로 즐거울 때가 있다.

모나지 않은 집

음악을 보다

2, 3년 전부터 베를린 필(Berliner Philharmoniker)에서 내게 그들의 연주 영상을 이메일로 보내 준다. 어떤 경위였던지 지금 기억도 잘 나지 않으나, 어느 기회에 베를린 필 홈페이지에 들어갔다가 입회를 하면 뉴스레터를 보내 주겠다고 했던지, 무슨 얘기에 솔깃하여, 채우라는 칸을 채워 보냈던 것 같은데, 얼마 안 되어 Digital Concert Hall이라는 이름의 동영상을 1주일이 머다 하고 부지런히 보낸다.

연주 실황이라 해야 고작 3–4분 정도의 짧은 것이고, 그나마 한 곡만의 것도 아니고 서너 곡이 들어 있는 것이니 그저 맛보기나 시켜 주는 것에 불과하다. 또 그것은 말할 것도 없이 이쪽을 위한 시혜(施惠)이기보다는 연주회 티켓이나 CD의 판촉을 그 목적으로 하는 것이기도 하다. 그러나 나는 이것이 오면, 내가 무슨 특별한 사람이나 된 듯 우쭐한 기분이 된다.

짧은 시간이지만 그 화려한 콘서트홀을, 또 그 초일류 오케스트라의 현란한 연주 모습을, 내 집에 편히 앉아서, 무얼 하나 뽑아서 어디에 넣고 하는 조그마한 꿈적거림도 없이, 겨우 헤드폰이나 머리에 얹고 마우스 하나만 움직여 감상할 수 있다는 것이, 어찌 작은 호강인가. 어찌 범인(凡人)이 누리는 호강이라 하겠는가. 뜻하지 않게 가만히 앉아서 귀족이나 누릴 법한 호강을 누리고 있는 것이다.

3-4분짜리라고 하지만 한 번 올 때 한 편만 오지 않는다. 머리 화면에는 하나만 뜨지만, 그것을 보고 나면 그 아래에 다시 세 편이 뜨고, 그중 하나를 보고 나면 다시 또 세 편이 뜨고, 이것이 끝도 없이 이어진다. 드물게는 흑백 영상도 있을 정도로 그것들은 시대적으로도 족히 50년을 오르내린다. 극히 단편적으로나마 평소 따로 들어 볼 기회가 없는 갖가지 음악을 들을 수 있다. 우리나라 작곡가 진은숙의 다분히 전위적인 곡도 정명훈의 지휘로 한 번, 사이먼 래틀의 지휘로 두 번 여기에서 들었다. 마치 무슨 박물관에 들어가 한꺼번에 너무 많은 것을 보고 넘쳐 터지는 기분이라고나 할까, 이 영상들을 보면서 너무 급작스럽게 견문이 넓어지는 것에 스스로 놀라고 있다. 일찍이 상상도 못 하던 경험이다.

그러면서 새롭게 하나 깨닫는 일은 음악이 듣는 것만이 아니고 보는 것이기도 하다는 것이다. 그리고 그 보는 재미가 의외로 크다는 것에 놀라고 있다. 나같이 귀가 둔한 사람은 음반을 들으면서는 하프 소리 같은 것은 언제 났는지 안 났는지도 잘 모른다. 그런데 영상을 보면 하프를 연주하는 경우는, 이럴 땐 대개 카메라가 그쪽을 비추어 주기 때문에 저절로 그 소리를 구별해 들을 수 있다. 오보에 소리가 저렇구나, 피콜로 소리가 저렇구나 하나하나 또렷하게 구

모나지 않은 집

별해 들을 수 있다. 듣지만 않고 보기도 하는 일은 어쩌다 연주회에 갈 때도 가능하지만, 여간 좋은 자리가 아니고서는 연주자의 손놀림이나 얼굴 표정을 제대로 볼 수 없다. 그런데 여기서는 가령 피아노 협연자라면 그 손놀림 하나하나, 얼굴 표정 하나하나를 다 보게 된다. 아, 저 현란한 손놀림이라니. 아무 데를 마구 치래도 도저히 저렇게 빨리 놀릴 수는 없을 터인데 그것을 다 제자리를 찾아 짚으며 치다니. 악보는 아예 앞에 놓지도 않네. 그 긴 악보를 어떻게 다 외우지? 얼굴 표정은 또 피아니스트마다 어찌 저리도 각양각색일까? 음반으로 음악을 들을 때는 전혀 관심 밖이던 일이 하나하나 신기롭게 다가온다. 단원들도 하나하나가 특히 말러 곡을 연주할 때 얼마나 바삐, 얼마나 온몸을 던져 연주하는지를 소리만 들을 때는 궁금해하지도 않던 일인데, 듣기 이전에 먼저 그 움직임들에서 감동을 받게 된다.

지휘자를 보는 재미는 또 어떤가. 말할 것도 없이 교향곡의 연주는 그 중심에 지휘자가 있다. 우리가 교향곡 음반을 사면 그 표지에 작곡가나 풍경 사진이 나오는 수도 있으나 대부분 지휘자 사진이 붙어 있다. 그만큼 지휘자가 그 중심에 있다는 뜻이다. 베를린 필에서 보내는 영상에도 으레 지휘자가 그 표지를 장식한다.

사이먼 래틀의 모습이 가장 자주 등장하지만, 전임 지휘자 클라우디오 아바도나, 멀리 거슬러 올라가 헤르베르트 폰 카라얀도 등장한다. 객원 지휘자도 그 진용이 화려하기 이를 데 없다. 마리스 얀손스, 베르나르트 하이팅크, 다니엘 바렌보임, 주빈 메타, 헤르베르트 블롬슈테트, 파보 예르비, 발레리 게르기예프, 안드리스 넬손스,

니콜라우스 아르농쿠르, 세이지 오자와 등등 우리가 명반(名盤)을 사게 되면 으레 만나게 되는 거장들이 무슨 총동원령이라도 내린 듯 즐비하다. 거기에 근래 급성장하는, 아직 30대의 구스타보 두다멜, 그리고 금년부터 새 상임 지휘자로 부임한 키릴 페트렌코도 모습을 드러내기 시작하였다. 이 페트렌코의 지휘 스승이기도 했다는 우리나라 정명훈도 들어 있다.

이 호화 진용의 지휘자들이 지휘하는 모습을 보는 일은, 음악을 보는 즐거움 중에서도 가장 큰 즐거움이다. 지휘자는 표지를 장식할 뿐만 아니라 모든 영상의 주인공이다. 카메라가 어느 장면보다 지휘 장면에 초점을 맞춘다. 어느 악기의 연주가 그 순간의 주제일 때조차 좀 짜증스러울 정도로 지휘자한테만 카메라가 가는 수도 많다. 자연히 지휘자를 가장 많이 보게 된다. 그런데 그 지휘자들이 저마다 어찌나 개성들이 다른지, 그것은 구경거리로도 특급 구경거리라 할 만하다.

카라얀은 잘 알려져 있다시피 지휘 내내 눈을 감는다. 합창 지휘를 할 때나, 스스로 쳄발로를 연주하면서 지휘할 때 어쩌다 눈을 뜨지만 철저히 눈을 감는다. 카라얀 후임으로 취임한 아바도가 여러 면에서 전임자와 대립적이었다면서 든 예에도 카라얀은 아무도 안 보고 지휘를 했는데 아바도는 단원 하나하나와 눈을 맞추며 지휘했다는 말이 있다. 래틀은 얼굴 표정이 무척이나 다채롭다. 몸짓도 큰 편이지만, 마치 얼굴 표정으로 지휘하는 듯하다. 얼굴 표정을 많이 쓰기로는 얀손스도 빠지지 않는다. 특히 만면에 사람 좋은 웃음을 가득 담고 지휘하는 그의 모습은 정감이 있어 좋다. 새로 부임하는

모나지 않은 집

페트렌코도 몸집은 자그마한데 지금껏 이처럼 온갖 표정, 온갖 몸짓으로 지휘하는 지휘자는 없지 않았을까 싶게 전체적으로 무척이나 요란하다.

음악에 밝은 사람은 소리만으로 지휘자를 평가하고, 소리만으로 좋아하는 지휘자, 싫어하는 지휘자를 가린다. 그런 것은 나에겐 그저 부러운 세계일 뿐이다. 독주곡이나 실내악, 협주곡은 그나마 마음에 든다, 안 든다가 얼마간 가려지지만, 교향곡같이 규모가 큰 곡이 지휘자에 의해 얼마큼 달라지는지를 헤아릴 능력이 나에게는 없다. 음반을 살 때는 어느 지휘자가 지휘한 어떤 판이 좋다는 평판에 따라 사면서도, 악단이 일류 악단이니 응차 좋겠지 그럴 뿐이지, 그 곡이 그 지휘자에 의해 얼마큼 더 특별한 색깔이 입혀졌는지는 아예 알아볼 엄두도 내지 못한다. 그러니 특별히 좋아하는 지휘자도 없었고 특별히 싫어하는 지휘자도 없었다. 그런데 지금은 하다못해 누구는 다 좋은데 악보를 보며 지휘하는 것이 마음에 안 든다는 식으로 많은 걸 그 외양(外樣)을 보고 좋아하는 지휘자, 좋아하지 않는 지휘자를 가리는 버릇이 생겼다.

가장 마음에 드는 지휘자는 카라얀과 아바도다. 카라얀은 눈을 감고 있어 얼굴 표정에는 큰 변화가 없으나 그 손놀림 하나하나가 어찌나 음악과 그대로 잘 합일되는지, 음악은 그저 그의 손놀림에 이끌려 저절로 만들어져 나오는 듯한 느낌을 준다. 아니, 마치 음악을 레이저로 바꾸어 분수로 나오게 하듯, 음악이 저절로 지휘자를 그렇게 움직이게 하는 듯도 하다. 이런 느낌은, 전에 다른 데서 본 것이지만, 카를로스 클라이버가 1983년 암스테르담의 콘세트헤보우

관현악단을 이끌고 베토벤 교향곡 4번과 7번을 지휘한 영상에서도 받은 적이 있다. 누구는 그의 지휘를 초서체(草書體) 지휘라 했다지만, 한결 더 자유롭고 다기다양(多岐多樣)하여 즐겁기로 말하면 그것이 훨씬 앞서지만, 카라얀의 지휘는 누구의 지휘보다 우리들로 하여금 함께 음악에 몰입하게 하는 힘이 있다.

카라얀 시대에는 단원도 지금보다 균일성이 있어 그것도 나는 좋아 보인다. 나이도 비슷하게 지긋한 편이고, 이상하게 체구도 심사를 하여 뽑았는지 비슷하게 우람하고 의젓하다. 여자도 섞이지 않고 또 동양인도 눈에 띄지 않아 좀 과장하면 군악대 같은 균일감을 풍긴다. 그 후 베를린 필은 특히 일본인을 편애하는지 악장 자리에 일본인을 앉히곤 하는데 나는 그게 티처럼 튀어 보여 늘 못마땅하다. 카라얀의 지휘는 그런 정돈된 분위기까지 더하여 권위와 위엄이 더 있어 보이는지도 모른다. 카라얀은 한편으로는 비판도 많이 받았고, 또 카라얀을 싫어한다고 하면 그것으로 으스대는 면도 있는데, 나는 요즘 누가 뭐래도 카라얀에게 끌린다.

아바도는 묘한 친근감을 준다. 우아하거나 세련된 맛은 부족해 보이는데 그것이 오히려 자연스러움과 친근감을 준다. 래틀은 호감이 가면서도 그 제스처들이 좀 과장된 듯하여 우리 기분에는 잘 감싸이지 않는 반면, 아바도는 손을 멀리 뻗든 울상이 되는 표정을 짓든 그 장면에서는 바로 그것이 가장 잘 어울린다는 느낌을 준다. 그만큼 자연스럽고 또 소탈하다. 지휘 도중, 또는 연주가 끝나고 청중에게 인사할 때 싱긋 웃는 미소는 또 얼마나 매혹적인지.

영상을 보는 다른 재미 하나는 세월의 흔적을 함께 볼 수 있다는

모나지 않은 집

것일 듯하다. 아바도는 재임 기간이 길어, 또 퇴임 후에 루체른 페스티벌에서 활약을 할 때도 주로 베를린 필을 주축으로 한 악단을 지휘하였기 때문에 여러 시대의 영상을 볼 수 있다. 가령 1989년 아바도가 취임 기념 지휘를 할 때는 까만 머리에 힘이 넘쳐 지휘가 지나치다 싶도록 격렬하였다. 차츰 머리도 희끗희끗해지면서 동작도 부드러워지더니, 루체른 페스티벌에서 한 지휘를 보면, 할아버지가 다 되어서는 스스로는 애는 쓰는데도 어쩔 수 없이 움직임이 느리고 힘이 생각처럼 들어가지 않는다. 사진처럼 거짓 없이 사람의 늙는 모습을 드러내 주는 것이 어디 또 있는가. 특히 유명 인사의 젊은 시절, 아니 어린 시절의 모습을 보면, 무슨 비밀의 문이라도 열고 들어간 듯 신비롭고 즐겁다. 1995년 Sarah Chang, 그러니까 우리의 장영주가 주빈 메타의 지휘로 이탈리아 플로렌스에 가 파가니니의 바이올린 협주곡 1번을 연주하는 영상은 예외적으로 장영주가 머리 화면을 꽉 채우고 있는데, 그것을 보노라면 장영주의 열네 살 어린 모습에 웃음이 절로 나온다. 베를린 필 단원 중 내가 유난히 호감을 갖는 호른 수석 주자도 지금은 수염도 기르고 머리도 많이 희어졌지만 20년 전만 해도 총각 같아 보이고, 오보에 수석 주자 역시 지금 노인이 다 된 모습을 보다 그때의 모습을 보면 나조차 신선해지며 젊어지는 기분이 된다. 음악을 듣기만 하던 때는 모르던 세계인데, 흘러간 세월을 되돌려볼 수 있다는 것은 또 얼마나 큰 특전(特典)인지.

그런데 지금 음악을 보는 이야기에, 일찍이 없던 일이야 되듯 열을 내고 있지만, 돌이켜 보면 음악은 애초 보지 않고는 들을 수 없었다. 우리의 판소리든 풍악이든 현장에 가서 그것을 하는 사람을 보아야 들을 수 있었고, 서양의 모든 음악이 그랬다. 축음기라는 것이 나오고 오디오가 나오면서 보는 것을 밀어냈을 뿐이다. 지금도 오페라 같은 것은 '들으러 간다'고 하지 않고 '보러 간다'고 한다. 서울시향의 연주회에 다녀와서도 "정명훈의 말러 2번 보고 왔어"라고 하기 쉽지, 이때 '듣고 왔어'는 잘 안 어울리는 듯하다. 실제로 그런 데 가면 보는 게 많다. 연주장 로비의 그 상류사회적인 분위기며, 단원이 하나씩 입장하는 모습, 그리고 악장이 들어와 튜닝을 하는 모습 등 다 보는 것이고, 무엇보다 지휘자가 들어올 때의 동작부터 지휘봉이 바야흐로 움직이기 시작하는 장면 하나하나, 단원들의 열기에 찬 연주 모습 하나하나를 감동에 찬 눈으로 열심히 본다.

물론 그 어느 경우에도 듣는 것이 그 중심에 있다. 보는 것은 옷치레일 뿐 몸은 그 안에 따로 있다. 아무리 기분 좋게 많은 걸 보았어도 듣는 부분이 훌륭하지 않았으면 그 연주회는 실패한 것이 되고 만다. 그러나 너무 온갖 오디오에 매몰되어 살면서 보는 쪽을 너무 잊고 살아온 것도 사실이다. 이제 보되, 현장에서보다 더 속속들이 보면서 오래 잊고 살던 세계를 만나게 된 것이 나로서는 여간 기쁘지 않다.

문향(聞香)이라고들 한다. 향내를 맡는다는 말로는 후향(嗅香)이라 할 법한데 '후향'이라는 단어는 사전에 나오지도 않는다. '聞'이 '냄새 맡는다'는 뜻도 있다 하나 글자 그대로 향기를 귀로 듣는 경지가 있을 법도 하다. 문향을 본떠 음악의 세계에서도 관음(觀音)이라는 말을 쓰는 길은 없을는지. 관음은 관세음보살(觀世音菩薩)의 준말로,

관세음보살은 이 세상 모든 소리의 속뜻을 다 헤아려 보는 능력이 있어 얻은 이름이라 한다. 음악도 눈으로가 아니라 귀로 보는 길, 그런 관음의 길이 있을 법하지 않은가. 어느 길이든 음악의 그 깊고 오묘한 세계로 조금이라고 더 가까이 다가갈 수 있으면 좋겠다.

최돈춘 할아버지의 옛날얘기

: 개와 고양이, 그리고 여의주

　지난 10년 가까이 강릉 사투리를 조사하러 다니면서 좋은 분들을 여러 분 만났다. 이 일을 시작하면서 염려했던 바와는 달리 강릉 사투리의 진수(眞髓)를 오롯이 간직하고 있는 분들이 의외로 많아 애초 기대했던 것보다 훨씬 높은 질(質)의 강릉말을 풍성하게 얻을 수 있었다.

　그 여러분 중에서도 가장 특별했던 분이 최돈춘(崔燉春) 어르신이다. 처음 만났을 때 어르신은 벌써 103세셨다. 너무 고령이시기도 하려니와 평소 워낙 말씀이 없으시다기에 그저 잠시 뵈려고만 했던 것인데, 어르신은 나를 만나자 누구보다 열심인 이야기꾼이 되셨다. "나 얘기 하나 할까?" "메칠 해두 곧 있아." "또 와. 얘기 또 해 주께." 그러면서 그분한테서 들은 옛날얘기, 곧 설화(說話)가 스무 편 가까이 되었다.

　이 얘기들을 따로 책으로 엮겠다는 얘기를 평소 주변 분들한테 해 왔는데, 이분을 다룬 KBS 제1TV의 〈사람과 사람들〉(2017.5.17)에 찬조 출연한 자리에서도 같은 말을 했다. 이분이 들려 준 설화가 요사이 평가 방식으로 따지면 별 다섯 개짜리라는 말도 그 자리에서 했다. 『구비문학대계(口碑文學大系)』라는, 전국 규모로 설화를 집대성한 것이 있으나 이분이 들려 준 설화만큼 구성이 탄탄하고 박진감이 넘치는 것은 찾아보기 어렵다. 어르신은 그 고령에도 쩌렁쩌렁한 목소리로 마치 무성영화(無聲映畫) 시절 변사(辯士)처럼 등장인물의 목소리까지 생동감 넘치게 살리면서 듣는 사람을 사로잡았다.

그 어르신이 작년 4월 갑자기 타계하셨다. 헤어질 때면 "다시 못 볼지 몰라" 하시며 애틋한 눈길을 주시곤 했지만, 새해 세배를 드릴 때만 해도 건강하셨는데 혼연히 떠나셨다. 나로서는 다시 부모를 잃는 기분이었다. 〈사람과 사람들〉의 진행자인 최백호 씨가 둘 사이의 아름다운 관계가 오래 지속되길 바란다고 했는데, 정말 4년 동안 아름답게 이어져 온 인연인데 너무 짧게 끝나고 말았다.

아래 글은 이 허전한 마음을 조금이나마 달래고자 마련한 것이다. 약속했던 일을 미리 시도해 본 것이기도 한데, 애초의 계획은, 지금 하고 있는 방언 사전 일이 끝나면, 한쪽에 그분의 이야기를 사투리로 싣고, 다른 한쪽에 그것을 표준어로 풀어, 말하자면 대역(對譯)의 형식으로 만들어 보겠다는 것이었는데. 이것은 여기 지면의 제약도 있고 해서 약식으로 한 것이다. 표기법은 방언사전에 쓰고 있는 방식을 거의 그대로 따랐는데, 그러다 보니 고조(高調) 표시로 글자 앞에 〈ˊ〉와 같은 악센트 기호를 달았다든가, 받침 'ㆁ'이 약화되어 제대로 받침으로 발음되지 않는 것을 글자 중간에 따로 떼어 표기하는 등 낯선 표기법이 있다. 또 필요한 몇 곳 괄호 속에 주석을 달았을 뿐 전체적인 풀이는 하지 않아 이해하는 데 불편한 점이 있을 것이다.

저 ˊ산꼴애, ˊ여: 같으문 용소(龍淵洞) 같은 ˊ이런 대, 과:부가, ˊ혼저 사:는 ˊ댁내가 ˊ아들 하나하구 ˊ어룹개(가난하게) 살:고 있었아. ˊ

산꼴이니 ′미수워(무수워) ′혼전 못: 사:니 ′옆애 또 재개(自己)와 같은
부:인이 ′아들 ′데리구 사:는데, 둘:이선 나물하러 가두 둘:이 ′가구,
와두 둘:이 ′오구, 둘:이 ′아주 친하개 ′살었단 말이야.

′그런데 인재 ′메누리르 바:야겠는데, ′산꼴애 ′머이 딸으 주는가.
가제(가뜩이나) ′어루니. 그래두 우뗘 저: 처:ㄴ애(處女)가 있다구 ′거:
′가 ′보라구 해, ′용하개루(용케, 운 좋게) ′거: ′정혼했:단 말이야.

′그래 잔차(잔치)보러 가네. ′어루운 기, ′산꼴이니 여:레 갈ㅎ 수
없:고, 함:재비더 함: ′지케 ′가주구 ′걸어서, 신랑이 ′걸어서 ′이래
떡: 가더 ′보니, 저: 꼬ㅇ이(꿩이) 한 마리 ′훌 ′날었더 앉구, ′훌 ′날
었더 앉구 ′이랜단 말이야. ′옆애 가 ′보니, 큰: ′이시미(이무기) 구:
레ㅇ이가, ′요ㅇ(龍)이 될라구 한 ′이시미가 그 ′꼬ㅇㅇ ′노리구 ′
잡어먹을라구, ′노ㅇ올으(용을) 씨니까 ′떨어지고, 또 ′날어가문 ′
노ㅇ올 씨니 ′떨어지구, ′이랜단 말이야.

남 살:라 하는 그 ′잡어 먹을라 ′하니 그 ′머하단 말이야. 가 ′쫓엤
단 말이야. ′그래 구레ㅇ이 ′노ㅇ올애 떨어졌더개, 구레ㅇ이거 사:
람 보느라구 그 ′꼬ㅇㅇ 안 보니 그만 ′꼬ㅇ이 내빼 ′뻬렜단 말이야.

′그래니 이늠어 ′이시미거 "나는 ′사흘으 ′굶었아. ′사흘으 ′굶었
는데 이기 내 밥이야. 내가 이 밥으 먹어야 사:는데, 니:가 ′쫓쳤이
니, 언전 대:신 너:르 먹어야 되겠다."

총각′아:가 "그래, ′먹어라! ′먹어도 좋:다. 좋:은데, 이왕 내가 죽
는데, 내 원:이나 풀어 다:와!"

"니 원:이 ′머이느냐?"

"나, 나:이 사:십으 다: 먹었다. 나:이 ´삼십이 ´넘어 사:십이 들어 갔는데, 낼:이 내 잔차 겔혼식이야. 그래 시방 겔혼식애 가는 질인 데, ´거: 가 겔혼´하고, 첫날밤 ´자구 오는 길에 ´잡어먹어라! 사:십 먹어두 장:개르 못: 갔더개 장:개 갈라 하는데 잡어먹음 되나?"

"꼭 그 약조르 ´지키느냐?"

"그야 약조르 ´지키지."

"낼: 꼭 일루 오느냐?"

꼭 일루 온다구, ´그래 멭 시애 ´오개, 떡: 했:단 말이야.

´그래 가서 겔혼했:네. 가 겔혼하구 ´자구서 아침애 인재 우:귀(于 歸)해서 ´집으루 오는데,

신랑 ´앞애 세 ´오구, 뒤:애 인재 부:인이 가:매(가마) 타구 ´거개르 떡: 왔단 말이야.

´거:르 ´오니, 구레ㅇ이가 "약조했:이니 언전 잡어먹겠다."

"잡어먹어라. 약조대루 해 주:마."

´그래 ´죽개 대 있잖넌(있잖는가)? 심비(新婦)가 뒤:애 오더 ´보니, 가더 말:구 ´멈추구 있단 말이야. ´그래 "왜: 이래느야?" ´이래니 "먼 일:이 생겠다." ´그래 떡: 네레 보니 ´그렇단 말이야. ´그래 ´잡어먹 는다 ´이래거던.

"잡어먹는 근 좋:은데, ´느:찌리(너희끼리) ´그래 ´가주 ´잡어먹는 데 ´난 우떡하느냐? ´잡어먹을람 ´어:재 ´잡어먹었으문 ´난 멀쩡하잖 느냐? 어:재 이 신라ㅇ이 와 ´가주 ´오늘 아침애 ´하눌으 ´보고 ´천상 배(天上拜)르 했:다. ´천상배르 하구 겔혼 약조르 했:는데, 약조대루 ´ 하문 ´난 시집두 못: 가구, 워대 갈 대두 읎:아. 이 사:람이 ´죽으람 ´

죽구, 사:람 사:는데, 이 사:람 ′죽으문 내 ′생명은 누거 ′살고(살려) 주느냐? 나 살: ′도리르 해: 조:야(주어야) 될 기 아니느냐?"

아, 구:레ㅇ이 가마이 생캐 보니 그 ′맞단 말이야. 꿀꺽꿀꺽 하더니 네:모 빤뜻한 ′장기 쪼가리 같은 그 내놓는단 말이야.

"이기문 부:인은 산:다."

"이기 ′머이느냐?"

"이기 여이주(如意珠)라는 긴데, 이기 내가 ′요ㅇ이 될라구 이그 해 ′난:(놓았는)데 ′요ㅇ이 다: ′대 ′가주구 ′머:르 ′잘못 죄:르 ′제: ′가주구 ′요ㅇ이 안 되고 ′이시미거 ′댔:다. 인저는 못; 씨니 이그 ′가주 ′가라."

"그기 ′머이느ㄴ야?"

"이짝으는 쌀 ′나라문 쌀 ′나고, 이짜는 돈: ′나라문 돈: ′나고, 이짜는 옷 ′나라문 옷 ′나고."

네: ′모인데 한 ′모는 안 알코(가르쳐) 준만 말이야.

"그램 이 ′몬 ′머이느냐?"

"그 알: 기 ′머이 있나? 쌀 ′나구, 돈: ′나구, 옷 ′나문 고만이지, 그 ′머 아:느냐?"

"먼 물견(물건)이던지 가지문 ′알어야 ′되지, 아:지 못:하는 글 우떠 ′가주구 있느냐? 씨진 안하더래두 알:긴 ′알어야 될 기 아니냐?"

"이거는 ′머이던지 세:상 ′미운 그, 썩 비:문 죽는다."

"어ㅇ어 그래? ′나는 너빽앤 미:운 기 읎:다."

′썩 비니 이늠어 구:레ㅇ이 ′죽었단 말이야. 구:레ㅇ이 ′죽으니 ′우떡하는가. 가:매 ′미구 오던 하:인덜 ′보구 "야, 인전 이 구:레ㅇ이 ′

모나지 않은 집

죽었이니 ´그양 막 내´삐릴 순 읎:다. ´하니 저 ´양지 바른 대, 좋:은 대, 응:장(永葬) 잘 지내 뫼:르 써 조:라"

그´담: 우:귀해 집애 와 시어머니´한태 ´큰절´하구 조사ㅇ아(祖上)에 ´구고례(舅姑禮)르 ´하구선, ´그래 인재 머 쌀 ´나라 ´하니 쌀이 들어오니 밥했지, 옷 ´나라 하니 옷 나오니 시어머ㅇ이 새옷 해 ´입헜지, 돈: ´나라 ´하니 돈: 나오니, 아, 부:재가 ´댔:단 말이야. 그´담:엔 개:두 ´키우구, 쇠두 ´키우구, 고:예ㅇ이두 ´키우구, 논밭 ´사구, 사:람두 일:꾼´두구 머심 ´두구 좀: 좋:는가.

´할루(하루) 두: 내:우(內外)가 볼일보러 갔는데, 그 둘:이 댕기민 나물하구 댕기던 그 할미가 그 친구 집애, ´하: ´오래구, 부:재(富者)가 ´댔:다 ´이래니 한번 왔단 말이야. ´오니 아무두 읎:구 그 할머ㅇ이 ´혼저 있거던.

"자낸 우떠 ´메누리르 그러 바: ´가주, ´메누리 ´보구 그러 부:재가 ´되구. 하이그, ´부릅과(부럽네)."

´그래 그 얘:기 다: 했:단 말이야. 저 쌀독애 그기 있는 기, 쌀 나라 하문 쌀 나오구, 돈: 나라 하문 돈 나온다 이기야. ´그래 인재 그 할미가 갈라 ´하니, 쌀으 ´한 말 끄내서 주네. 읎:는 옛날이니 쌀 ´한 말이문 어엽지(대단하지).

"아:이, 여보개, 이글 내가 ´가주 갈람 애:르 먹잔가. 저: 쌀독애 있는 그 네:모 빤뜻한 그그 ´주문, ´가주 가서 집애 가서 쌀 나라 해, 쌀이 한 말 나오문, 갖더 ´주문 될 기 아닌가."

가마이 생:카니 ´그렇단 말이야. ´그래 그래라구 졌:단 말이야.

그래 ′가주 가서, 쌀 나라 하니 쌀 나오지, 돈: 나라 하니 돈: 나오지, 이그 가지문 아:무대 가두 되겠단 말이야. "예:끼 ′빌어먹을! 이그 갖더 줄 기 읎:다. ′가자!" 온: 소:솔이 그만 싸′짊어′지구 ′밤:애 야:반′도주해 내뺐:네, ′집으 ′비워 ′놓구. 그그만 가지문, 아:무대 가두 돈: 있지, 쌀 있지, 옷 있지 머머머, ′그양 내뺐:네.

그′담:애 ′아들 내우가 돌아와 이그 아침애 ′가주 오나 ′하니, 하루 가두 안′가주 와, ′이틀 가두 안 가주 와, ′한 달 가두 안: ′가주 와. 그기 읎:이니 그′담:앤 밥으 ′굶을 지겡일쎄그래. 이늠어(이놈의) 고:예이가 애옹애옹 밥 달:라구, 개:두 컹컹 밥 달:라구, 밥 달:라는 ′천질쎄.

′그래 그 죈:(主人)이, 그 새닥내가 고:예ㅇ이하구 개:하구 ′보구 말:하기르 "야, 아:무 ′집애 그 할미가 그글 ′가주 도망질쳤다. ′하니 ′느:(너희)가 가서 그 네:모 빤뜻한 그긋만 찾어′오문 ′느:두 밥 잘 먹구 우리두 잘 먹구 부:재가 될 기 아니나?. ′그래니 그그 가 찾어오문 좋:다."

이늠어 개:하구 고:예ㅇ이하구 ′이논해 ′보니, 그그 가 한번 찾어 볼 수 있단 말이야. 개:는 냄:새르 ′맡으니까 요늠이 ′워대루 갔다는 그 안:단 말이야. ′그래 그 개:가 냄:새르 ′맡구 ′가니, 고예ㅇ이가 뒤:애 ′따러′가네.

가더 ′보니, 큰 가ㅇ:(江)이 있는데 그 할미가 그 가ㅇ:아 ′근내갔단 말이야. ′그때 가ㅇ아′근내갈 때는 ′거:(거기에) 배가 있어 ′가주 ′근내댕겠는데, 이패덜이 ′근내가 ′가주군 사:람이 ′옴 안 되겠이니

배르 욹애 뻬렀네. ´근내갈 수 있는가.

개:는 헴:으(헤엄을) 해 ´근내가는데 고:예ㅇ이는 헴:으 못한단 말이야.

"너는 헴: ´하니 ´근내가지만, ´난 헴: 못:하니 못: 가."

"내 ´등애 업헤라!"

´그래 고:예ㅇ이 ´업구설라무네 그 가ㅇ:아 ´근내 ´갔네.

이늠어 대가 쥐:국(國)이란 말이야. 쥐:국. 쥐가 많:은 대, 쥐가 사:는 대란 말이야. 배가 고푼데 ´근내가 ´보니 쥐가 ´버글´버글하니 이늠어 고:예ㅇ이가 ´네:기 쥐르 ´잡어먹네. 고:예ㅇ이 쥐 잡어먹음 살:지 머. 개:두 쥐르 먹거던. ´그래 고예ㅇ이가 쥐르 ´잡어 ´노:문 개:하구 둘:이 ´먹구, 아 ´그래니 아, 이늠어 쥐덜이 어엾단(기가 차단) 말이야.

"저늠어 ´새끼덜, ´느:(너희) ´면: 늠어 ´새끼덜이 와 ´가주구 우리르 못: 살개 하느냐? 이늠어 ´새끼덜 우리 대:장이 ´오문 가만 두나 바:라."

쥐 대:장이라는 기 큰 개:만 한 그, ´데루왔단 말이야. 이늠어 고:예ㅇ이가 ´네:미 가 덮치미 모각지르 끊으니 ´죽었네. 대:장이 ´죽어 ´노:니 해 볼 ´재주 있는가?

"그래 ´느: ´멋: 때민에 ´여: 와 가주구 우리르 못: 살게 하느냐?"

´거게거 너린 ´버덩(벌판)인데 그 할미가 가서 ´개척하구설라무네 ´집으 크개 짓:구, ´으레 그 네모 빤뜻한 그 쌀독에 ´느:니, 쌀독애 ´넜:일(넣었을)기라. ´그래 고예ㅇ이하구 개:하구 말하기르 "저: 저 집

쌀독 ′안애 ′요런 네모 빤뜻한 기 있다. 그글 갖더 ′주멘은, 그글 가 찾어′오문은 우린 ′오늘이래두 간다."

이늠덜이 글루 가서 조사르 하니 ′우: ′꼭 ′덮어 ′노:니 우떠 할 수 인(있나)? 그래두 아침 열애 가 쌀으 내오구 ′이래니 우떠 삐꿈이 쬐 끔 열렜단 말이야. 여러 늠이 가 내 밀:구설라무네 끄내 왔던 말이 야.

"이기느냐?"

"아′, ′맞다. 언전 우린 ′가니까, ′는:(너희는) ′느:대루 잘 ′살어라."

′그래 ′가주구 떡 물ㅅ가 갔단 말이야. ′뭍에선 서룸 ′이래 ′가주 ′ 왔는데, ′물에 ′오니 개:는 헤:야 ′되구 고예ㅇ이는 업헤야 ′되니, 이 그 가주 ′오기 ′어룹잖나.

개:가 있더 "아이, ′너는 주데ㅇ이거 즉:으니 이그 물:구 가문 ′떨 구기 쉬우니 내가 물:구 간다."

"야, ′너는 컹컹컹 ′짖이문 춤꺼정 나오잖나? ′나는 애옹 ′하문, 나갔던 숨꺼정 마커 속:으루 들어가. 속:으루 들어가야 ′되지, 컹컹 나오문 냇물애 빠지지 벨기 있느냐?"

′그래 고:예ㅇ이가 물:구 오개 뎄:단 말이야 ′그래 고:예이 물:구 업헸거던.

′근내오는데 이늠어 개:가 ′오민서 궁금하단 말이야.

"물었나?"

대:답으 안 하니,

"대:답해야지. 대답 안하문 물에 빠쥔다."

모나지 않은 집

빠쥐문 헴: 못하는 기 ′물에 빠저 ′죽지 우떠하나. ′그래

" ′물었다"

"′물었나?"

" ′물었다"

마주 ′거진 오는데 " ′물었나?" ′하니 " ′물었다" ′이래더, 말:하더개 ′물애 펑덩 빠젔네. 물애 빠지니 ′잀에 뻬렜지 우떡하는가?

′뭍애 나와 ′쌈:하네.

"이늠어 ′새끼 내가 물:구 온다니"

" ′니: 왜 ′물었냐구 ′물으니 대:답하느라구 빠젔지. 니:가 물:잖으문 내가 대:답하잖음 ′그양 오는데, 니:가 ′잘못했:지, 머 내가 ′잘못했나?

둘:이 ′쌈:하나 약이 읎:단 말이야. 개:는 출출 눈물으 ′흘리민 ′집으루 갔단 말이야. 아, 고:예ㅇ이는 그 ′따러올라니 ′따러올 수 있는가. 아, 그 미얀하잖가. ′물었더개 빠줬:이니까.

보니 그 ′옆애 ′땀띠(잔디) ′버더ㅇ(벌판)이 이렇개 있는데, 갈(참나무) 포기가 크:단 기 하나 있는데, ′거개 숨으니 ′거: 머 있는지 ′모린단 말이야. ′그래 ′거: ′웅달이니 씨원하니 ′거:서 ′빌어먹을 한잠 잔다.

자는데 ′머이 저벅저벅 ′소리 나 ′보니, ′머이 ′샛갓으(삿갓을) 하나 떡 해 ′들고 낚싯대르 ′들고, 낚시하러 온단 말이야. 오더니 ′즈: ′근내오던 ′거: 오더니, ′거: 떡 갖더 ′샛갓 ′놓고 낚싯대르 해: 가주 떡: ′이래:구 있네.

이늠어 고:예ㅇ이 "아, 저늠어 ′고기 ′낚음 배고푼데 인저는 ′고기르 훔처 먹어야겠다."

′거개 인재 눈이 빠저라 하구 있는데 "아, 저 하나 ′물었다. 월척이로구나. 아이, 큰 늠이 ′물었다."

′잡어′댕기네. ′잡어′댕기니, 낚싯줄이 ′툭 ′끊어지민 ′획 하니 고:예ㅇ이 ′앞애, ′여:(여기에) ′뚝 ′떨어지네. 고:예ㅇ이 ′여: 숨었는데 ′여: 와 ′뚝 ′떨어저. ′고기르 물:구 네:미 내뺐네.

"아, 이늠!" ′소리 지르구 ′쫓처 ′가니, 산비얄(산비탈)루 막 내빼니 사:람이 갈 수 인? "아, 그그참, 그늠어 고:예ㅇ이 ′거 있는 줄 몰렀네."

′고기 물:구 등가ㅇ아(등성이) 가서 고기 먹더 ′보니, 야 그 ′안애 네모 뻔뜻한 기 ′들어 앉었단 말이야.

"야, 이기 있구나!"

배는 ′불렀지, 아, 그기 있지. ′입애 물:구, 좋:아라 ′하구 밤새 집으로 가네.

개는 아침쩔에 왔이니 지약 때 ′집에 왔고, 이그는 증:슴 ′먹구 떠나니 밤ㅅ중 ′대: 왔단 말이야. ′오니 불끄구 마커(모두) ′자지. ′그래 문백애 와 애옹 ′하니 "아이, 우리 고:예ㅇ이 인재 왔다" 나가 ′보니, 아 그그 ′가주 왔단 말이야. 이기 머, 쌀 나라 하니 쌀 나오지, 돈: 나라 하니 돈: 나오지 ′댔:단 말이야

′그래 아침애 밥으 많:이 해 ′가주 고예ㅇ이하구 개:하구 ′주구선

모나지 않은 집

쥔:이 말:하기르

 "야, 개:′너는 같이 갔더개′공은 있지′마는 못:′가주 왔다. 못:′
가주 왔이니, ′너는 벅:(부엌)애서 밥′먹고, 뜨럭애 와, 문앞애 와서
도독(도둑)′지케라!"

 "고:예ㅇ이′너는 애:중′밤에 와두 그그 찾어′가주 왔이니, ′너는
구둘(안방)에서 밥′먹고, 잘 저(적에)′이불 밑애 잠자고, ′어대던지
네′맘대루 댕게라!"

 고예ㅇ이는 온: 사:방 고간이구′머이구 고:예ㅇ이 못; 가는 댄
읎:단 말이야.

 ′그래 개:가 고:예ㅇ이′보구 "요늠어′새끼!"

 고:예ㅇ이는 "야, 니:가 왜: 먼저 오나? 같이 왔이문 될 틴데."

 ′그래 시방꺼정두(아직까지도) 고:예ㅇ이하구 개:하구′만내문 컹
컹, 애웅애웅′그랜다구.

김
경
동

배롱나무와 나, 그리고 아파트

배롱나무와 나, 그리고 아파트

  우리가 사는 아파트 호수는 101동 101호다. 그러니까 단지 내 첫 번째 건물(101동) 1층의 맨 끄트머리(101호) 주거 공간이다. 적어도 3면은 몇 가지 나무와 화초를 심어 정원이라고 꾸며 놓은 약간의 공간이 있어서 우리와 조건이 같은 반대편 끝 집을 빼면 이 단지에서는 가장 넓게 자연으로 둘러싸인 환경이라는 점이 특색이다. 나머지 호수는 앞과 뒤에만 바깥 공간에 땅이 있다. 더구나 1층을 고집한 것도 동남향으로 난 거실 베란다 유리문을 열고 층계를 타고 내려가면 바로 뜰이고 그 층계에는 여름철 채소로 토마토, 고추, 상추 따위를 화분에라도 심어서 신선한 유기농 먹거리를 즐길 수 있다는 장점은 있는 셈이다. 게다가 요즘 새로 짓는 단지에 비하면 좀 촌스럽고 낡은 디자인이긴 해도 여러 가지 수목과 화초를 갖춘다고 한 자연의 공간이 바로 우리 문 앞에 있다는 건 도시의 주거지로서는 나쁘지 않은 특징이라 할 것이다.

딱히 내가 좋아하는 종목은 아니지만 그런대로 단지 내에는 일반 수목으로 좀 빈약해 보이긴 해도 쭉쭉 뻗은 소나무 곁에 뜸뜸이 나즈막한 전나무, 그 아래로 회양목군이 자리하고 있다. 게다가 유실수 감나무도 간간이 끼어 있어서 가을이면 단지 식구들에게 몇 개씩 단감의 맛을 보는 기회가 돌아오기도 한다. 물론 화초도 내가 보기에는 좀 지나치게 사치스럽다 싶은 새빨간 장미 넝쿨이 담장 위를 장식하는 데다, 담장 아래로는 연한 분홍색이라 썩 맘에 들진 않지만 철쭉군이 여기저기 공간을 차지하고 있다. 아파트 벽 쪽으로는 웬 하얀색 무궁화를 잔뜩 꽂아 놓은 듯 심어서 별로 달갑지 않지만, 그나마 벚꽃나무와 배롱나무 여러 그루가 심심찮은 간격으로 단지를 둘러싸는 맛은 그런대로 볼만하다. 그중에도 내가 가장 좋아하는 배롱나무는 바로 우리 아파트 뒤에 두 그루와 옆쪽으로 담장의 코너에 한 그루가 있어 위안이 된다.

다만 내가 굳이 배롱나무를 주제로 글을 쓰게 된 데는 이유가 따로 있다. 나는 솔직히 어릴 때부터 화초, 꽃 이런 화훼 식물에 별로 관심이 없이 지냈다. 그러다가 가족을 꾸리고 나서 아내가 꽃과 실내 수목을 워낙 좋아하는 편이라 거기에 맞춰 생일이나 기념일에 꽃 선물 하는 일에 재미를 들인 것 말고는 특별한 취미의 대상은 아니었다. 그래서 우리 숙맥 동인들과 만났을 때 야생화의 달인들과 어울리게 된 것이 특별한 경험으로 꽃과 잠시 접하게 된 것은 행운이다. 아쉽게도 일찍 고인이 되신 남정(南汀) 김창진 선배, 우계(友溪) 이상옥 형, 모산(茅山) 이익섭 형, 백초(白初) 김명렬 형 모두가 야생화 애호가라는 걸 알게 되었지만 그분들의 그 고매하고 심미적인

모나지 않은 집

취향을 함께 누릴 만큼 마음의 여유를 즐기지도 못하고 오늘에 이르렀다. 특별히 남정 선배가 야생화 사진을 두고 그 특유의 반복형 문장으로 주옥 같은 시를 읊으신 걸 보고는 그저 감탄해 마지않을 따름이었다. 그러한 터에 내가 이 나이에 어쩌다 한 특정한 꽃나무인 배롱나무와 정겨운 마음의 친구가 되었다니 참으로 신기하리만큼 우연이긴 하지만 바로 그 배롱나무에서 나 자신을 발견했던 게 나로서도 믿기지 않은 일이 되었다.

이 사연은 따지고 들자면 나의 특이한 주거 철학에서 연유한다는 게 중요하다. 나는 집, 즉 거주하는 양택(陽宅)으로서는 아파트가 여러모로 부적절하다고 생각한다. 근대화를 하면서 대량의 주택을 공급하려는 경제제일주의 정책이 낳은 병폐 중에 하나가 바로 아파트 단지다. 지난 1970-80년대의 개발업자와 이들과 결탁하여 이권을 챙긴 정치인, 관료 집단이 주민의 편의성과 재테크에 의한 일확천금의 기회를 내세워 터무니없는 땅값과 집값에도 불구하고 사람들이 아파트 생활을 천하제일의 주거 유형으로 선호하게끔 유혹한 것은 우리의 근대화 역사에서 가장 저급한 정책 행위에 해당한다고 해야 한다. 워낙 토지가 부족한 우리나라에서는 대규모 주택단지만큼 효율적인 처사가 어디 있느냐고 항변하며 정당화하려 하겠지만 나는 내 말을 주워담을 생각이 없다.

무엇보다도 우선, 인간이 거대한 시멘트 콘크리트의 덩어리 속에 갇혀 살게 된 것이 무어가 그리도 좋단 말인지를 물어야 한다. 사람이 살 집을 짓는 데 쓰는 자재 자체가 친인간적이어야 하고 친환경적이어야 함은 의문의 여지가 없다. 그것을 무시하고 콘크리트 건물 속에 인간을 가두어 버린 것은 크게 성찰해야 할 일일뿐더러 이런 과오는 미래에는 결단코 용인할 수 없는 반인간적 처사다. 인간의 생태 환경에는 이미 나무와 흙과 돌 같은 자연의 자료가 흔한 데다 요즘의 첨단기술로 새로이 개발하는 친환경 자재도 얼마든지 이용 가능함에도 불구하고 대량 생산이 가능한 시멘트나 철근 등 근대화의 산물을 저렴하게 마련할 수 있다는 순전히 경제적 효율성만을 따져서 시민의 삶의 터전을 제공하는 안목은 반드시 시정해야 한다. 그리고 더 큰 문제는 미래에 있다. 그처럼 거대한 콘크리트 건축물이 언젠가는 낡고 부식하고 건강에도 불리한 상태로 변질하게 마련이다. 지금도 20년 30년을 기한으로 낡은 아파트 건물의 수명을 정하고 안전 점검을 하는 제도를 운영하고 있거니와 그 기간이 지나면 소위 재건축이라는 사업으로 돌입한다. 이때 엄청난 건설 폐기물이 발생하게 되어 있다. 바로 이 쓰레기 처리가 앞날의 인류가 짊어져야 할 근원적인 과제로 반드시 떠오를 것이 명약관화하다. 이 문제 자체만 해도 긴 논문을 써야겠기에 이 정도로 끝내지만, 이는 미래 세대에게 안겨 주어야 할 무서운 짐이라는 사실만이라도 심각하게 받아들여야 할 일이다.

더구나 대단지 아파트라는 괴물은 인간관계와 사회적 상호작용의 성격을 왜곡시키고 공동체적인 삶의 기회를 앗아가는 데 큰 몫을 하고 있다. 구태여 농경 문명 시대의 오순도순 정겹고 끈끈한 촌락 공동체로 회귀하는 것만이 능사라는 엉뚱한 생각을 주창하자는 게 아니다. 그러나 이 둘을 대조할 만한 이유는 얼마든지 있다. 산업혁명이 초래한 공업문화(industrialism)와 이에 밀접하게 수반하

모나지 않은 집

여 전개한 도시화의 산물인 도시문화(urbanism)는 공동체주의적인 (communitarian) 사회 조직 원리와는 사뭇 다르다는 말이다. 그 차이를 개관하면 아래와 같은 특징으로 집약할 수 있다.

도시화가 자아낸 도시문화(Urbanism)는 우선 대규모 인구 집중으로 많은 사람이 살게 되어 한정적인 공간에 인구 밀도가 높아서 답답하다. 공간이라는 맥락에서 여백의 즐거움이 줄어들 수밖에 없다. 직업이나 문화의 이질성이 큰 데다 활동의 종류도 많아져서 분화의 정도가 높을수록 상호 의존성도 증대한다. 과거에는 각자 하는 일만으로 일상의 중요한 목적은 이룰 수 있었지만 이제는 남이 하는 일에서 생산하는 재화와 서비스가 아니면 살기가 불편해지므로 서로 의지하지 않을 수 없다. 사람이 많아지니까 신체 접촉 같은 것도 많아지지만 실지로 만나서 아는 사람은 제한적이고 서로 이름도 모르는 익명성에다 쪼개진 역할로만 상호 인지하는 한계가 있고 그로 인하여 타인의 내면에 관해 알기도 어려워진다. 따라서 감성적이고 정서적인 유대가 결여하는 대신, 경쟁과 자기 이익 추구, 상호 착취의 정신이 지배하게 된다. 사무적이고 비인격적인 인간관계는 대체로 일시적이므로 관계의 영구성이 부족하다. 가족과 친족 집단의 영향력도 점차 약화 일로에 있고 익명성 탓에 사회규범도 해이해져서 공식적 사회통제로만 일탈을 규제하는 사례가 더 많아진다. 인간적으로 성품의 순수성을 상실하기 쉽고 이악해지면서(sophisticated) 타인에 무관심해지고(indifference, apathy), 따라서 범죄, 비행, 자살, 부패, 퇴폐, 정신적 도착과 같은 현상이 빈번해지기도 한다.

이와 같은 공업화에 기인한 도시 문화의 여파로 사회적 구조와 인간관계 및 정신세계의 변동도 관찰할 수 있다. 일반적으로 원자화한 사회조직으로 말미암아 사회적 이견과 불합의가 비등하여, 마찰과 갈등이 빈번해진다. 그리고 사회의 근간인 가족의 변질이 현저해진다. 핵가족화, 부부중심가족 증가, 정상적인 가족주의 쇠퇴로 비정상 가족(이혼에 의한 불완전 가족, 재혼에 의한 성 다른 자녀 가족, 조손 가족, 소년소녀가장 가족, 1인 가구 등)이 증가하는 현상이 발생하고 있다. 나아가, 전반적으로 인간관계의 유형과 성격이 다음과 같은 방향으로 이행하는 추세가 두드러진다.

아는 사이에서 모르는 사이로, 친근한 사이에서 소원한 사이로, 목적적(표출적, expressive)인 사이에서 사무적 상호작용(관계)으로, 정서적 관계에서 이해 관계로, 영속적인 관계에서 일시적인 관계로, 내집단(in-group, we-group)의 신뢰 관계에서 외집단(out-group, they-group)의 배타적 관계로, 헌신 몰입하는 관계에서 제한적인 관심의 관계로, 집합주의에서 개인주의로, 협동적인 관계에서 경쟁적인 관계나 비자발적인(involuntary) 협동으로, 진실한 관계에서 "진정성 없는(inauthentic)" 관계로 전환하고 있다.

그뿐 아니라, 인간의 심성과 가치관의 성격에도 변화가 일어난다. 자본주의 흉내를 내다 보면 황금 만능, 황금 숭배에다, 화폐가 인간가치의 교환가치 척도가 되어 "돈 많은 부모 만나는 것도 실력이다!"라는 속설까지 나왔다. 점차 노골적으로 번져 가는 육신적, 선정적 쾌락, 찰나의 쾌락, 각종 중독, 심지어 게임 중독까지 온갖 형태의 쾌락주의가 삶의 중심으로 옮아와 있다. 욕구 조절 불가, 열망 수준 지속 상승, 이에 미치지 않는 현실과 괴리, 상대적 박탈감 등으로 불만과 분노는 비등하고 이로 인한 갈등과 자해가 빈번해진다. 이 같은 불안을 해소하려는 수단으로 정교한 유흥 여가문화, 구경꾼 문화가 번성하고 일과 여가를 구분하는 분절문화를 자아낸다. 인간관계에서도 이미 앞에서 지적했지만, 극단적 자기중심성 개인주의로 말미암아 타인의식 결여, 자아의식 왜곡, 타자지향성과 같은 자아정체의 혼란이 결과한다. 인간의 내면 생활에서도 세속주의, 영혼의 황폐, 갈 곳 없이 집 잃은 영혼(homeless mind)의 문제는 우울증, 자살, 묻지 마 범죄 등의 이상한 반사회적 현상을 초래하고 효율성, 실용성 추구를 하다 보면 인간가치의 객관화, 간접화, 의사물상화(擬似物象化, reification)가 일어난다. 이 모두가 실은 상당한 정도는 졸업장과 출세 목표의 교육으로 교육 가치의 왜곡이 일어나면서 교육 낭만주의가 실종하고 사회 도덕 인성 교육과 창의 판단력 교육이 실종하는 사태가 벌어진 탓도 있다.

좀 장황해졌으니 이쯤에서 각설하고, 이런 사회적 변동의 와중에 아파트형 대단지 주거는 사생활 보호란 미명으로 인간이 스스로를 누에고치처럼 고립시키는 사회적 은둔(cocooning) 현상을 초래하여 고독한 사람들의 천국으로 둔갑시키기도 하였다. 이웃이라는 개념도 사라지다시피 했고 그 화려하게 장식해 놓은 대단지 아파트의 대형 정원은 대낮부터 사람 그림자조차 찾아볼 수 없는 일개 장식품으로 전락한 지도 오래되었다. 솔직히 나는 지금 사는 아파트라는 데서 벌써 10년을 넘게 살고 있지만 바로 옆에 약 1미터 정도의 간격으로 현관문을 끼고 있는 102호 아파트에 사는 사람들의 얼굴도, 이름도, 직업도, 식구 수도, 실로 아무 것도 모르고 살고 있다는 것조차 한심하다든가 정상이 아니란 생각마저 하지 않으며 지낸다.

그래서 잠시 지난날을 회고하면서 위로도 받는다. 여기 이사 오기 전에는 둘째 녀석의 학업을 위해 신림동에서 명륜동 빌라로 세를 들어 이사를 했다가 다시 과천의 주암동의 전세 빌라로 옮겨 잠시 산 뒤에야 지금의 아파트로 정착을 했는데 그전에 살던 신림동 집은 단독이었다. 서울대학교 관악 캠퍼스의 정문 앞 오른편 언덕 위에 집을 지어 살았는데, 지금은 고인이 되었지만 서초동 예술의전당을 설계한 김석철 씨가 지어 준 집이었다. 아이보리 빛깔로 외벽을 칠했기 때문에 언덕 아래 도림천을 끼고 관악 캠퍼스로 왕래를 하다 언덕 방면을 쳐다보면 눈에 확 띄었으므로 아는 사람들은 우리더러 '언덕 위의 하얀 집'에 산다고 부러워하기도 한 곳이다.

그 집은 꽤 넓은 터에 건축했기 때문에 마당이 넉넉했고 거기에 우리는 정원사에게 의뢰하여 정식으로 꾸미려고 하였다. 마침 아내의 외당이모께서 평창동에 식물원을 운영하셨던 터라 거기에서 우리가 선호하는 식물을 골라 저렴하게 구매하여 정원을 꾸렸다. 먼저 유실수로 감나무와 대추나무를 남향으로 난 길 쪽에다 심었더니 대추나무에는 지나가던 이웃들이 슬그머니 따 가기도 할 정도로 대추가 풍성하게 열렸다. 건물 가까이에는 모과나무를 심었는데, 어머니께서 김장하고 남은 동태머리와 내장 등을 묻어 두신 덕분에 한 해에 50여 개의 모과를 수확할 수 있었고, 하여 우리가 속했던 학과의 동료 교수 분들과 나누기도 하는 즐거움을 누렸다. 역시 안방 앞 창가에는 자목련과 라일락이 아름다운 자태와 은은한 향기를 자랑하게 했고, 옆집을 가리기 위해서는 키가 크고 잎이 넓은 활

모나지 않은 집

엽수를 심었다. 그리고 주차장 꼭대기에 작은 정원을 꾸며 이모님의 선물로 받은 유서 깊은 향나무 한 그루를 대문에서 현관으로 가는 통로 위에 긴 가지를 늘어뜨리는 운치를 살릴 수 있게 설계하였다. 그런 경험을 떠올리다 보니 지금의 아파트 공간은 마당도 정원도 아니라는 편견을 떨칠 수 없게 된 것이다.

그보다 앞서 우리는 또 한 번 집을 지어 산 적이 있는데, 미국에서 처음으로 교편을 잡게 되어 이주한 노스캐롤라이나(North Carolina) 주 수도인 롤리(Raleigh) 시에서 있었던 일이다. 그때는 아내가 첫 아기를 잉태하고 있었기 때문에 우선 학교 근방의 아파트를 물색하되 1층에 세를 들어야 했다. 아담한 2층짜리 건물이어서 1층에 입주한 것까지는 좋았는데, 여기에 문제가 있었다. 미국의 대학 근처 아파트란 주로 학생 상대로 지은 터라 방음 같은 데 별로 주의하지 않은 허술한 건물이어서 밤낮으로 2층의 온갖 소음을 견디며 살아야 했던 것이다. 하루는 주말 저녁이라 2층 학생이 친구들을 끌어모아 파티를 열었기 때문에 쾅쾅 울리는 대형 스피커 음악 소리에다 춤추고 노는 발자국 소리까지 너무도 요란해서 가뜩이나 신경이 예민한 상태의 아내가 고통스러워하므로 결국 경찰에 신고하기까지 하는 해프닝도 경험하였다. 이런 난리를 겪으면서 우리는 단독 주택으로 옮겨 살기로 마음 먹었다. 부동산 중개업자의 소개로 몇 군데를 둘러보다가 발견한 사실이 미국은 땅값이 쌀 뿐 아니라 건축비도 총액의 5%만 계약금으로 내고 나머지는 장기 주택담보 대출(mortgage)로 충당할 수 있다는 점이었고 이게 우리의 입맛을 돋구었다. 마침내 롤리 교외의 작은 마을에서 아주 마음에 드는 토지를 찾아내었다.

이 땅은 넓이가 2분의 1에이커(acre), 즉 약 6백 평이었고, 길에서 먼 쪽으로 절반은 키가 하늘을 찌르는 듯 자란 소나무와 오동나무 등 울창한 수목으로 가득한 숲이었다. 그 뒤뜰은 그대로 자연으로 남겨 둔 채 집 지을 터만 도려내고 그 나머지 절반은 빈 터로 남겨 잔디를 깔았다. 탁 트인 넓디넓은 앞마당이 너무도 시원스러워서 굳이 정원수 등을 심을 필요가 없었다. 대신에 그 넓이 탓에 동력으로 운전하는 잔디깎이 기계에다 어린 여식까지 태우고 잔디를 깎아야 할 정도였다. 거기서 5년을 살다가 갑작스러운 은사님의 부름을 받고 귀국한 뒤에 신림동 산중턱에 새집을 마련하고서는 정원을 정성스레 꾸미고 가꾸며 살았던 역사를 뒤로하고 오늘의 아파트 생활을 이어가고 있는 것이다. 그런 나에게 정말 따뜻하고 정겨운 친구처럼 다가온 것은 사람이 아니라 배롱나무라는 식물이었다는 게 자신도 믿기지 않는다.

사실 나는 그 많은 화초 중에서 배롱나무 꽃이 유독 마음에 들었다. 다른 꽃은 별로 특별한 관심을 두지 않아서 이렇다 저렇다 평가할 지식도 갖추지 않았지만, 백일홍이라 부르는 이 꽃은 참 은근히 주목을 끌었다. 그래서 어느 날 우리는 거의 우리 식구만 즐길 수 있는 거실 창문 앞 공간에 내가 좋아하는 꽃나무나 한 그루 심어야겠다는 생각을 하게 되었다. 어차피 현재 심어 놓은 정원수나 화초는 그냥 그럭저럭이라 여기기 때문에 양재동 꽃 시장을 방문해서 마침 묘목같이 초라하고 키도 내 키보다는 좀 낮게 자란 높이의 보잘것없는 한 그루를 가져다 심었다. 원래 배롱나무는 줄기에 여느 나무처럼 두껍고 거친 껍질이 잘 보이지 않는 게 특징이다. 오래된

　　　　　　　　　　　　　　　　　　　모나지 않은 집

나무는 줄기가 약간 불그스레한 갈색이지만 얇은 조각으로 떨어져 나가면서 껍질이 반질반질한 옅은 카키색 표면만 남기기 일쑤다. 그래서 그 맨들맨들한 피부를 건드리면 간지럼을 타서 잎새가 흔들린다는 속설에서 '간지럼 나무' 혹은 파양수(怕瀁樹)라는 별명이 나왔다고도 한다. 심지어 일본에서는 원숭이도 미끄러져 떨어질 만큼 매끈하다고 '원숭이 미끄럼 나무'라는 이름을 붙였을 정도다.

여하간, 내가 심은 배롱나무는 굵기래야 둘레 한 뼘 될까 말까 왜소한 녀석이 가지도 몇 가닥 되지 않은 모습이라 꽃이나 제대로 피울까 적이 못 미더워하게 만든 채 우리 아파트 창문 앞 거실에서 바로 눈에 띄는 공간에 터를 잡았다. 한두 해는 신통찮게 꽃도 잘 피지 않더니 퇴비도 넉넉히 주고 겨울이면 짚으로 따뜻하게 옷을 입히며 정성을 쏟아 준 덕분인지 지난여름에는 놀라운 변신을 보여 주었다. 어쩌면 그토록 풍성하게 가지는 뻗어 줄기마다 보송보송 꽃봉오리 송이송이 수십 개씩 피우며 올 여름 한철을 마치 백 날이라도 필 기세로 아름다운 자태를 뽐내고 있었다. 그토록 초라해 보이던 백일홍 한 그루로 아파트 앞마당이 한 그득 풍성해졌다. 나는 거의 매일 아침 눈만 뜨면 그 꽃과 만나기 위해 거실 앞 마당 쪽으로 눈을 돌린다.

그러던 어느 날인가 그렇게 창문 밖으로 시선이 가는 순간, 그 가녀린 줄기에서 기대 이상으로 풍부하게 뻗어나간 가지마다 묵직하게 매어 달린 꽃송이들이 초가을 바람에 살랑살랑 흔들리며 발그스레 어여쁜 미소와 함께 나를 향해 손짓하듯, 얘기하자는 자태와 만난 것이다. 너무나 반갑고 신기해서 나도 몰래 손을 흔들어 주며 "안

녕. 반갑다, 백일홍아" 하며 화답을 했다. 아내도 마침 그때 내 곁으로 다가와 "아, 저 백일홍 꽃들이 '우리랑 놀아요' 하고 손짓하며 부르네요" 하기에 서로 마주 보고 함빡 웃음을 터뜨렸다. 가슴에서 솟아오르는 동심으로 힐링이 마냥 즐거웠다. 그렇게 우리는 한여름 그 무더위 속에서도 꽃과 대화를 나누며 더운 줄 모르고 지냈다.

이 배롱나무 꽃을 좋아하는 이유는 무엇보다도 그 꽃의 색깔이다. 원산지인 중국에서 우리나라에 건너왔을 때는 당나라 장안의 자미성이라는 지역에서 융성하던 초목이라 '자미화(紫微花)'라는 이름으로 알려졌다고 하는데, 글자로 보면 보라색이지만 흰 꽃과 붉은 빛깔의 꽃도 있다는 것이다. 나는 아직 보라색 백일홍을 본 적이 없고 어쩌다 흰 꽃을 보긴 했지만, 솔직이 별반 매력을 느끼지 못했다. 역시 백일홍은 뭐니뭐니 해도 붉은색이 최고다. 그렇다고 그 적색이 흑장미처럼 아예 너무 짙어서 질리게 하는 색도 아니고 밋밋한 분홍색도 아니라 어쩌면 그렇게도 적당하게 붉으면서도 은은한 향내가 나는 색깔을 띨 수 있을까 의심할 정도로 백일홍 꽃 색은 정말 정겨운 붉은 빛깔인 게 다행스럽다.

게다가 꽃잎의 외양도 화려함을 자랑하는 모란이나 작약류의 화초마냥 큼직한 자태를 한껏 드러내는 모습도 아니다. 마치 서양의 기독교 화가들이 흔히 표현하는 기도하는 소녀의 다소곳이 모아 쥔 두 손의 모양을 연상케 하는 통통한 원뿔 모양새라 보는 이의 마음을 경건하게도 한다. 꽃잎의 구성도 독특하다. 대다수 화초는 한 줄기에 한 송이의 꽃이 달리지만 백일홍은 줄기마다 여러 개의 콩알만한 꽃봉오리가 매어 달려서 바로 그 기도하는 손의 모양새를 이

룬다. 각각의 꽃송이 자체는 6–7장으로 갈라져 있으면서도 서로 다정하게 모여서 오글쪼글 주름이 잡힌 형태다. 여름 꽃이어서 그 한여름 이글거리는 태양도 그 주름을 펴주지 못한다는 것이다. 그래서 전문가의 말로는 바로 이 주름 꽃잎이야말로 배롱나무만의 특허품에 해당한다고 한다.

그리고 오래 버틴다고 후일 백일홍이라는 별명을 얻었듯이, 꾸준히 꽃이 피는 비밀도 특이하다. 다른 꽃들은 한 번 피면 수삼일이 길다 하고 이내 색깔도 모양도 흉물스레 변한 뒤 여지없이 땅바닥으로 추락하는 데 비해, 꽃 모양이나 색깔이 하나도 변함없이 한여름 석 달 이상을 버티는 것은 다름이 아니다. 위로 비스듬히 자란 가지 끝마다 원뿔 모양의 꽃대를 뻗으면 거기에 콩알 크기만 한 동그란 꽃봉오리가 줄줄이 매달려 얌전히 차례를 기다리고 있다가 아래서부터 하나씩 하나씩 꽃봉오리가 벌어지면서 꽃이 피어 올라가기 때문에 한 줄기 꽃대에 온전히 꽃을 피우는 데 몇 달이 걸린다는 말이다.

하여간 다시 한번 백일홍 칭찬을 하기 위해 중복을 무릅쓰고 몇 마디만 추가한다. 이 백일홍은 담장 타고 흐드러진 새빨간 장미처럼 절세의 미인도 아닌 것이, 찬란한 꽃잎으로 화려함을 뽐내는 사치스런 모란도 못 되는 것이, 빛깔마저 짙은 자색 근처도 못 간 것이, 그렇다고 연분홍 겨우 면한 소박한 주제에 차라리 겸손하게 곱기만 한 가녀린 몸매로 바람결에 어여쁜 애교까지 선사하니 이보다 더 예쁜 꽃이 어디 있으랴! 화무십일홍(花無十日紅) 권불십년(權不十年)이라 했던가, 가냘픈 몸으로 수없이 많은 꽃봉오리 봉오리 피운 채 백 일을 말없이 지칠 줄 모르는 은근한 끈기로 보는 이의 마음에 안식을 건네 주고도 거만도 사치도 모르는 다소곳함이라니…….

이 대목에서 나는 문득 배롱나무가 나를 닮았거나 내가 배롱나무를 흉내 내고 있구나 하는 엉뚱한 생각과 만난다. 나무 기둥이 가늘다는 건 나의 삶이 흔히 말하듯 굵고 짧게 사는 호방한 생애가 아니라는 것과도 흡사하다. 내가 출중하게 잘 나서 남들처럼 큰 벼슬을 하지도 크게 명성을 떨치는 작품으로 굵직한 삶을 살아 보지도 못했다. '가늘게 길게'라지만 내가 특별히 오래 산 것도 아니고 다만 현재까지도 일에서 손을 놓지 않고 대학에서 전임으로 강의를 시작한 지가 내후년이면 회갑년(60년)을 맞게 되었고 간간이 연구과제 같은 것도 맡아서 수행하는 걸로는 일단 가늘어도 길긴 한 인생인가 보다.

우리 배롱나무가 그렇게 가는 녀석이 그토록 많은 가지를 뻗었다는 점도 나의 성향과 흡사하다. 나는 별로 빼어난 특기도 없고 소위 잡기(雜技)라 칭하는 바둑, 운동, 등산, 등등의 취미도 즐길 줄 모른다. 술도 못 마시니 인생이 덤덤하달 밖에. 그런데 잔재간은 좀 있다는 평판이 있는 것도 사실이다. 전부가 따지고 보면 한 가지도 웬만한 수준에는 터무니없이 미치지 못하면서도, 그림을 그린답시고 소묘 정도의 작품을 일이십 종 간직하고 있다. 목소리는 타고났다 해도 노래를 썩 잘하는 편은 아니지만 음악을 즐기기는 하고 노래도 꽤 한다는 소릴 듣는다. 글재주가 특출하다고는 생각하지 않지만 아무래도 글 쓰고 사는 직업이라 출간한 책이나 발표한 글은 합치면 3백 종이 넘는다. 학술논문 말고도 시집 두 책과 중 · 단편 소

모나지 않은 집

설도 네 편을 발표하긴 했다지만 문단이 알아주는 수준은 아닌 모양이다. 어려서는 연극도 했고 웅변 대회(영어 포함)에서 수상 경력도 있다. 영문으로 논문은 다수 발표했지만 책도 몇 권 출판했으니 남들은 그래서 영어를 잘하는 편이라고 하는 모양이다. 이런저런 취미나 재간이 좀 다양한 모양이라지만 그 어느 하나도 출중한 게 없다는 건 크게 자랑할 거리가 못 된다는 말일 터다.

그래도 배롱나무 꽃이 확 눈에 띄는 축은 아니라지만 그런대로 은근히 사람들의 시선을 끌고 마음에 힐링을 준다는 것은 나와도 닮은 면이 있음을 자인하고 싶다. 지금도 어디서 사람들을 만나면 내 강의를 듣고 내가 쓴 책으로 공직 시험에 임했다든가, 감명을 받았다는 사람들이 여기저기 있다는 사실은 나의 삶에도 다른 사람들에게, 혹은 사회 일각에라도 무언가 나눈 것이 있구나 하는 위안을 받는다. 특히 대학에서 정년을 한 뒤부터 참여해 온 자원봉사 분야에서는 내 나름의 재능 나눔으로 무언가 흔적을 뿌리며 지금까지도 꾸준히 봉사할 수 있다는 것으로 나는 과분한 꽃향기처럼 느끼며 살아간다. 내가 우리집 배롱나무와 닮아서인가? 아니면 저 배롱나무가 나인가?

아무리 내세울 것이 없다 한들 그깟 한갓 꽃에 비유해 자기 자랑을 할 정도면 내 삶의 값어치가 얼마나 신통치 않은지를 방증하는 것밖에 아닌 줄 알고 하는 거니 그저 웃자고 상재한 글이었구나 하고 넘어갔으면 고맙겠다.

김
명
렬

5월의 선물

　오늘은 5월에서도 중순―근래에 없이 쾌청한 날씨다. 어제 하루 종일 오락가락하던 비가 밤사이 완전히 그치고 아침에는 구름 한 점 없이 개었다. 지난주 내내 우리를 괴롭혔던 황사와 미세먼지는 씻은 듯 사라지고 하늘은 티 없이 맑고 대기는 푸른빛이 돌게 청정하다. 이렇게 좋은 날 산에 오르지 않을 수 있겠는가? 서둘러 등산 차림을 하고 밖에 나오니 저절로 하늘을 쳐다보며 심호흡을 하게 된다. 깊이 들이마신 공기는 폐부를 톡 쏠 만큼 상쾌하다.

　산길을 오르는 발걸음이 가볍지 않을 수 없다. 산길은 촉촉이 젖어 있어 먼지도 안 나고 질지도 않다. 하루 종일 빗물에 씻긴 나뭇잎들이 싱싱한 생기를 뿜는다. 아직 녹색이기보다는 연둣빛에 가까운 새잎들―그 갓 피어난 야들야들한 표면이 5월의 눈부신 햇살을 받아 사기 표면같이 반짝거린다. 빗물을 머금은 나무 등걸이나 검은 바위는 옛것이 틀림없는데 어떡해 모든 것이 이 아침에 새로 생겨난 것같이 이렇게 깨끗하고 싱그러울까? 자연은 매일 새로 태어나는 것일까? 아니면 5월의 빗물과 햇살이 빚은 신비한 조화(造化)인가?

집에서 나올 때에는 아파트 화단에 산딸나무꽃이 하얗게 핀 것이 눈길을 끌더니 산에는 아카시아꽃, 때죽꽃, 생강나무꽃이 떨어져 있어 발길을 머뭇거리게 한다. 그런가 하면 여기저기 찔레꽃이 수줍은 시골 새악시처럼 숲속에 숨어 피어 있다. 숲속에도 산길 위에도 곳곳에 하얀 꽃이다.

5월. 금아(琴兒) 선생께서는 이 절기에 '나이를 세어 무엇 하리' 하셨던가. 그러나 이 찬란하고 가슴 뛰는 절기에 벗어 버릴 것이 어찌 나이뿐이랴. 집안의 잔걱정부터 나라 안 사정, 세상이 돌아가는 형편 등에 대한 불안과 걱정 – 그것들은 마치 세상에서 제일 중요한 일인 듯 우리의 마음을 송두리째 빼앗고 짓눌러 왔지만 이 청명한 아침, 이 광휘로운 세상 어디에 그것들이 낄 자리가 있는가? 이 빛나는 세상에 차지할 자리가 없다면 그것들은 있을 필요가 없는 것들이다. 원래 세상은 이렇게 밝고 아름다운 것인데 왜 고개를 숙이고 한숨을 쉬는가?

첫 번째 산을 넘고 두 번째 산으로 접어드는 길은 평평한 오솔길이다. 양옆으로 소나무가 많은 이 길은 폭도 제법 넓어서 오르내리는 사람들이 교행하기도 여유롭다. 비엔나의 베토벤 산책로 (Beethovengang)보다 숲도 더 울창하고 분위기도 더 그윽하여 혼자 생각하며 거닐기 좋다. 게다가 날씨가 이렇게 화창하니 그의 피아노 소나타 1번 1악장의 모티브같이 기분도 발걸음도 경쾌해진다.

모나지 않은 집

그 산책로를 반쯤 걸었을 즈음 문득 귀에 익은 새소리가 들린다―
기억의 저편 아득한 곳으로 밀려나서도 끝내 사라지지 않고 이따금
환청처럼 들리던 소리가.

"쪽쪽 쪽쪽쪽쪽, 쪽쪽 쪽쪽쪽쪽……."

전류에 감전된 것같이 전율을 느끼며 우뚝 선다.

"아니, 저건 두견이 아냐? 두견이가 돌아왔구나!"

오래전 이 산에서 두견이 소리를 처음 들은 적이 있다. 이 길을 무
심히 걷고 있었는데 갑자기 가까이서 두견이 소리가 났던 것이다.
하도 반가워서 지나가는 사람에게 "두견이가 왔어요!" 하고 소리쳤
었다. 그러나 새소리는 이내 그쳤고 그해 봄, 여름 내내 다시 들리
지 않았다. 그래도 두견이가 그렇게 온 것은 다시 돌아온다는 징표
라고 믿고 그 후 해마다 기다려왔다. "기도하는 마음으로, 천년을
기다리는 마음으로" 기다리겠다고 다짐하며 기다려 왔다.

그리고 오늘 십 년도 더 지나서 드디어 그 소리를 다시 듣는 것이
다. 십여 년 전 그날의 기쁨보다 더 진한 기쁨이 혈관에 박하액을
짜 넣은 것같이 찌르르하고 퍼진다. 오랜 기다림, 정약(定約)한 바
없는 막연한 기대 끝의 만남이어서만이 아니다. 두견이가 가진 절
절한 정서적 유산이 후대에도 이어지기를 바랐던 소망이 이루어질
기미가 보였다는 것이 더 큰 기쁨이다.

내가 기쁨에 겨워 넋을 놓고 있는 사이 두견이 소리는 조금 더 계
속되다가 산 아래쪽으로 멀어지더니 결국 사라지고 말았다. 한밤중
에 그 애절한 소리로 키츠(J. Keats)를 상상의 세계로 이끌었던 나이팅
게일이 날아가 버렸을 때 그는 "그게 환상이었나, 꿈이었나?(Was it a

vision, or a waking dream?)"하고 반문하였다. 그러나 온 세상에 눈부신 햇살이 가득한 이 빛나는 한낮에 분명 저 아래로 소리를 끌며 날아간 두견이는 틀림없는 현실이다. 내게 가장 큰 기쁨을 준 것은 바로 이 사실이다.

지난 십여 년을 기다리면서 나는 그전에 강원도 어느 산골에서 들은 두견이 소리를 늘 떠올렸다. 우리의 산하와 공기가 깨끗해지면 그 산속의 두견이들이 밖으로 나오리라 생각했다. 그래서 먼저 몇 년 걸려 강원도에 퍼지고 다음으로 강원도 가까운 경기도 땅 가평, 이천까지 내려오고, 그리고 또 몇 년 걸려 이 수원 근처까지 오려니 생각했다. 그러나 그 기다림이 십 년을 넘기자 가끔 그런 기대에 회의가 들기도 했다. 그것은 떨쳐 버리려 해도 자꾸 따라붙은 절망의 그림자였다.

그런데 오늘 천지가 씻은 듯이 깨끗해지자 두견이는 한달음에 예까지 오지 않았는가? 십 년, 이십 년이 아니라 자연이 회복될 기미를 보이자 두견이는 마치 옆 산에 숨어 기다리고 있었던 듯이 곧 바로 나타난 사실 – 이것이 내게는 더없이 고무적이고 기쁜 일인 것이다. 이것은 자연의 복원력이 우리가 상상하는 것보다 훨씬 강하며 그 힘이 지금 이 순간에도 힘차게 작용하고 있다는 증좌 아닌가? 이 청신한 숲에 울려 퍼진 두견이의 소리는 내 마음 한구석에 드리웠던 어두운 그림자를 걷어 내고 새로운 희망의 복음을 전한 것이다.

다시 산길을 걷는 내 입에서는 브라우닝(Robert Browning)의 찬가가 저절로 흘러나온다.

모나지 않은 집

The year's at the spring,	일 년 중엔 봄,
And day's at the morn;	하루 중엔 아침,
Morning's at seven;	아침의 7시.
The hill-side's dew-pearl'd;	산언덕엔 진주 이슬,
The lark's on the wing;	종달새는 높이 날고,
The snail's on the thorn;	달팽이는 엄나무를 기고 ,
God's in His heaven――	하느님은 하늘나라에 계시고
All's right with the world!	세상 모든 것이 다 잘 되어 있네!

　신록보다, 꽃보다 더 아름답고 귀한 선물을 내게 베푼 5월은 지금 생명과 환희로 넘치고 있다.

(2018.5.19)

사적인 공간

1970년대 초에 미국서 평화봉사단원(Peace Corps)들에게 한국어를 가르친 적이 있다. 평화봉사단원을 위한 한국어 교재 개발팀이 내가 있던 필라델피아에 와서 작업을 하여서 학기 중에는 그 일을 도왔고 여름방학 동안에는 봉사단원에게 한국어를 가르치는 일로 학비를 벌었던 것이다.

그 교육과정에는 한국어 교육과 더불어 소위 통문화적 훈련(cross-cultural training)이라는 것이 중요한 부분을 차지했는데, 이것은 미국 문화와 다른 한국 문화를 배우고 습득하는 과목이었다. 이 강의는 평화봉사단원으로 한국에 먼저 가서 근무하고 돌아온 미국인들이 담당했다. 그들의 생생한 경험담이 매우 재미있을 뿐 아니라, 그것을 통해서 우리 자신을 돌아볼 수 있어서 나는 시간 나는 대로 들어가서 그 강의를 방청하였다. 그때에 들은 얘기 중 지금도 기억나는 것 중의 하나가 한국 사람들은 신체 접촉에 대해 무심하다는 것이

모나지 않은 집

었다.

이것은 나도 미국에 가기 전에는 별로 의식하지 못한 점이었다. 미국서 새로 배운 것 중의 하나는 신체 접촉은 물론이고 그 이전에 서로 너무 가까이 가는 것조차 삼가야 한다는 것이었다. 가령 길 가다가 반대쪽 행인과 엇갈리는 경우 우리가 보기에는 서로 부딪히지 않고 지나갈 수 있는데도 미국인들은 종종 먼저 멈춰 서서 내가 지나가도록 양보하였다. 반대로 내 앞을 가로질러 갈 때도 내게 너무 가깝거나 내 보행에 지장을 줄 정도가 아닌데도 "실례합니다" 하고 양해를 구하는 것이었다. 이런 것을 볼 때 미국인들은 사람마다 일정한 사적 공간을 갖고 있다고 인정하는 것이었다. 즉, 사람마다 혼자 차지하고 있어야 편안한 영역이 있는데 그것은 그의 사적인 영역이니까 존중해야 하고, 침범했을 경우는 실례한 것이니까 사과해야 한다는 것이었다. 이 사적 영역 침범의 극단적인 경우가 신체적인 접촉이다. 그러니까 신체 접촉은 미국인을 비롯한 서양인에게는 대단히 심각한 금기인 것이다. 이런 것들은 그 당시 우리 사회에서는 찾아보기 힘든 문화였다.

그 강사는 버스 안에서의 경험을 예로 들었다. 그 시기의 우리나라에는 지하철이 없었기 때문에 버스가 주요 운송 수단이었는데 댓수가 많지 않아서 출퇴근 시간에는 문자 그대로 콩나물시루였다. 버스는 가운데에 문이 하나 있어서 그리로 승객이 타고 내렸으며 거기에 차장이 있어서 요금을 받고 행선지를 소리쳐 승객을 부르기도 하고 문을 여닫는 일도 하였다. 그런데 어찌된 사연인지는 모르겠지만 그 차장들이 모두 묘령의 여자들이었다. 사람이 많이 타서

문을 닫지 못하게 되면 차장이 차문에 매달린 채로 차를 출발시키고는 손바닥으로 버스 측면을 탕탕 쳤다. 그 소리를 신호로 해서 운전사는 버스를 왼쪽으로 몰다가 갑자기 오른쪽으로 핸들을 홱 꺾었다. 동시에 차장이 승객을 안으로 밀면 승객들이 안으로 쏠려 들어가면서 앞뒤로 퍼져 문을 닫을 수 있었던 것이다.

그 강사가 바로 그런 경우를 당한 것이었다. 그가 등교 시간에 버스를 탔는데 버스의 천장이 낮아서 고개도 숙이고 있어야 했고 그런 어색한 자세에다 앞에 있는 여학생들과 몸을 밀착하고 있는 것도 무척 민망한 상태였다. 그런데 버스가 예의 급커브를 틀자 돌아선 차장이 자기의 넓적다리께에 엉덩이를 대고 안으로 확 밀어 넣는 바람에 학생들 위로 고프러지다시피 했다는 것이다. 그때 그가 느꼈던 당혹스러움을 잊을 수 없다는 것이었다. 그런데 여자가 엉덩이로 모르는 남자를 미는 것이나 그렇게 남자가 모르는 여자로부터 엉덩이로 밀림을 당하는 것 – 이것은 서양 사람에게는 있을 수 없는 해괴한 일이지만 한국인들은 별로 이상스럽게 느껴지지 않는다는 이야기였다. 그러니까 이런 차이를 미리 알아 두라는 것이 강의의 요지였다.

그 경험담을 들었을 때 일부 수강자들은 웃었지만 그것이 우스워서가 아니라 하도 황당해서 짓는 웃음이었다. 그리고 대부분은 놀라고 곤혹스런 표정을 지었다.

나는 민망하였다. 그래서 우리가 처해 있던 궁핍한 상황을 설명하면서 변명을 하고 싶었지만 그런 변명 자체가 창피한 것이어서 그만두었다. 그래서 좀 겸연쩍은 표정을 지으며 나왔지만 그때서부터

모나지 않은 집

신체적 접촉에 대한 우리의 의식에 대해 관심을 갖게 되었다.

나는 이 문제가 우리의 열악한 주거 사정과 직결돼 있다고 생각했다. 그 봉사단원이 근무했던 1960년대는 전쟁이 끝난 지 얼마 안 되는 때였으니까 우리가 몹시 궁핍했던 시기였다. 온 식구가 단칸방에서 복닥거리던 피난 생활은 면했지만, 집집마다 아이들은 많은데다 주거 사정은 여전히 열악해서 아직도 여러 식구가 한 방을 쓰는 것이 보통이었다.

그러나 우리라고 그런 사적인 영역이 없는 공간 생활을 좋아서 한 것은 아니었다. 우리도 각자 딴 방을 쓰기 원했으며 특히 사춘기가 되면 모두가 자기만의 방을 간절히 갖고 싶어 했다. 그때서부터는 정말 남에게 침해받기 싫은 사생활이 시작됐기 때문이다. 육체적인 변화 때문만이 아니라 하나의 독립된 인간으로 성장하기 위해서는 혼자서 자유로이 생각하고 행동할 수 있는 공간이 꼭 필요했던 것이다. 그러나 여건이 허락지 않아서 여럿이 한 방에서 딩굴다 보니 사적인 공간에 대한 의식이 희박해졌다는 것이 나의 추론이었다.

그런데 지금은 이런 생각에 회의를 갖게 되었다. 요즘은 많은 아파트의 공급으로 주거 사정도 좋아졌고 한 집안의 자녀도 기껏해야 한두 명이어서 어려서부터 자기 방을 가지고 자기만의 생활을 누리고 자라는데도 남의 사적 공간을 존중해 주는 의식은 별로 나아진 것 같지 않기 때문이다.

요즘 길을 걷다 보면 사람들이 내 코를 스칠 정도를 바투 앞을 가로질러 지나가는 경우를 자주 당한다. 그럴 때 내가 깜짝 놀라 멈춰 섰는데도 미안하다는 말은커녕 돌아다보지도 않고 가 버리는 예가 허다하다. 또 걷다가 발뒤축을 밟히거나 차이는 수도 종종 있는데 불쾌하여 돌아다보면 미안하다는 표시를 하는 쪽과 안 하는 쪽이 반반 정도이다. 이들은 바쁜 사람들이니까 그렇다고 치자. 그럼 움직이지 않는 사람은 다를까?

나는 좌석버스를 자주 이용하는데 줄을 서서 버스를 기다릴 때에 뒤의 사람이 너무 바투 붙어 서서 불편할 때가 많다. 차가 오나 보려고 몸을 돌리면 벌써 뒷사람에 몸이 닿는 것이다. 내가 그렇게 운신을 못 할 정도로 바투 붙어 있으면 자기도 불편할 터인데 돌아다보면 아무렇지도 않다는 듯 천연덕스런 표정을 짓고 있거나 휴대전화를 들여다보고 있다. 심지어는 가방이나 몸으로 나를 치고도 미안하다는 표시를 하지 않는 사람도 적지 않다. 더 기가 막히는 것은 내가 불편해서 조금 앞으로 가면 즉시 그만큼 따라와 다가서는 것이다.

이처럼 아직도 많은 사람들이 타인의 사적 공간에 대한 의식이 부족한 것을 볼 때 그 같은 의식의 결핍은 열악한 주거 사정 때문이 아니라 교양과 배려심의 부족 때문인 것 같다. 그런데 이런 교양과 배려심의 부족은 단순히 개인의 문제로 보아 넘기기에는 좀 더 심각한 측면이 있다. 사적인 공간은 우리의 몸과 마음의 평안을 보장해 주는 요건이므로 이것을 확보하는 것은 누구에게나 마땅히 보장되어야 하는 것이다. 그러므로 이것은 법으로 규정된 권리는 아니지만 누구나 누려야 할 기본 권리에 해당한다. 그렇다면 남의 권리를 존중하고 그것을 침해했을 경우 사과하는 것은 민주시민의 기본 자질이 아닌가? 이런 연유로 그것은 갖출 수도 있고 그렇지 않을 수

모나지 않은 집

도 있는 개인의 문제가 아니라 문명한 민주사회의 일원으로 누구나 반드시 갖추어야 할 소양인 것이다.

오늘날 우리나라는 어엿한 민주국가로서 자라나는 세대가 건실한 민주시민으로 성장하도록 많은 노력을 기울이고 있다. 그들을 민주시민으로 키우는 데에는 그들에게 민주주의의 원리를 이론으로 가르치기보다는 일상생활에서 민주주의를 체질화하게 하는 것이 더 좋은 방법일 것이다. 사적 공간에 대한 의식을 일찍부터 심어 주어 남의 권리를 존중하고 남의 입장을 배려하는 마음을 키워 주는 것은 그중에서도 가장 효과적인 방법의 하나일 것이다.

(2019.2)

시간에의 반격

: 졸업 60주년에 부쳐

2018년 10월 2일. 저녁 5시가 지나면서부터 우리는 롯데호텔 2층 연회장으로 속속 모이기 시작했다. 서울고등학교 10회의 졸업 60주년 기념식이 열리는 날이었다. 졸업한 지가 회갑이 되는 해, 이제 나이 80 고개를 넘으며 옛 학우들이 다시 모이는 것이다. 우리가 젊어서는 "나라의 미쁜 일꾼"이 되기 위해서, "이름을 네 바다에 휘날리기"[1] 위해서 우리의 재능을 역량껏 발휘했고 뜨거운 열정을 유감없이 불태웠던 국가 발전의 역군(役軍)이었다. 그래서 우리들 중에서는 높은 지위에 오른 친구, 영광스런 명예를 얻은 친구, 사업을 크게 일군 친구들도 다수 나왔다.

그러나 그 축하연에 자랑스럽게 모인 사람들이 어찌 이들 소위 영달한 인사들뿐이랴. 80평생 올곧게 살아왔고 자기에게 주어진 자

---

1 인용문은 교가의 일부분들임.

리에서 자기가 맡은 일을 성실히 수행하면서 원만한 가정을 이룩해 온 가장들 – 이들 또한 누구 못지않게 그 연회장에 당당히 나설 수 있는 사람들 아닌가? 현직(顯職)에 올랐던 전자는 그 자리에 오르기 위해, 또는 그 자리를 지키기 위해, 정당하지 못한 일을 보고도 피해 버렸거나 앞에 나서서 바로잡지 않고 묵인했을 수 있지만, 후자는 그런 부끄러운 일에 연루되었을 개연성이 상대적으로 적었을 것이므로 일생을 살아온 전 과정을 놓고 볼 때에 실은 전자보다 오히려 더 떳떳할 수 있기 때문이다.

그러나 이런 시시비비는 차치하고, 팔순이 되도록 건강하여 아내와 함께 그런 축하의 자리에 나올 수 있다는 것만이라도 우리 모두 얼마나 복되고 성공적인 삶을 산 것인가? "아내와 함께……." 그렇다, 그 자리는 우리만이 주인공이 아니었다. 반세기 동안 우리 곁을 지켜 준 아내, 오늘의 우리가 있게 된 데에 결정적인 역할을 해 준 고마운 아내 – 이들도 당연히 이날의 주인공이 되어야 했다. 우리가 살아온 어려운 세월을 '서울인'의 대쪽 같은 자존심과 꼬장꼬장한 원칙주의로 일관하려 한 남편의 뜻을 좇아 고단한 살림을 꾸려 온 이 갸륵한 여인들 – 이들에게 어찌 우리에게와 똑같은 축하가 바쳐지지 않을 수 있겠는가?

그래서일까? 우리는 자랑스런 아내와 더불어 응접대 앞에서 같은 이름의 명찰을 가슴에 달았다. 그리고 동창들이 모인 로비를 향해 돌아서는 순간부터 벅찬 희열에 휩싸였다. 얼굴은 웃음으로 퍼질 대로 퍼졌고 목소리는 한껏 고조되었으며 서로의 손을 잡고 흔들고 어깨를 두드리며 오랜만에 만나는 기쁨을 만끽했다. 특히 해외로

나가 산 지 오래된 친구들을 만났을 경우 서로 너무 많이 변하여서 조금 멈칫하다가 알아보기도 했는데, 그런 때는 즐거움이 배가하였다. 그런데 이날 우리를 들뜨게 한 그 희열에는 단순한 만남의 기쁨 이상의 것이 있었다. 그 특별한 희열에는 60년의 긴 시간을 뛰어넘는 쾌감이 있었기 때문이리라.

시간은 모든 것을 생성하지만 또 모든 것을 거두어 가는 것이다. 그래서 시간의 신(神)인 새턴은 자기가 낳은 자식을 잡아먹었다. 그가 주신(主神)이었을 때는 다른 신들도 이 절대원리에서 자유로울 수 없었다. 이에 반기를 든 신이 주피터였고 그는 결국 새턴을 몰아 내고 주신의 권좌에 올랐다. 그럼으로써 그는 시간을 정복하고 영생과 무상(無上)의 복락을 획득한 것이다.

이날 참석한 동창들은 시간의 가혹한 공격을 비교적 선방한 사람들이었지만, 그럼에도 불구하고 그것이 파손하고 간 흔적은 역력하였다. 우리의 머리는 빠져 없어지거나 성겨졌고 남은 것도 백발이 되어 있었다. 피부는 처지고 주름졌으며 허리는 구부정하고 걸음은 느려져 있었다.

그러나 이날 우리는 시간에게 당하기만 하는 무력한 희생자가 아니었다. 옛 친구들을 만나 "야, 너 오랜만이다!" "야, 너 아무개 아냐?" 하며 파안대소를 했을 때 우리는 60년의 세월을 훌쩍 뛰어넘어 크루컷한 소년들로 되돌아가 있었다. 몸까지 젊어지지는 못했지만 마음만은 소년이 되었던 것이다. 그뿐만이 아니었다. 졸업 후 각자 60년간 자기 나름으로 인생을 경영하여 생긴 사회적 지위, 학식, 재산의 차이도 일순간에 사라져 버렸고 모두가 "야, 너"로 평준화되

　　　　　　　　　　　　　　　　모나지 않은 집

었다. 60년의 시간이 무화(無化)된 것이다. 그렇게 우리는 시간의 절대 권력을 일거에 무력화한 것이다. 이즈음 와서는 우리를 마치 막다른 골목에 몰아넣은 것처럼 핍박해 온 시간에 대해 이 얼마나 통쾌한 복수인가? 이것은 비록 불완전한 것일망정 시간의 정복이었다. 시간의 정복이 신의 영역이라면 우리도 이때 신의 영역에 가까이 이른 것이고 그래서 신의 복락을 조금 맛본 것이리라. 이날 우리의 가슴을 벅차게 한 그 승자와 같은 의기양양함, 그 특별한 희열은 필경 여기에 그 연원이 있었을 것이다.

6시가 지나자 우리는 식장으로 들어가서 좌정하였다. 200개의 좌석이 꽉 들어찬 가운데 식순과 여흥이 진행되는 동안에도 그 고양된 흥분과 희열은 우리를 감싸고 있었다. 그 기분은 그 다음 이틀간 여행하는 동안에도 우리들의 가슴속에 살아 있을 것이다. 나아가 모든 행사가 끝나고 각자 자기의 일상으로 돌아간 후에도 그것은 우리가 아직도 시간에게 통렬한 반격을 가할 여력이 있다는 자신감으로 남을 것이고, 그리하여 여생을 꿋꿋이 살아나갈 수 있게 해 줄 강력한 활력소가 될 것이다.

(2018.12.27)

신념과 덕목

　이번에 버클리에 사는 친구네 가 있는 동안 처음 얼마간은 그 친구의 배려로 그 집에 남아 있는 차를 몰고 다녔다. 그러다가 작은 접촉 사고를 내고 그 차를 고쳐 놓았는데, 친구는 계속해 타라고 했지만 미안하고 불안해서 더 탈 수가 없었다. 그래서 전처럼 자동차 대여점에 가서 차를 빌릴까 하다가, 이참에 자동차 없이 지내보면 어떨까 하는 생각이 들었다. 미국에서 자동차 없이 지내는 것은 거의 불가능한 일이지만, 나같이 할 일 없는 자는 어디에 시간 대 갈 일도 없거니와 그 동네에는 다행히 시내버스가 다녀서 시내에 나가는 데에는 별 불편이 없기 때문이었다. 그래서 한번 시도해 보기로 하였다.

　버스는 시간표에 따라 운행했는데 시간을 대체로 잘 맞춰서 이용하기 편했다. 그런데 하루는 시간에 맞춰 나갔는데 예상한 시간이 지나도 차가 안 왔다. 이상해서 정거장에 있는 시간표를 다시 보았더니 내가 시간표를 잘못 봐서 버스 시간보다 한 30분 먼저 나

　　　　　　　　　　　　　　　　　　　　모나지 않은 집

온 것이었다. 다음 차를 타려면 20여 분은 더 기다려야 하는데 그냥 서 있기는 시간이 너무 길고 다시 들어가 있다가 나오기는 빠듯하고 어느 쪽이나 어중되어 망설이고 서 있는데, 건너편 차선으로 가던 차가 멈춰 서면서 버클리 대학 쪽으로 가느냐고 묻는 것이었다. 그렇다고 했더니 자기도 그리로 가니 잠깐 가다리라면서 지나쳐 갔다. 그러더니 곧 유턴을 해서 돌아오는 것이었다.

나는 의심이 더럭 났다. 주지하다시피 1960년대에 미국에서 히피 문화가 흥성함과 더불어 '히치 하이킹'이 크게 유행하였다. 그래서 가을에 새 학기가 시작되면 방학 동안 엄지손가락 하나로 미 대륙을 횡단했다고 자랑하는 학생들도 종종 있었지만 그때도 사고가 많았다. 운전자가 또는 승객이 강도로 돌변하는가 하면, 강간, 살인 사건도 일어났던 것이다. 그 이후 그런 불상사는 더욱 빈번해져서 이제는 모르는 사람의 차는 안 타는 것이라는 것이 불문율로 되어 있는 판국이다.

그런데 이번 경우 특히 의심을 할 만한 것이 버클리 쪽으로 가던 차가 아니라, 그 반대 방향으로 가던 차가 일부러 돌려 왔다는 사실이었다. 어떤 불순한 목적으로 태울 사람을 물색하다가 나를 그 대상으로 정한 것이 아닌가 하는 의구심이 들었던 것이다. 그래서 타고 싶지 않았지만, 앞에 와 섰는데 차마 안 타겠다고 거절하기도 민망하고, 얼른 적당한 핑계도 생각나지 않고 해서, "에라, 모르겠다. 괜찮겠지" 하고 그냥 탔다.

타긴 했지만 내심 여간 불안하지 않았다. 운전자는 상냥해 보이는 30대로 정도의 젊은이였다. 인상이 좋은 것은 다행이었지만, 그래도 갑자기 표변할 수 있는 개연성은 배제할 수 없었다. 그런 경우 그는 젊은이니까 나 같은 늙은이는 쉽게 제압할 수 있을 것이고, 그보다 흉기를 들이대면 꼼짝할 수 없이 당할 것이라고 생각하니 불안감이 더해 갔다. 그러나 말이 없이 침묵이 흐르면 분위기가 더욱 경직되고 어색해질 것 같아서, 또 내가 그의 호의를 믿어 의심치 않는다는 것을 보이기 위해서, 나는 애써 천연스런 표정을 지어 가며 이런저런 화제로 그와 대화가 끊이지 않도록 노력했다. 그러면서도 물론 눈으로는 그가 버클리 대학 쪽으로 제대로 가고 있는지 예의 주시하였다. 그리고 속으로는 마음 약해 그의 제안을 거절하지 못한 것을 수도 없이 후회하였다. 대학가까지 가려면 한 10여 분은 가야 하는데 이렇게 불안하니까 그 시간이 견뎌 내기 힘들 정도로 길게 느껴졌다.

그래서 결국 한 핑계를 생각해 냈다. 중간에 헌책방도 있는 꽤 번화한 거리인 솔라노가(街)가 있는데 그 근처에서 내리겠다고 하는 것이었다. 그곳도 버스가 지나는 곳이어서 나중에 대학가로 다시 가거나 친구 집으로 돌아오거나 다 편리한 곳이었다. 나는 그에게 계획을 바꿨다면서 헌책방에 먼저 가 보고 싶으니 솔라노가 근처에서 내리고 싶다고 말했다. 그는 그러라고 흔연히 대답하더니 그 거리에 가까운 곳에서 정차해 주었다.

내리면서 나는 태워 줘서 고맙다는 인사를 하였다. 그러나 가다 말고 중간에서 내리겠다고 한 것은 내가 그를 믿지 못하여 불안해서 꾸민 핑계라는 것을 그가 모를 리가 없을 테고, 그것을 생각하니 계면쩍고 미안해서 한마디를 덧붙였다.

"실은 당신의 호의를 받아들이는 데에 상당한 용기가 필요했답니다."

그러나 말을 하는 순간 나는 '아차, 이거 실수구나!' 하고 후회했다. 나는 '차를 태워 주는 사람 중에는 위험한 사람이 있다는 세인의 우려와 달리 당신은 진정 이웃에게 호의를 베푸는 친절한 사람'이라는 뜻을 전하기 위해 한 말이었지만, 해 놓고 보니까 내가 그의 호의를 의심했다는 말이 되고 말았던 것이다. 나는 곧 더 부연해 설명하려고 했지만, 그는 웃으며 떠나 버리고 말았다.

그의 차에서 내렸을 때, 나는 마치 새장에서 풀려난 새처럼, 안도와 해방감으로 날아갈 것 같은 기분이었으나, 내 말을 듣고 그가 지은 야릇한 미소를 보는 순간 나의 부풀었던 기분은 구멍 난 풍선처럼 쭈그러들고 말았다. 그가 나를 어떻게 생각할까? '버스를 놓친 처량한 동양 늙은이를 태워 줬더니 나를 강도가 아닐까 의심했다고?'라고 속으로 중얼거리며 가소로워할 것 같았기 때문이다.

이런 비웃음에 대해서 나의 행동을 변명할 여지가 없는 것은 아니다. 미국에서는 동양인이 현금을 많이 지니고 다닌다고 널리 알려져 있어서 자주 강도의 대상이 되고 있다. 나도 사실 주머니에 100여 불의 현금을 지니고 있었다. 단돈 20-30불을 뺏기 위해서도 사람을 해치는 곳인데, 100불 넘는 돈을 뺏고는 무슨 짓을 할지 알 수 없는 노릇이다. 그래서 나의 행동은 자위를 위해 불가피한 것이었다고 주장할 수 있다.

아무리 그렇게 변명해 보아도 개운치 않았고 부끄러움도 가시지 않았다. 그 운전자가 내게 느꼈을 경멸 때문보다도 나 자신에 대한 실망감과 그것에서 오는 열패감 때문이었다. 인간에 대한 믿음이 모든 인간관계의 기초이므로 그것을 잃지 말아야 한다고 나는 믿어 왔다. 그것은 소극적으로, 나를 신뢰하는 사람을 배반하지 말자는 뜻만이 아니라, 적극적으로, 모든 인간이 갖고 있는 선의를 믿으며 나아가 그것을 이끌어 내자는 뜻이었다. 그렇게 모든 사람 사이에 신뢰가 형성되어야 세상이 바뀌리라고 생각했다. 오늘 만난 젊은이는 내가 원하는 곳에 나를 선선히 내려 준 것으로 보아 정말 선의를 갖고 내게 접근한 사람이었다. 그런데 나는 그의 선의를 신뢰하기는커녕 그가 내민 손을 물리친 격이 아닌가?

사람을 믿는다는 것은 그로 인해 내가 좀 손해 볼 각오만 되어 있으면 별 부담 없이 실천할 수 있는 덕목쯤으로 생각하여 나는 그것을 나의 신념으로 삼았었다. 그러다가 그것을 정말 흔들림 없이 지켜 낼 수 있는지를 판가름할 만한 시험대에 오르자 나는 도망친 것이다. 그것을 신념으로 지키기 위해서는 때로는 내 생명을 걸어야 한다는 각오가 없었던 것이다. 그리하여 한때 나의 신념으로 여겼던 것이 실은 허울만 좋은 속 빈 구호였다는 사실이 노정되고 만 것이다.

나는 참괴하고 혼란스러웠다. 첫째, 이 부끄러움을 어찌할 것인가? '세상이 이렇게 험악해진 판에 난들 어쩔 것이냐?' 하는 세태론으로 나의 실패를 덮어 버리면서 이 불쾌한 기억을 잊어버리고 싶었다. 그러나 그렇게 부끄러움을 회피하는 것이야말로 부끄러운 짓임을 인정하지 않을 수 없었다. 아무리 기억하기 싫은 것일망정 그것은 나의 도의심의 징표인데, 그것을 버린다는 것은 내 양심을 버리는 것이나 다름없기 때문이었다.

모나지 않은 집

둘째, 인간에 대한 믿음이라는 이 깨어진 신념을 어찌할 것인가? 나는 그것을 지키지 못한 자신에게뿐만 아니라 나를 그렇게 만든 세상에 대해서도 화가 났다. 그래서 '이까짓 세상 될 대로 되라지!' 하고 아예 그것에서 손을 떼고도 싶었다. 그러나 그것은 어린애 투정에 지나지 않는다는 것을 스스로도 너무나 잘 알고 있었다. 또, 한 번 실패한 것을 빌미 삼아 그것을 아예 포기한다는 것은 마치 그것을 버릴 기회를 기다리고 있던 것이나 진배없는 짓이었다. 인간에 대한 믿음이 그것을 위해 목숨을 바칠 각오가 돼 있는 철저한 이상주의자만이 가질 수 있는 것은 아니지 않은가? 만약 그렇다면 그것은 벌써 이 세상에서 거의 없어졌을 것이다. 때로 그것을 지키지 못하더라도 지킬 수 있는 한은 지켜 가는 사람들이 있기에 그나마 유지되고 있을 것이다. 이제 내가 택할 길도 그 대열의 일원이 되는 것뿐이었다.

이리하여 이 사건은 나에게 멍에로 남게 되었다. 그날의 실패가 언제나 나에게 부끄러움을 상기시켜서라기보다, 그 실패를 보상하기 위해서는 그것을 더 성실히 실천해야 하는 책무를 내게 지워 주었다는 뜻에서이다. 또 나는 인간에 대한 믿음을 철저히 지키지는 못했으나 아직도 그것의 가치를 존중하고 가능한 한 실천하고자 함에는 변함이 없으므로 이제는 그것이 '나의 신념'이라는 거창한 수사는 미련 없이 내려놓고, 그것은 단지 내가 추구하고자 하는 덕목이라고 겸허하게 한정하는 것이 마땅하게 된 것이다.

(2014.9)

연병장의 쇼팽

나는 1962년 2월에 대학을 졸업하고 4월에 공군 각종장교 17기로 입대하였다. 공군은 대전의 기술교육단이 기초 군사훈련을 담당하고 있었기 때문에 나도 대전에서 4개월간 훈련을 받았다.

훈련 기간의 처음 몇 주는 소위 "사회의 물을 뺀다"는 시기로 훈련관들이 후보생을 정신없이 몰아치며 닦달질을 해댔다. 그렇게 쫓기고 기합받고 허둥대다 보니 불과 2-3주 만에 입대 전의 생활이 까마득히 멀게 느껴졌다. 한 달쯤 지나 그 고비를 넘기고 났을 때는 얼굴도 검게 타고 군복도 몸에 붙어 제법 군인 티가 나기 시작했다.

외모보다 더 달라진 것은 마음이었다. 일체의 비판적 사고나 감미로운 감정의 탐닉이 제도적으로 금지돼 있는 데다가 우리 자신도 그런 것은 마음고생만 더해 줄 뿐이라고 생각하여 스스로 끊으려고 하다 보니까 우리는 금세 명령과 생리적 욕구만을 위해 움직이는 매우 단순한 존재가 되어 갔다. 우리에게서 교양과 문화를 벗겨 내

모나지 않은 집

는 과정은 놀랍도록 짧고 간단하였다. 급기야 우리 스스로도 "군인은 사람이 아니다"라는 말을 거침없이 내뱉게 되었다.

그렇게 연병장에서 딩구는 것도 익숙해져 가던 어느 5월의 저녁이었다. 우리는 하루의 훈련을 끝내고 식당과 내무반이 있는 B지구로 돌아가고 있었다. 교육장이 있는 A지구에서 B지구까지의 직선거리는 300-400미터 정도였을 것이다. 그러나 그 사이에 활주로가 있으므로 그 끝을 돌아 가야 했기 때문에 그 거리는 직선거리의 두 배 이상이 되었다.

하루 종일 시달리고 난 후 땡볕에 활주로를 돌아 걷는 것은 지루했다. 그럴 때면 자연히 턱은 앞으로 나오고 어깨는 처지게 되어 있었다. 그러나 어느 건물 위층에서인가 숨어서 우리의 보행 태도를 감시하고 있는 눈초리가 반드시 있음을 알기 때문에 우리는 억지로 어깨를 펴고 구령을 붙여 가며 행군하고 있었다.

그때 일과 후 구내 방송이 시작되었다. 방송 내용은 대체로 시답지 않은 소리여서 우리는 스피커에서 나오는 소리에 관심을 갖지 않았었다. 그러나 이날은 달랐다. 갑자기 대리석 판 위에 무수한 상아 구슬들이 떨어져 튀듯이 피아노 음들이 쏟아져 나오면서 현란한, 너무나 현란한 음의 향연을 펼치는 것이 아닌가! 건반을 두드리던 손가락은 그렇게 건반 위를 종횡무진하더니 얼마 후 드디어 그 터져나오던 열정을 다 소진했는지 속도를 늦추고 단음으로 감미로운 멜로디를 연주하기 시작했다. 쇼팽이었다. 〈즉흥환상곡〉이었다.

메마른 대지에 단비가 내리면 순식간에 기적같이 만물이 소생하듯이 그 선율을 접하자 나의 무미건조해졌던 심성에서 갖가지 감미로운 감흥이 주체할 수 없이 솟아났다. 그리고 그 순간 나는 행군 중임을 잊어버리고 그 선율에 빠져 들어갔다. '아름다움에의 도취— 이것이 사람다운 삶의 한 극치 아닌가? 이게 얼마 만인가?' 그런 고급 문화를 향수하던 때가 까마득히 먼 옛날 같았지만 실은 불과 달포 전이었다. 나는 대학 근처 다방의 안락의자에 파묻히듯 길게 앉아서 커피를 홀짝이며 그 곡을 즐겼던 것이다. 19세기 파리의 살롱에서 성장(盛裝)한 남녀들이 둘러앉은 가운데에 쇼팽이 그 곡을 치는 것을 마음속에 그려 봤고 연주가 끝나고 난 다음 박수 치며 나누는 그들의 대화도 상상했었다. 아니 나도 그들 사이에 끼어 내 소감을 이야기하는 것까지 상상했었다. 그 곡과 그 곡의 분위기에 대해 나는 그만큼 친화감을 느꼈고, 그래서 그것들은 자연스럽게 나의 문화 생활의 일부가 되었었다.

그러나 지금의 나는 어떠한가? 땀에 절고 흙먼지가 잔뜩 묻은 후줄근한 작업복을 걸치고 괴성에 가까운 소리를 지르며 꼭두각시같이 팔다리를 휘젓고 있는 나. 건너편 식당에서 풍겨 오는 구수한 된장국 냄새에 군침을 삼키며 오직 빨리 가서 이 요동치는 창자를 채우고 싶은 욕망뿐인 나. 먹고 나서는 얼른 내무반으로 가서 씻고 점호 전까지 짧은 휴식—아무 생각도 안 하고 아무것도 안 하는 동물적인 휴식을 갖기만을 바라는 나하고 저 쇼팽하고 무슨 상관이 있는가? 쇼팽을 즐기던 것도 나요 이 연병장을 걷고 있는 것도 나지만 그 둘 사이에 나의 육신밖에는 공통점이라고는 전혀 없는 것 같았다. 나는 혼란스러웠다. 나를 두 개의 다른 개체로 인정할 것인가, 아니면 그 둘을 어떻게든 하나로 통합시켜야 할 것인가? 그러나 그

모나지 않은 집

때는 그런 사유 자체가 사치 같았고 또 귀찮았다.

이럴 때 손쉬운 탈출구가 군대는 모든 사회와 절연된 특수 상황이라는 논리였다. 그래서 '그때의 나는 그때의 나이고 지금의 나는 지금의 나이다' 하고 둘을 단절해 버리는 쉽고 간단한 방법을 택하고 말았다. 그러고는 그것에 대해 더 이상 생각하지 않았다. 그래서 그일을 잊어버린 것 같았지만 그것은 잊어버려진 것이 아니었다. 그것은 목에 박힌 채 삭지 않는 가시처럼 남아서 가끔씩 내 의식을 찔렀다. 그 짧은 사건은 입대하기 전에 읽었던 외국 전후 단편집의 한 이야기를 상기시켰기 때문이다.

주인공은 독일 나치 정보장교로서, 유대인인가 레지스탕스 대원인가를 심문할 때는 인간이라고 할 수 없을 정도로 냉혹하고 잔인한 악마였다. 그런 그가 퇴근해 집에 오면 아내가 차려 주는 성찬을 품위 있게 즐겼고, 그러고 난 다음에는 피아노에 앉아 모차르트의 피아노 소나타를 연주하는 세련된 문화인이었던 것이다. 그는 저녁때는 인간, 아니 더 나아가 문화인의 모습을 가졌지만 낮에는 인간이 아닌 존재, 다시 말해서 인간이면서 인간이 아닌 괴물이었다. 목속의 가시처럼 내 의식을 가끔 찌른 것은 스스로 이중성을 정당화한 나도 그 나치 장교처럼 괴물이 되지 말라는 법이 없다는 불편한 진실이었던 것이다.

임관(任官)하고 마음의 여유를 갖게 되자 나는 결국 그 문제와 정면으로 마주서지 않으면 안 되었다. 그것은 훈련 당시 내가 취한 태도가 정당하였나를 솔직하고 공정하게 검토하는 것이었다. 그때 나는 특수 상황을 앞세워 나의 이중성을 정당화했는데, 그때의 상황이 정말 모든 것과 나를 단절해야 할 만큼 엄중하고 급박했던가, 또 입대 전의 나와 입대 후의 나를 분리한 것이 논리적 필연이었던가를 따져 보았다. 아무리 따져보아도 "그렇다"고 대답할 수가 없었다. 그때 나는 단지 육체적으로 피로해진 나머지 간단한 추론까지도 귀찮게 여겨 포기한 상태에 이른 것이었다. 게다가 내가 처한 불편한 상황을 되도록 극대화하려는 자학까지 작용하여 과거의 나와 당시의 나 사이에는 마치 이을 수 없는 단층이 있는 것처럼 과장하고 그것에서 일종의 절망의 미학을 즐기고 있었던 것이다.

다방에서 쇼팽을 즐기던 나와 후보생인 나를 전혀 연결할 수 없는 별개처럼 생각했던 것은 외형적인 차이를 곧 본질적인 차이로 과장한 것이었다. 사실은 내가 다시 여유롭게 쇼팽을 즐길 수 있는 처지가 당분간 유보된 것뿐이지 내 삶에서 그것이 근원적으로 제거된 것은 아니었다. 그 후 얼마 안 되어 나는 소위(少尉) 계급장을 달고 다시 다방에 앉아 서양 고전음악을 즐기고 있지 않은가. 또 입대 전에 쇼팽을 즐기던 나와 장교 후보생이었던 내가 무관할 수 없는 것은 나를 포함한 모든 사람이 그런 고급한 문화를 자유롭게 즐길 수 있는 세상을 수호하기 위해서 군사훈련을 받은 것이었기 때문이다. 쇼팽으로 대표되는 고급 문화는 기실은 내가 훈련 과정을 거치고 나서 지향해야 할 내 삶의 중요한 일부이므로 후보생인 나와 무관한 것이 아니라 밀접하게 연관되어 있었던 것이다.

그렇게 생각했으면, 후보생의 삭막한 생활은 그런 고급 문화의 중요성을 더욱 부각시켜 주는 역할을 했을 것이고 나아가 그것을 창조하고 향유하는 인간의 존귀함을 새삼 인식하게 하는 계기가 되었

모나지 않은 집

을 것이다. 그래서 인간의 존엄성과 기본 권리를 보장하는 인간적 가치는 어떤 경우에도 존중해야겠다는 다짐을 더 굳게 했을 것이다.

반대로 사회인인 나와 군인인 나를 별개의 존재로 분리할 경우 현격히 달라진 그때의 상황에 고민 없이 적응하는 편리함은 있었겠지만, 그것은 곧 인격 분열이라는 불합리에 빠질 수밖에 없는 것이었다. 그러면 입대 전 내가 배우고 신봉한 인간적인 가치는 입대와 더불어 단절될 것이고 그런 가치를 결여한 나는 비인간적인 존재가 될 수밖에 없는 것이었다. 그것이 바로 그 나치 장교와 같은 괴물이 되는 길인 것이다. 그러므로 일시적 편리를 위해서 자신을 별개의 두 개체로 분리하고 싶은 유혹은 악마의 유혹이었던 것이다. '군인은 사람이 아니다'가 아니라 어디까지나 '군인은 사람이다'라야 했다. 그리고 사람이면 언제나 인간적 가치를 우선하고 그에 따라 행동하는 윤리적 주체여야 했다. 그러므로 거대 권력에 의해 그렇게 행동할 수 없을 때라도 가책과 자괴감으로 자신을 닦달질하고 자기 처지에서 그 폭압에 저항할 수 있는 방도를 끊임없이 모색해야 할 것이다.

후보생 때 일과 후 연병장에 울려 퍼지던 쇼팽의 음악은 생뚱맞거나 주위와 어울리지 않는 소리가 아니었다. 그것은 후보생의 처지와는 일견 너무나 동떨어진 것 같았지만, 실은 그에게 훈련의 궁극적인 목표를 일깨워 주는 계시와 같은 소리였고, 그래서 연병장에 자주 울려 퍼져야 마땅한 소리였다.

(2017.9)

정
재
서

4차 산업혁명 시대에 신화를 생각한다

동양신화는 귀환하고 있는가?

고왕금래(古往今來) 연편(連篇)

4차 산업혁명 시대에 신화를 생각한다

　다시 물질이 돌아왔다. 도처에서 물질의 근원적 힘을 구가하는 시대가 도래한 것이다. 인공지능, 빅데이터, 사물인터넷, 증강현실 등으로 수식되는 이른바 4차 산업혁명 시대에는 과학, 기술이 우리의 상상을 초월할 정도로 발달하여 바야흐로 물질이 압도하는 세계가 전개될 것이다. 이 시대에 대한 예후는 어떠한가? 고기술-고임금 직업과 저기술-저임금 직업 간의 격차가 커져서 심각한 사회 불균형을 초래할 수도 있다는 견해(클라우스 슈밥)로부터 로봇이 인간의 고유 영역을 공유함에 따라 인간 의미에 대한 집단 정체성의 위기가 올 것이라는 견해(일라 레자 누르바흐시) 등에 이르기까지 일부 부정적인 전망들이 없는 것은 아니나 대부분 낙관적인 진단을 내리고 있다. 가령 스티븐 핑커는 폭력, 절대 빈곤 등의 감소와 질병 퇴치 등을 이룩한 과거 과학의 업적에 의지하여 오늘의 과학이 성취할 미래를 유토피아에 준하는 세계로 전망한다. 아울러 향후의 세계를 놓고 스티븐 핑커, 알랭 드 보통 등 대표적 지식인들이 논쟁을 벌인 멍크 디베이트의 결과는 70%의 청중이 낙관론을 지지하는 것으로 결판이 났다.

이처럼 압도적인 데다가 급변하기까지 하는 과학의 위력에 인문학은 일찌감치 투항 혹은 영합하는가 하면 어렵게 활로를 모색 중이다. 가령 이야기하는 본능은 거울 뉴런의 시뮬레이션 작용으로 이해되고 중용의 철학은 쾌감 호르몬의 한시적 효과에서 비롯한 생존 방식으로 간주된다. 도스토옙스키의 초인적 서사도, 성인 공자의 근엄한 도덕론도 진화생물학의 설명 범주를 벗어날 수가 없다. 생물학자 윌슨의 구상대로 인문학 역시 과학으로 통섭될 운명에 놓인 것인가? 과연 그런가? 뇌에서 분비되는 쾌감 호르몬 도파민은 우리를 한순간 사랑에 눈멀게도 하지만 일정한 기간이 지나면 눈꺼풀에 씌운 것을 벗겨 놓아 제정신(?)으로 돌아가게 한다. 절세미인과 신혼의 단꿈도 잠깐, 몇 년 후 그녀를 볼 때의 쾌감 호르몬 지수가 거실의 소파를 볼 때와 별 차이 없어지는 것은 이 때문이다. 그렇다면 동서고금의 성현들이 줄기차게 주장해 온 바, 지나친 탐닉을 경계하는 절제와 중용의 미덕이란 결국 쾌감 호르몬의 작용에 잘 적응하여 보다 안정된 삶을 유지하려 하는 생물학적 선택으로밖에 설명될 수 없는 것인가?

그럴 수도 있다. 그러나 과학이 발달하여 이제야 비로소 고대의 인문학적 지혜를 이해할 수 있는 수준에 도달하였다고 말해야 옳지 성현의 말씀도 기껏 호르몬 작용에 불과했다고 일축하는 것은 본말의 전도이다. 아울러 인문학적 지혜는 과학으로 환원되지 않는 외

모나지 않은 집

연적 의미를 함축한다. 공자는 중용의 철학에 따라 "즐겁되 음란하지 않고, 슬프되 마음상하지 않아야(樂而不淫, 哀而不傷)"할 것을 가르쳤다. 고대 동양에서 이러한 감정의 조절은 현실에서 어떻게 구현되었는가? 그것은 자연과의 합일에서 이루어졌다. 정경교융(情景交融)! 우리의 마음은 자연 경물과 만날 때 조절된다. 기쁨이든 슬픔이든 극단적인 감정은 자연을 대하면서 담백해지기 마련이다. 고대 동양에서는 인간의 마음을 자연에 한 번 담갔다가 꺼낼 때 순화된다는 지혜를 일찌감치 터득했던 것이다. 동양의 문학, 예술은 바로 이러한 천인합일(天人合一)의 경지를 정점으로 추구한다. 과학이 쾌감 호르몬의 설명 차원을 넘어서는 상술한 인문학적 함의에 도달하기엔 시기상조이다.

그럼에도 4차 산업혁명 시대를 견인하는 과학, 기술의 눈부신 발달이 우리의 이목을 집중시키고 찬탄을 불러일으키고 있는 것은 엄연한 현실이다. 그런데 과학만능주의와 그로 인한 일말의 두려움과 더불어 장밋빛 미래가 환상처럼 펼쳐지는 이 시점에서 우리는 데자뷔(deja vu)의 느낌에 사로잡힌다. 다시 말해 과학이 모든 것을 해결해 주리라는 낙관론, 미래에 대한 유토피아적 전망이 풍미했던 19세기 과학혁명과 같은 상황이 지금 재현되고 있는 것이다. 이성–과학–기술공학–진보–미래는 19세기의 마법적 표현 양식이었는데(뤼시앵 보이아) 지금과 별로 달라 보이지 않는다. 이 시기에는 모든 것을 물리–역학으로 설명할 수 있다는 믿음하에 물질이 정신을 대체하고 인간을 일종의 기계로 인식하였다. 보라! 오늘날과 얼마나 근사한가? 인간의 상상력은 세계를 구조화시킬 뿐만 아니라 시대를 초월하여 반복되는 원형이 되기도 한다.

그런데 너나없이 과학의 성과에 도취되어 있을 뿐 중요한 결락(缺落)이 있음을 깨닫지 못하고 있다. 물질이 개벽되니 정신도 개벽된다는 원불교의 가르침도 있듯이 과학이 도약하면 그것에 상응하여 우리의 의식도 변화되어야 하지 않을까? 모든 것이 업그레이드되고 있는데 정신만 제자리에 있으면 과학은 더욱 통제할 수 없는 길로 가고야 말 것이다. 여기서 정신도 물질처럼 진화, 발달하는 것으로 오해하지는 말자. 새 술은 새 부대에 담아야 하듯이 4차 산업혁명이 도래했다면 그것에 걸맞은 마인드를 갖춰야 한다는 말이다. 지금 이에 대한 고민이 필요한데 그것은 바로 쇄신된 인문학적 지혜에 대한 요청이 아닐 수 없다.

사실 4차 산업혁명의 첨단에서 벌써 이러한 문제의식이 심각하게 대두되고 있다. 로리 개릿은 합성생물학 분야에서 생명과학의 이중 용도 연구, 생물 안전, 생물 보안에 대해 일관된 규정이나 정의가 전혀 없음을 우려한다. 이중 용도 연구란 예컨대 암모니아 생산 방법이 비료 산업을 촉진시켰으나 화학무기 제조에 악용되었던 것처럼 이해의 양면성을 지닌 연구를 말한다. 한편 일라 레자 누르바흐시는 로봇이 점차 우리의 윤리적, 법적 틀 구조를 시험하게 될 미래에 직면하고 있음에도 불구하고 엔지니어, 프로그래머, 디자이너 등 로봇공학 분야의 종사자들을 위한 윤리, 인권, 보안 등의 교육과정이 마련되어 있지 않은 현실을 걱정한다. 과학혁명 초기에 메리 셸리는 인조인간의 위험성을 다룬 소설 『프랑켄슈타인』을 써서 영혼 없는 과학만능주의의 폐해를 냉엄하게 지적한 바 있다. 셸리의 소설적 상상력은 여전히 오늘에도 유효한 교훈적 시사를 담고 있다.

어쨌든 이 모든 견해는 궁극적으로 4차 산업혁명 시대에는 인간과 사물에 대해 지금까지와는 다른 새로운 마인드가 필요하다는 생각으로 귀결된다. 그렇다면 이 새로운 마인드의 정체는 무엇인가? 다가올 시대는 마치 인드라망처럼 인간과 사물이 상호 의존 관계 속에 있고 인간과 기계 등 이타성(異他性)을 지닌 존재들이 교감하고 공존하는 세계로 점쳐진다. 이러한 현상은 인공지능과 사물 인터넷의 발달로 더욱 가속화될 것이다. 우리는 이미 그 세계에 진입하였다. 물질은 죽은 존재가 아니다. 십수 년간 몰았던 승용차를 폐차장으로 보낼 때 나는 애도했다. 스티브 잡스가 뛰어난 것은 이러한 세계의 도래를 선취하여 제품에 적용하였기 때문이다. 그는 애플사 제품이 갖추어야 할 요건으로 인간성(Humanity)과 인문학(Liberal Arts) 그리고 테크놀로지를 들었는데 상품 기계가 우리와 교감할 수 있도록 따뜻한 감성을 불어넣고자 하였다.

교감 능력과 더불어 다음 시대의 마인드를 차지할 인문학적 능력은 무엇인가? 그것은 상상력과 이미지 그리고 스토리의 능력일 것이다. 기계가 인간의 수족을 완벽히 대신할 때 인간이 그나마 독창성을 발휘할 수 있는 영역은 상상력일 것이고 4차 산업혁명 시대에 인생과 기업의 성패를 가를 정도로 아이디어의 비중이 커질 것이라는 생각은 이미 다수 학자들의 공론이다. 다음으로 이미지. 우리 모두는 진작부터 이미지에 포위된 삶을 살고 있다. 급증하는 이미지 대폭발의 시대에 그것의 장악과 활용 능력의 중요성에 대해서는 재론이 필요치 않을 것이다. 마지막으로 스토리의 능력인데 유발 하라리는 인류 전 시대를 통하여 허구의 서사를 상상하는 능력이 얼마나 중요한지를 그의 대작 두 권을 통하여 지속적으로 강조한 바 있다. 그는 인류를 지탱해 온 각종 이데올로기, 종교 등을 모두 상상의 스토리로 간주한다. 스토리의 능력은 인류가 존속하는 한 그 중요성이 감쇄되지 않을 것이다. 롤프 옌센은 비록 기업과 시장에 치중하고 있긴 하나 정보사회 다음에 스토리의 사회가 올 것이라고 진단하며 그 사회를 '꿈의 사회(Dream Society)'로 규정한다. 그에게 스토리는 다음 시대 인간의 존재 방식이기까지 하다.

위에서 제시한 교감, 상상력, 이미지, 스토리에는 일관된 공통점이 있는데 이들 모두 이성보다 감성 영역에 속하는 능력들임을 알 수 있다. 나아가 이들은 한 가지 근원 서사로 귀납되는데 그것은 바로 신화(Myth)이다. 신화는 인간이 사물과 대화했던 시기의 산물로서 여전히 풍부한 교감 능력을 지니고 있다. 뿐만 아니라 우리가 맨 처음 떠올린 생각과 형상이 담겨 있어 상상력과 이미지의 원천이기도 하다. 아울러 가장 오래 살아남은 이야기로서 모든 스토리의 원형이라 할 수 있다. 이로 볼 때 신화야말로 4차 산업혁명 시대의 마인드를 예비하기 위해 주목해야 할 인류의 유산이 아닐 수 없다. 이른바 포스트휴먼의 시대로 가는 도상에서 인간 정체성의 위기를 실감하는 이즈음 신화는 더욱 그 빛을 발한다. 우리가 길을 잃었을 때 출발점으로 되돌아가 다시 길을 찾아가듯이.

(2017.8.27)

모나지 않은 집

동양신화는 귀환하고 있는가?

　어렸을 적에 할머니께 옛날이야기를 조르다가 흔히 듣는 말이 있다. "얘야, 옛날이야기 좋아하면 가난해진다." 귀여운 손주에게 재미있는 이야기 해 주고 싶은 심정이야 굴뚝같지만 체력에 한계가 있고 초저녁 잠 많은 노령이다 보니 이런 말씀이 나오는 것이다. 하긴 요즈음에는 과외하랴 지친 손주 붙들고 굳이 한밤중에 옛날이야기 해 주는 할머니도 없을 것 같긴 하지만 말이다. 그런데 산업화, 근대화 시대에 나왔음직한 이 말씀은 피곤한 할머니의 넋두리로 듣기에는 뜻밖에도 깊은 함의를 지닌다. 발터 벤야민이 애도한 '이야기하는 기술의 종언'을 상기시키는 이 말씀은 사실상 근대라는 시기 감성적 영역 즉 상상력-이미지-스토리 등에 대한 억압에서 유래한 것으로 보이기 때문이다.

　할머니의 이 말씀은 오늘날에 이르러 완전히 설득력을 상실했다. 지금은 옛날이야기 좋아하면 가난해지기는커녕 부자가 되기 십상이다. 가난한 이혼녀 조앤 롤링이 켈트 신화의 마법 이야기를 해리 포터 시리즈로 잘 풀어내서 거부(巨富)가 된 것만 보아도, 〈포켓몬 고〉가 동양신화의 고전 『산해경(山海經)』에 등장하는 괴물들을 캐릭터로 소환해서 대박을 친 것만 보아도 옛날이야기는 이제 부와 지근거리(至近距離)에 있다.

바야흐로 스토리의 시대가 도래한 것이다. 문화산업을 필두로 스토리는 이제 모든 영역에서 맹위를 떨치고 있는데 그것은 마치 우리가 걸쳐야 하는 의복처럼 모든 인간과 사물의 외양과 품격, 심지어 내용까지 좌우하는 관건이 되었다. 이러다 보니 과거의 이야기 전승에서 중요한 역할을 담당했던 할머니의 존재가 새삼 부각되어 목하(目下) 정부는 상당한 예산을 들여 수천 명의 이야기 할머니 양성 프로젝트를 시행하고 있을 정도이다. 손주에게 옛날이야기 좋아하면 가난해진다고 엄포 놓던 시절과 얼마나 큰 상위(相違)인가!

미셸 마페졸리는 개인주의에 기반한 현대사회가 퇴조하고 감성 혹은 정서를 공유하는 대중 즉 고대의 부족과 같은 성격을 지닌 사회가 등장하였음에 주목한다. 우리가 목격하고 있는 그 사회는 막스 베버의 이른바 탈주술(disenchantment)의 시대 이후에 등장한 재주술(re-enchantment)의 사회이다. 롤프 옌센은 이러한 입장을 계승하여 미래의 기업을 부족에 비유한다. 그리고 부족 정신의 중요한 것으로서 감성, 연대감 등을 들고 이러한 것들이 상품 매체를 통해 스토리로서 구현되어야 할 것을 강조한다.

여기서 유념해야 할 것은 재주술의 시대에 감성의 영역이 부활하면서 귀환한 것은 스토리뿐만이 아니라는 사실이다. 스토리 홀

모나지 않은 집

로 존재, 작동해 온 것이 아니라 마치 삼위일체의 관계처럼 항시 상호 연동하는 중요한 작용 기제가 있으니 그것은 다름 아닌 상상력과 이미지이다. 상상력-이미지-스토리 이 세 가지를 감성 활동의 성삼위(聖三位)로 불러도 좋으리라. 이 삼총사는 모두 근대 합리주의 및 이성주의에 의해 불온시되어 억압과 배제의 고초를 겪었다는 점에서 공동의 운명을 지녔다. 가령 근대 시기에는 스토리만 할머니한테 타박을 받은 것이 아니라 상상력과 이미지도 천덕꾸러기 취급을 받았다. 기억하는가? 만화 많이 보면 공부 못한다고 혼나고, 극장 자꾸 가면 깡패 된다고 야단맞던 일을. 모두 상상력과 이미지에 대한 불신의 시대에 생겼던 일들이다.

상상력-이미지-스토리를 하나의 통합체로 인식할 때 우리의 생각은 자연스레 이들 삼총사의 모태인 신화로 향한다. 인류가 최초로 떠올린 생각이 담겨 있고, 그와 동시에 맨 처음 이미지와 스토리를 출현시킨 신화야말로 상상력-이미지-스토리의 원형이 아니겠는가? 무엇보다도 신화는 가장 오래된 스토리, 스토리 중의 스토리이다. 따라서 상상력-이미지-스토리 복권의 이 시대에 신화의 귀환은 너무나도 자연스러운 현상일 것이다. 아닌 게 아니라 질베르 뒤랑은 이미 '신화의 귀환'을 선언한 바 있고 이에 따라 과학과 산업화를 추구했던 근대를 '프로메테우스(Prometheus)의 시대'로, 교류와 소통이 일상화된 오늘 이 시대를 '헤르메스(Hermes)의 시대'로 명명한 바 있다. 합리주의, 실증주의의 예속으로부터 바야흐로 신화는 해방된 것이다. 앞서 예거했듯이 요즘 들어 우후죽순(雨後竹筍)처럼 쏟아져 나오는 스토리 옹호, 예찬의 숱한 언설들은 바로 그 좌증(左

證)이라 할 것이다. 그런데 당연시된 이 현상에 대해 심문해 볼 하등의 필요도 없는 것일까? 다음 두 세트의 동서양 신화 이미지는 우리로 하여금 '신화의 귀환' 현상을 재고해 볼 여지를 갖게 한다.

A

미노타우로스. 로마 시대의 모자이크

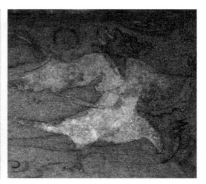

신농(神農). 고구려 오회분(五盔墳) 5호묘 벽화

B

인어(A mermaid). 워터하우스(J.W.Waterhouse)

저인(氐人). 『산해경(山海經)』「해외남경(海外南經)」

A 세트는 인간과 자연 간의 관계성에 의한 동서양 신화의 차이를 보여 준다. 인간을 중심으로 모든 것을 서사하였던 그리스 로마 신

화에서 반인반수(半人半獸)의 미노타우로스는 사악한 식인 괴물로 간주됨에 비하여 인간과 자연의 합일을 추구하였던 중국 신화에서 미노타우로스와 똑같은 인신우수(人身牛首)의 형체를 한 신농(神農)은 오히려 완전한 존재인 신으로 숭배받았다. 신농은 농업과 의약을 가르쳐 준 고마운 신이다. 두 신화에서 동물은 똑같이 자연을 표상하지만 반인반수에 대한 인식은 이처럼 극단적이다. 특히 혼종성을 거부하는 인간의 순혈주의적, 배타적 속성의 기원은 그리스 로마 신화에 있음을 알 수 있다.

B 세트는 인간의 환경, 설화적 토양의 차이로 인한 동서양 인어 스토리의 상이한 양상을 보여 준다. 서양에서는 지중해를 중심으로 한 해양 문화의 발달, 그리고 대양으로의 장구한 항해 등의 환경에서 인어는 고독한 항해자인 남성의 성적 욕망을 투사하기 적합한 젊고 예쁜 여성으로 묘사된다. 반면 상대적으로 이러한 문화적 성향이 현저하지 않은 중국 대륙에서 인어는 전통 사회의 일반적인 관례에 따라 중년 남성으로 대표된다.

세계관, 문화적 환경 등의 차이에 따라 스토리의 원조인 신화도 이처럼 상반되기까지 한 모습을 보임에도 불구하고 우리는 A 세트의 신농을 접한 순간 "뭐 이런 괴물이 다 있어" 하고 신성(神性)을 인정하지 않을 것이며 B 세트의 인어 아저씨 저인(氐人)을 보자마자 "별 이상한 인어 다 보겠네" 하고 황당해할 것이다. 왜냐하면 이들이 반인반수는 괴물이고 인어는 예쁜 여자여야 한다는 우리의 상상력-이미지-스토리에 대한 통념을 배반하였기 때문이다. 그렇다면 그러한 통념은 어떻게 형성된 것인지 심문하지 않을 수 없다.

브루스 링컨은 근대의 신화학이 인도유러피언 즉 서양 인종의 기원을 탐색하고 그것을 재구성하는 데 열중해 왔으며 이러한 경향이 민족주의, 제국주의 등의 욕망과 긴밀한 상관관계에 있음을 논증한 바 있다. 미르치아 엘리아데 역시 플라톤 이래 서양의 철학자들이 내린 신화에 대한 정의가 모두 그리스 로마 신화 분석을 토대로 삼고 있으며 그것이 보편타당하지 않음을 지적한 바 있다. 다시 말해 우리가 지녔던 통념의 이면에는 그리스 로마 신화라는 '표준'에 입각한 상상력-이미지-스토리의 제국주의가 엄존(儼存)하고 있었던 것이다.

　　그렇다면 뒤랑이 선언한 '신화의 귀환'은 유보되어야 한다. 우리는 그것이 과연 누구의 귀환인지 물어야 한다. 스토리의 흥기에 고무되어 다량으로 생산된 옹호와 예찬의 설법(說法)들도 그들의 논리에 중대한 결락(缺落)이 있음을 인지해야 한다. 진화생물학이든 감성주의든 협력 이론이든 그 어떤 이론으로도 아직 귀환하지 못한 채 괴물 취급을 받고 있거나 황당한 웃음거리로 전락한 동양의 신화를 스토리의 시대에 걸맞게 합리화할 수 없다.

　　동양신화는 귀환하고 있는가?

　　"봄은 왔으되 봄 같지 않다(春來不似春)"더니 스토리의 시대는 도래했건만 동양의 신화는 아직 귀환하지 않았다. 과거 이성과 합리성을 추구했던 근대 산업화 시대에는 인간 중심의 그리스 로마 신화가 적합했고 그 소임을 다했지만 인간과 사물이 교감, 공존하고 상상력-이미지-스토리 등 감성 능력이 복권된 4차 산업혁명 시대에는 오히려 동양신화의 역할이 기대된다. 과연 반인반수의 신농이

괴물의 지위에서 벗어나 인간과 자연의 조화로운 합일, 융복합과
대통섭의 표상으로 시대의 아이콘이 될 날은 언제인가?

(2017.9.24)

고왕금래(古往今來) 연편(連篇)

동묘(東廟)를 기억해야 하는 이유

서울의 동대문 밖에 여느 고궁과는 달리 어딘지 낯설고 초라한 느낌을 주는 유적이 있다. 최근 보수공사가 진행되기 전에 찾아보았을 때 이곳은 퇴락한 채로 방치되어 있었다. 건물은 허물어지다시피 서 있고 더러운 도시의 때가 켜켜이 쌓여 있으며 담장도 없는 경내에는 방뇨의 냄새가 코를 찔렀고 군데군데 노숙자들이 누워 있거나 배회하고 있었다. 주변에는 중고품 시장이 개설되어 하루 종일 시끌벅적하였고 점포의 낡은 물품들은 오히려 이곳의 황량한 풍정(風情)을 대변하는 듯하였다. 바로 이곳이 한중(韓中) 간의 깊은 우호를 상징하는 유적인 동묘라는 사실을 기억하는 사람은 드물다.

동묘는 중국 촉한(蜀漢)의 장군 관우(關羽)를 모시는 사당이다. 주지하듯이 관우는 촉한의 선주(先主) 유비(劉備)의 결의형제로서 한실(漢室) 부흥을 위해 진력하였으나 오(吳)의 지장(智將) 여몽(呂蒙)에게

패사한 후 충의(忠義)의 화신으로 민간에서 숭배되었다. 그는 처음에는 군신(軍神)이 되었다가 나중에는 재신(財神)을 겸하게 되어 더욱 광범위하게 숭배되었는데 마침내 중국의 토착종교인 도교에서 관성제군(關聖帝君)이라는 큰 신격으로 좌정(坐定)하기에 이르렀다.

관우가 우리나라와 깊은 관계를 맺게 되는 것은 임진왜란 때부터이다. 왜군이 파죽지세로 북상하여 한양, 평양이 속속 함락되고 선조(宣祖)가 압록강변의 의주까지 몽진(蒙塵)하여 여차하면 중국으로 망명할 태세인 위기 상황에서 명(明)의 장군 이여송(李如松)이 구원병을 이끌고 내한하게 된다. 이여송의 명군(明軍)은 기대에 어긋나지 않게 평양을 탈환함으로써 조선을 망국의 위기에서 벗어나게 하였고 일거에 전쟁의 국면을 전환시켰다. 조선이 명의 파병에 감사했음은 말할 나위가 없다. 오죽하면 "나라를 다시 만들어 준 은혜(再造之恩)"라고까지 표현했겠는가? 물론 명의 파병 의도와 이후 명군의 소극적인 참전 태도 등은 정치적 차원에서 달리 읽을 여지가 있겠으나 당시 아니 그 이후 상당 기간 동안 조선과 명의 관계는 단순한 이해관계를 넘어선 신뢰와 인정의 차원에 기반하고 있었다. 그 증거로 명에 대한 의리를 지키기 위해 강국 청(淸)과 패할 것이 뻔한 전쟁을 해서 비극을 초래한 병자호란을 들 수 있다. 여하튼 조선 조야(朝野)의 명에 대한 감사의 마음은 명군이 숭배하는 군신 관우의 사당을 각지에 건립하는 행위로 표현되었다. 전설에 의하면 이여송이 평양을 탈환할 때 관우가 현몽(現夢)하여 승리의 전술을 계시하였다고도 한다. 동묘는 그때 건립된 여러 사당 중의 하나로 지금까지 존속해 온 것이다. 조선에서는 이후 관우에 대한 신앙이 일어났으며 때마침 중국 소설 『삼국연의(三國演義)』, 일명 '삼국지'가 전래되어 유행하면서 더욱 확산되었다. 아울러 관우는 유교 이념에 적합한 충의의 인물로서 국가적으로도 장려되었음에 틀림없다. 특히 고종 때에는 명성황후가 관우를 몸주로 모시는 진령군(眞靈君)이란 무당을 총애하여 관우와 관련된 도교 경전을 인쇄, 배포하는 등 관우 신앙을 민간에 크게 전파시키기도 하였다.

선조 이후 조선 말기까지 관우의 사당인 동묘는 한중 우호의 상징으로서 정중하고 융숭하게 관리되어 왔다. 중국의 사신들 역시 내한할 때 이곳을 참배하여 한중 간의 관계를 음미하며 감회의 시문을 남겼다. 그러나 근대 이후 한국과 중국이 역사의 격랑에 휩쓸리면서 이곳은 버려졌고 냉전의 세월을 거치는 동안 돌보는 이 없이 황폐해졌을 뿐만 아니라 유적이 지닌 본래의 의미조차 망각되어 갔다. 역사의 수레바퀴는 다시 돌고 돌아 한국과 중국은 이제 과거의 빈번했던 교류와 밀접했던 정치적, 경제적 협력 관계를 회복하고 있는 중이다. 안타까운 것은 해마다 수많은 중국인 관광객이 한국을 찾아오지만 대부분 관광지와 상가를 배회할 뿐 자신들의 문화와 깊은 관계가 있는 동묘를 방문하는 이는 드물며 더구나 동묘가 지닌 역사적 의미에 대해 음미해 보는 이는 거의 없다는 사실이다. 이러한 현상은 물론 우리의 경우도 마찬가지이다.

바야흐로 한국과 중국의 인터넷상에서는 이른바 역사전쟁, 문화전쟁이 한참 진행 중이다. 동북공정의 획책으로 인해 촉발된 역사전쟁, 강릉 단오제에 대한 오해로 인해 야기된 문화전쟁은 모두 상대방의 역사와 문화에 대한 편견과 무지에서 비롯된 것인데 이 시

모나지 않은 집

점에서 우리는 동묘가 지녔던 따뜻한 우호의 정신을 회고해 볼 필요가 있다. 이를 위해 퇴락한 동묘의 겉모습을 보수하는 데에 그치지 않고 그 내재적 의미를 밝히 드러내고 진정성 있는 스토리를 만들어 오늘의 한중 관계를 신뢰와 우의의 토대 위에 구축하는 역사적 근거로 삼아야 할 것이다. (2013.1.21)

세대교체

우리나라의 압축적인 성장과 발전을 이야기하면서 여러 요인 중의 하나로 한국 사회의 역동성을 든다. 최근 경제가 부진한 것을 두고 한국 사회의 장점인 역동성이 점차 둔화되고 있는 현상과 관련지어 설명하기도 한다. 한때 "빨리, 빨리"라는 구호는 졸속의 상징으로 비판의 대상이었으나 요즘 역동성의 표현으로 마치 경제성장을 견인한 동력이었던 것처럼 재평가되고 있는 것도 흥미롭다.

일반적으로 이 역동성 제고에 큰 역할을 한 것이 빠른 세대교체로 인식되고 있다. 이미 1970년대 초에 당시 야당의 김영삼, 김대중 후보는 40대 기수론을 제창하여 정계에 세대교체 바람을 일으킨 바 있었다. 몇십 년 후 아이러니하게도 양인 모두 고령에 출마하여 세대교체의 요구를 방어하는 입장에 서기도 했지만, 근대 이후 우리 문학 특히 소설에서는 이른바 '아버지의 부재' 현상이 두드러졌는데 이것은 유교 가부장제의 쇠퇴를 암시하기도 하지만 빠른 세대교체 풍조와도 관계가 없지 않을 것이다. 다시 말해 중·노년층이 빠르게 퇴진하고 사회 주도층의 연령이 낮아진 것이다. 바로 얼마 전까

지도 45세 혹은 50세 이전의 조기 정년을 의미하는 '사오정'과 '오륙도'란 자조적인 말이 유행하지 않았던가?

물론 이러한 현상은 옛날에도 있었다. 조선 세조 때 여진족을 정벌한 남이(南怡)는 20대의 청년으로 오늘의 국방부 장관 격인 병조판서를 역임하였고 이시애(李施愛)의 난을 평정한 구성군(龜城君) 이준(李浚) 역시 20대에 참모총장 격인 오위도총관에 임명되었다가 곧바로 국무총리 격인 영의정이 되었다. 두 사람의 급격한 부상은 세대교체라는 말조차 무색할 정도였다. 이들은 훈구(勳舊) 세력을 억제하려는 세조의 의도에 따라 종실 혹은 그 인척이어서 나이 불문하고 기용된 것이니 세대교체의 본뜻과는 다소 거리가 있다 할 것이나 후일 40대에 정승이 된 한음(漢陰) 이덕형(李德馨) 등은 '흑두재상(黑頭宰相)'으로 불리었으니 당시 젊은 기수에 틀림없었다.

그러나 과거에는 평균수명이 워낙 짧았으니 40대라고 해서 젊은 것도 아니었다. "인생 70은 예로부터 드물었다(人生七十古來稀)"는 시구로 '고희(古稀)'라는 숙어를 남겼던 시인 두보(杜甫)는 40대 중반에 이미 "흰 머리 긁적일수록 짧아지고, 다 모아도 비녀 하나 꽂지 못하네(白首搔更短, 渾欲不勝簪)"라고 늙음을 한탄하였으며 당송팔대가(唐宋八大家)의 한 사람인 문장가 한유(韓愈)는 「진학해(進學解)」라는 글에서 학생들 앞에 선 자신의 모습을 "머리는 벗겨지고 이는 빠졌다(頭童齒豁)"고 묘사하고 있는데 그때 그의 나이 겨우 40대 초반이었다. 과거에는 평균수명이 짧았고 그만큼 조로했던 셈이다.

그럼에도 불구하고 노쇠라는 생물학적 한계를 극복한 경우도 적지 않았다. 한나라의 명장 마원(馬援)은 "늙을수록 더욱 강건해야 한

모나지 않은 집

다(老當益壯)"고 외치며 60대에 전장에 나가 싸워 이겨 오늘날 '노익장(老益壯)'의 미담을 남겼다. 청나라의 대학자 유월(俞樾)은 어떠한가? 60세 무렵까지 빈둥대며 별다른 업적이 없었던 그는 어느 날 "꽃은 졌지만 봄은 아직 남아 있다(花落春猶在)"라는 시를 읊으며 분발한다. 즉 몸은 늙었지만 기백은 살아 있다는 셈인데 그는 이후 90세 가까이 장수하며 부지런히 연구하여 『춘재당전서(春在堂全書)』라는 대작을 남겼다. 역동성이 반드시 세대교체로 인해 생기는 것만이 아님을 보여 주는 실례들이다.

가까운 일본만 해도 지금은 역동성이 많이 떨어진 상태라고는 하지만 과거 전성기를 구가했던 시기에도 고령의 관료들이 국정을 운영했으며 현재 세계 경제의 엔진이라 할 정도로 최고의 성장률과 역동성을 자랑하는 중국 정계의 파워 엘리트도 아직은 우리식의 세대교체와는 거리가 먼 고령 그룹이 대부분을 차지하고 있다.

최근 우리 정부의 각료 구성을 보면 이전에 비해 연령층이 다소 높아진 것이 눈에 띈다. 이들이 기존의 세대교체 신화에 매몰되지 않고 얼마든지 활력 있는 경제, 소생의 경제를 이룩해나갈 수 있다는 것을 보여 주면 좋겠다. 다만 '노익장'의 이면에는 '노건불신(老健不信)'이라는 복병이 있다는 것을 항시 유념하면서 말이다. '노건불신' 곧 노인이 건강을 과신하면 언제 탈이 날지 모르기 때문이다.

(2013.9.7)

제국 작가의 특권과 두보(杜甫)의 시심(詩心)

강남땅에서 이구년을 만나(江南逢李龜年)

기왕(岐王)의 댁에서 늘상 보았고,
최구(崔九)의 집에서도 몇 번 들었거니.
바야흐로 경치 좋은 이곳 강남땅,
꽃 지는 시절에 다시 그대를 만났도다!

岐王宅裏尋常見,
崔九堂前幾度聞.
正是江南好風景,
落花時節又逢君.

대력(大曆) 5년(770) 무렵 안사(安史)의 난의 여진(餘震)이 가시지 않았을 때, 대륙을 유랑하던 두보는 강남땅에서 현종(玄宗)이 총애했던 이원(梨園) 제자(弟子) 이구년과 해후하게 된다. 왕년에 궁중 가인(歌人)으로 명성을 떨치고 부귀를 극했던 이구년의 초라한 행색을 보고 역시 낙백(落魄)하여 강호를 유리(遊離)하는 신세가 된 시인 두보의 감회는 남달랐으리라. 세월의 무상함과 인생의 비환(悲歡)에 대한 감개를 이 시는 오히려 담담한 필치 속에 깃들였다. 이러한 감개는 진홍(陳鴻)의 전기(傳奇)『동성노부전(東城老父傳)』에서도 엿보인다. 황제의 고임을 한몸에 받았던 투계 조련사 가창(賈昌) 역시 안사의 난으로 인하여 모든 것을 잃고 작자 진홍 앞에서 영화로웠던 시

모나지 않은 집

절을 쓸쓸히 회억(回憶)하고 있기 때문이다.

이 시의 의미심장함은 마지막 구절 "꽃 지는 시절에 다시 그대를 만났도다!"에 있다. "꽃 지는 시절"은 바로 영락(零落)한 두 사람의 신세를 말해 준다. 그러나 시인의 감수성은 개인사를 넘어 시대와 세계의 변화를 예감한다. "꽃 지는 시절"은 곧 중당(中唐) 이후 쇠락해 가는 당조(唐朝)를 의미하며 나아가 그것은 중국 역사를 크게 가름하는 하나의 분수령이 된다. 즉 오늘날의 중론(衆論)이 말해 주듯이 이 시기는 명문대족의 몰락, 정통문학의 쇠퇴 등 사회, 경제, 문화사적 변동의 큰 갈림길이었다.

두보는 비록 몰락한 시인이지만, 제국 작가로서의 특권적인 시선을 지니고 있음이 여기에서 드러난다. 부성(賦聖)이라 일컫는 사마상여(司馬相如)는 일찍이 "시인의 마음은 세계를 포괄한다(賦家之心, 包括宇宙)"고 득의양양하게 선언했다. 이는 제국 작가만이 향유할 수 있는 발언이다. 주변부 작가로서는 이렇게 호언(豪言)하기 어렵다. 두보 역시 제국 작가의 이 전방위적인 시선을 통해 세계사적 변화를 선취(先取)할 수 있었다.

마지막 구절 "꽃 지는 시절에 다시 그대를 만났도다!"는 지극히 감상적임에도 불구하고, 시인의 시대에 대한 예지(叡智) 그리고 그와 관련된 시인의 정치적 입지의 차이성을 생각하게 하는 훌륭한 사례가 아닐 수 없다. (2004.12.15)

다시 역사란 무엇인가?

광화문에서 금화터널을 나와 신촌으로 향하기 전 안산(鞍山) 기슭에 봉원사(奉元寺)라는 오래된 절이 있다. 필자가 근무하고 있는 대학으로부터 멀지않아 점심 때 가끔 산책을 가곤 하는데 어느 날 필자는 절 근처에서 우연히 한 퇴락한 비석을 발견했다. 이 절에 주석한 적이 있는 고승대덕의 추모비이려니 생각했던 그 비는 뜻밖에도 근대 초기 박명했던 한 여인의 슬픈 내력을 전하고 있었다.

조희정(趙熙貞)이란 그 여인은 어려서 기생이 되었다가 커서는 남의 첩으로 들어갔는데 신세를 비관하여 21세에 음독자살하고 말았다. 유서에서, 다시는 이런 인생으로 태어나지 말 것을 서원(誓願)하고 있으니 그녀의 한이 얼마나 사무쳤는지를 알 만하다. 필자는 조여인의 비를 보고 한동안 충격적인 느낌에 사로잡혔다. 우선은 그녀를 요절에 이르도록 한 식민지 여성의 기구한 삶의 한 형적이 아프게 다가왔고 다음으로는 그녀의 슬픈 죽음을 전하고 있는 비석의 육중하나 황량한 모습이 내내 뇌리에 어른거렸다. 그것은 평온한 산사의 풍경에 위배되는 비장하고 안쓰러운 정조를 품고 있었다. "오죽하면 비를 세웠을까?" 절로 이런 심사가 우러나도록 비석은 그 자체로 무언가를 웅변하고 보는 이의 마음을 움직이게 하는 힘이 있었다.

천하를 통일하고 만세토록 제국이 영속되기를 기원하였던 권력의 화신 진시황이 선호했던 글쓰기 방식이 명산의 자연석에 자신의 업적을 새기는 각석(刻石)이었음은 흥미롭다. 오늘날 태산의 각석을

모나지 않은 집

보면 과연 그의 장대한 포부와 무한한 권력에의 집념을 피부로 느 낄 수 있다. 돌로 된 비석, 실로 그것은 과거에 대한 즉물적인 실감 을 불러일으킨다. 모든 단단한 것들이 연기처럼 사라진다 해도 비 석만은 영원하다 해야 할까?

　이성시 교수의 『만들어진 고대』는 바로 이 비석의 힘, 그것이 환 기하는 효과를 중심으로 동아시아 삼국 고대사의 쟁점을 풀어 나간 수작(秀作)이다. 중국 집안현(集安縣)에 우뚝 서 있는 높이 6.4미터에 달하는 광개토왕비의 비문은 고구려 왕가의 신성한 계보와 영주 광 개토왕의 화려한 무훈을 오늘의 우리에게 과시한다. 그러나 잘 알 려져 있듯이 비문의 일부에 대한 해석은 일제 군부의 조작설 등이 제기되면서 한·중·일 사학계의 초미의 관심사가 되어 왔다. 다름 아닌 왜가 바다를 건너와 신라, 백제를 복속시키자 광개토왕이 이 를 격파했다고 일본 측에 의해 해석되어 온 이른바 '신묘년(辛卯年) 기사'가 그것인데 이 기사의 내용을 일본 사학계는 일본이 일찍부 터 한반도 남부를 지배해 왔다는 확증으로 삼고 있는 것이다. 이 교 수는 이러한 해석을 서구를 모방하여 근대 만들기에 급급했던 일본 제국의 욕망이 투영된 결과로 인식한다. 다시 말해서 제국 사학은 당시 한반도를 사이에 두고 러시아와 대치하였던 일본의 정세를 고 스란히 한·일 고대사에 전이시킨 것이다. 이 교수의 비판은 일본 학계의 해석 태도에만 머무르지 않는다. 한국에서의 광개토왕 비 문에 대한 아전인수적인 해석, 중국의 고구려 및 발해를 지방 정권 으로 간주하는 견강부회적 인식 등을 문제삼고 이들 모두 근대 국 가 형성 과정에서의 단일민족 및 중앙집권에 대한 요구 사항을 고

대사를 통해 관철하려 한 혐의로부터 자유롭지 못함을 논증하고 있는 것이다. 프로이트에게는 사후성(事後性)이라고 부르는 심리기제에 대한 설명이 있다. 즉 유년기에 겪었던 정신적 충격을 후일 성장하면서 나름의 서사를 꾸며 합리화시키는 작용을 말하는데 우리는 상술한 해석 태도들을 이러한 사후성의 논리 측면에서도 생각해 볼 수 있다.

그렇다면 어떻게 해야 광개토왕 비문의 진실에 접근할 수 있을 것인가? 이 교수는 결국 각국이 당면한 현재적 욕망을 제어하고 광개토왕 비문의 주체인 고구려라는 원텍스트로 돌아가서 문제를 다시 숙고해야 할 것을 제안한다. 이 점에 생각이 미치자 필자는 슬며시 조 여인의 비석에 대해 갖고 있던 감상이 한 꺼풀 벗겨지는 것을 느꼈다. 조 여인의 비문을 쓴 사람은 물론 조 여인 자신이 아니고 그녀를 첩으로 두었던 부자 남편이었다. 조 여인의 죽음 자체는 현실이고 비극임에 틀림없다. 그러나 어쨌든 필자는 그 여성의 비극을 그녀와 동떨어진 위치에 있던 남성 작자의 글을 통해 음미하고 있으니 현실과 얼마간의 거리를 부인할 수는 없을 것이다.

기억하건대, 해마다 노란 개나리가 피는 봄이 오면 대학가에서는 신입생들을 상대로 월부 책장사들의 공세가 시작되곤 했다. 이제 지성인이 되었으니 심각한 책을 읽어야 한다는 강박관념을 노린 것이리라. 그때 독서 목록 제1호로 꼽혔던 책이 E.H. 카의 『역사란 무엇인가』였다. 빛바랜 채로 여전히 서가에 꽂혀 있는 그 책을 뒤로 한 채 필자는 오늘 한 TV 연속사극에 몰두해 있다. 큰 장사꾼이 조정의 고관들에게 돈을 대 주고 이권을 요구하는 것이 마치 요즘의

모나지 않은 집

정경유착을 그대로 재현한 듯한 장면이 나오고 있었다. 허구이지만 그럴듯해서 사실상 우리들을 사로잡는 이야기들, 과연 역사란 무엇인가?   (2001.11.2)

南風會 菽麥同人

郭光秀(茱丁)　　金璟東(浩山)　　金明烈(白初)　　金相泰(東野) 故 金容稷(向川)

金在恩(丹湖) 故 金昌珍(南汀)　　金學主(二不)　　李相沃(友溪)　　李相日(海史)

李翊燮(茅山)　　鄭鎭弘(素田)　　朱鐘演(北村)　　鄭在書(沃民)

＊(　　) 속은 자호(自號)

모나지 않은 집

초판 인쇄 · 2019년 7월 20일
초판 발행 · 2019년 7월 25일

지은이 · 김학주, 김재은, 이상옥, 정진홍, 이상일
곽광수, 이익섭, 김경동, 김명렬, 정재서
펴낸이 · 한봉숙
펴낸곳 · 푸른사상사

주간 · 맹문재 | 편집 · 지순이 | 교정 · 김수란
등록 · 1999년 7월 8일 제2-2876호
주소 · 경기도 파주시 회동길 337-16 푸른사상사
대표전화 · 031) 955-9111~2 | 팩시밀리 · 031) 955-9114
이메일 · prun21c@hanmail.net 홈페이지 · http://www.prun21c.com

ISBN 979-11-308-1447-6 03810
값 20,000원

이 도서의 국립중앙도서관 출판예정도서목록(CIP)은
서지정보유통지원시스템 홈페이지(http://seoji.nl.go.kr)와
국가자료공동목록시스템(http://www.nl.go.kr/kolisnet)에서
이용하실 수 있습니다. (CIP제어번호 : CIP2019027662)

모나지 않은 집

김학주 김재은 이상옥 정진홍 이상일
곽광수 이익섭 김경동 김명렬 정재서